蒙哥马利作品精选 ⑦

山丘之家的珍

Jane of Lantern Hill

（加）露西·莫德·蒙哥马利〔著〕

胡淑瑜〔译〕

21 二十一世纪出版社集团
21st Century Publishing Group
全国百佳出版社

图书在版编目（ＣＩＰ）数据

山丘之家的珍 /（加）露西·蒙哥马利著 ; 胡淑瑜
译 . -- 南昌 : 二十一世纪出版社集团，2017.3（2022.4重印）
（蒙哥马利作品精选）
ISBN 978-7-5568-0202-9

Ⅰ . ①山… Ⅱ . ①露… ②胡… Ⅲ . ①儿童小说 - 长
篇小说 - 加拿大 - 现代 Ⅳ . ① I711.84

中国版本图书馆 CIP 数据核字 (2017) 第 043827 号

山丘之家的珍 　　　　　　　（加）露西·莫德·蒙哥马利 [著]　　胡淑瑜 [译]

策　划	张秋林
责任编辑	刘　刚　敖登格日乐
出版发行	二十一世纪出版社集团（江西省南昌市子安路 75 号　330025） www.21cccc.com　cc21@163.net
出 版 人	张秋林
经　销	新华书店
印　刷	三河市人民印务有限公司
版　次	2017 年 10 月第 1 版　2022 年 4 月第 2 次印刷
开　本	880mm × 1260mm　1/32
印　张	9
字　数	174 千
书　号	ISBN 978-7-5568-0202-9
定　价	25.00 元

赣版权登字—04—2017—175

序

曹文轩

何为上乘小说？

可能会有各种各样的评价标准，但无论如何，大概总要承认，它之所以称得上上乘，最重要的标志就是它塑造了一个乃至几个永不磨灭的形象。作为一部穿越了时空，在今天，在世界的任何一个地方都会熠熠生辉的作品，蒙哥马利的"安妮的世界"系列为世人塑造了一个叫安妮的女孩的形象。这个形象，始终占据世界文学长廊的一方天地，在那里安静却又生动无比地向我们微笑着，吸引我们驻足，无法舍她而去。从阅读"安妮的世界"系列的第一本《绿山墙的安妮》开始，就注定了在掩卷之后我们要不由自主地回首张望，向那个让人怜爱的孩子挥手，再挥手。我们终于离去，山一程，水一程，但不知何时，她却悄然移居我们心上，在今后漫长的人生岁月中，不时地幻化在你的身边，就像她总也离不开风景常在的"绿色屋顶"一样。她的天真纯洁，会让你感动，会让你的灵魂不断得到净化；她柔弱外表之下的那份无声的坚韧，会让你在萎靡中振作，让你面对困难甚至灾难时，依然对天地敬畏，对人间感恩。这个脸上长着雀斑、面容清瘦、一头红发的女孩，是你的"绿色屋顶"，而你也是她的"绿色屋顶"。一个形象能有如此魅力，可见这部塑造了她的作品在文学史上举足轻重的地位。

有一些作品，即使是一些被文学史家和批评家们津津乐道的作品，我们阅读它们时总是很难进入，它们仿佛被无缝的高墙所围，我们转来转去，还是无门可入，只好叹息一声，敬而远之。即使勉强进入，总有一种挥之不去的距离感，读完最后一页，我们依然觉得那书在千里之外冰冷着面孔，像尊雕塑。阅读《绿山墙的安妮》却是另样的感受——说不清的原因，当年我在看到书名时，就有了阅读它的欲望。看来，一部书有无亲和力，单书名就已经散发出来了。接下来就是流畅的毫无阻隔的阅读。这部书是勾魂的。它以没有心机的一番真诚勾着你。它在叙述故事时，甚至没有总是想着这书究竟是给谁读的，作者只是把心中想说的话说出来。这是倾诉，也是亲和力产生的秘密：倾诉就是对对方的信任，这时，你与对方的距离感就消逝了——所有的人都是喜爱听人倾诉的，因为那时他有一种被信任感。蒙哥马利的作品大都带有自传性，是在说她自己的故事，现在她要把它们诚心诚意地讲出来。我们在听着，出神地听着。

除了《绿山墙的安妮》系列之外，蒙哥马利还写了一个叫艾米莉的女孩成长的故事。

同安妮一样，艾米莉也生活在风景如画、民风淳朴的爱德华王子岛；有着阳光般美好的性格和浪漫的情怀；也爱幻想，幻想使她的精神世界异彩纷呈，使她在绝望中看到了生路。而艾米莉对写作的痴迷和追求更像是蒙哥马利本人。当伊丽莎白阿姨让艾米莉放弃写那些无聊的东西时，她说："我是不能放下写作这件事情的！因为，我的身体里面流有那种爱好写作的血液。"正是这种对写作强烈地热爱，使艾米莉的人生更加丰富生动，最终成为当地人人皆知的作家。

还有，就是它的无处不在的风景描写。离开风景，对于作者来说，几乎是不可想象的。

今天的小说，很难再看到这些风景了，被功利主义挟持的文学，已几乎不肯将一个文字用在风景的描写上了。"艾米莉的世界"也离不开风景，离开风景，就会失去生趣，甚至生命枯寂。艾米莉说："有生命的礼物最叫人感到高兴！"她有很多朋友，有猫咪麦克和索儿、有呼呼叫的风姨、"亚当和夏娃""松树的公鸡"，以及温柔宜人的桦树太太……万物有灵，一切都是她生命的组成部分。她是自然的孩子，自然既养育了她，也教养了她。

无论是安妮还是艾米莉，她们的人生称得上是完美而理想的人生，她们是我们所有愿意更好地活着的人的榜样。

目 录
Contents

第一章

　　珍一向认为，丽街这个街名和它的实际情形实在不相称。在她的心目中，丽街无疑是整个多伦多最沉闷的一条街道——一个年仅十一岁、活动范围相当有限的孩子，当然没有见过多伦多市内的其他许多街道。

　　珍认为丽街应该像它的名字一样，是一条充满欢乐的美丽街道，街道两旁洋溢着和乐亲善的住家，四周种满了花草；走在路上时，这些花草招手向你问候："你好吗？"黄昏时，随风摇曳的树木投影在窗上，展现它迷人的风采。

　　事实上，丽街的情形完全相反。整条街道不仅灰暗、沉闷，而且两侧都是屋檐低矮、百叶窗终年深垂的古老砖造房屋；沿着街道排列的高大树木也不会"搔首弄姿"地向过往行人问好。不过，和对街加油站入口处的绿色容器比较起来，这些树木就显得相当渺小了。

　　加油站的前身是亚当家，后来才拆除改建为红白相间的加

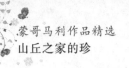

油站。据说当加油站刚开业时，外婆一度非常生气，说什么也不让法兰克到这里加油。不过，尽管明知外婆不喜欢新事物，珍却认为这里是镇上唯一具有活泼气氛的地方。

珍所住的丽街60号是一座宏伟的城堡式建筑。屋内从雕梁画栋的玄关、乔治王朝式的拱窗、大小不一的尖塔到房屋四周的铁栅、与外界隔绝的铁门（这道铁门在多伦多刚开始发展时，是相当著名的）等不一而足，每到入夜以后，法兰克一定会把铁门关上，并且上锁。这令珍觉得自己像个被软禁的人犯。

丽街60号四周的空地，是整条街上最宽敞的。位于住宅门前的是一片广阔的草坪——铁栅内侧种了一排参天古木，草皮长得并不好，虽说隔着房屋侧面和布尔街的是一大块空地，但并没有减弱布尔街传来的嘈杂声。因为布尔街与丽街相邻之处，正是镇上最热闹繁华的地带。镇上的居民都对富有的罗伯特·肯尼迪老夫人已在佛莱斯·西尔和杨格斯威各买了一栋崭新、豪华的住宅，却还要住在这里感到不可思议。

丽街60号这栋房子固然宽敞、豪华，但是每年还要缴纳一笔巨额的房屋税，而且建筑物本身的设计也跟不上时代的潮流了。事实上，肯尼迪夫人的儿子威廉·安德逊也曾多次提起此事，老夫人却总是笑着摇头不语。威廉·安德逊凭着自己的努力跻身于富豪之列，自然有其过人之处，因此肯尼迪夫人很少过问他的事情；另一方面，尽管老夫人不喜欢威廉，却也不得不佩服他。

老夫人非常喜欢坐落于丽街60号的这栋房子。当年她嫁给罗伯特·肯尼迪时，丽街还相当荒凉，根本算不上是一座小镇，因而由罗伯特父亲所建造的这栋房子，在当年可以说是多伦多首屈一指的豪华"宅邸"——至少在肯尼迪夫人的心目中是这样的。从嫁入肯尼迪家到现在，已经过了四十五个年头，这里已成了她的根，她当然希望在这里度过余生。

"不喜欢这个家的人，不用勉强待在这里。"老夫人一面用嘲讽的眼神看着珍，一面喃喃自语似的说道。事实上，珍从来没说过她不喜欢丽街。不过，珍很早就发现外婆能够看穿别人的心事，这令她感到很不自在。

一个阴冷、飘雪的早晨，珍像往常一样坐在凯迪拉克里面，等着法兰克送她到圣·阿卡萨小学上课。就在这时，两名站在街角聊天的女人的谈话声飘进了她的耳朵。

"你看过这么死气沉沉的房子吗？这栋房子的年代应该已经很久了吧？"其中一名年轻女子问道。

"这栋房子在三十年前罗伯特·肯尼迪去世时，也跟着死了。"另一名年长的女人回答道，"当年这栋房子可是多伦多市内数一数二的豪华宅第呢！罗伯特·肯尼迪喜欢社交，因而家中经常高朋满座，整栋房子给人一种生气蓬勃的印象。不过，大家都想不通像他那么坦率、豪爽、待人温和的人，怎么会和詹姆斯·安德逊夫人结婚——她是一名有着三个孩子的寡妇。不过，听说她是维多莉亚·莫雅上校的女儿——除了具有显赫的贵族家世，她本身也是一名风华绝代的美女。罗伯特·肯尼迪对她一见倾心，于是展开了猛烈的追求。由于安德逊夫人对

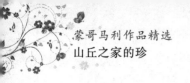
首任丈夫一点儿感情也没有，因此接受了罗伯特·肯尼迪的求婚。不料两人婚后只共同生活了十五年，罗伯特就去世了——听说是在两人的第一个孩子出生后不久去世的。"

"肯尼迪夫人现在一个人住在这栋房子里吗？"

"不，她和两个女儿住在一起，其中一位是寡妇，听说还有一个孙女。肯尼迪夫人的个性拘谨、严肃，但她的女儿（死了丈夫的那个）却活泼开朗，在社交圈内相当活跃。她是罗伯特·肯尼迪的孩子，难怪个性会和父亲一样。我想她一定很不喜欢带她那些体面的朋友来到丽街，镇上死气沉沉的气氛会让人觉得它正在衰老、没落——说来也许你不相信，现在我们看到的丽街，许多年前曾是这带最好的高级住宅区呢！"

"虽然外表看起来有点儿陈旧，不过倒也保持得干净整齐。"年轻女子附和道。

"确实难能可贵。因为丽街58号是一栋公寓，所以肯尼迪夫人一直非常用心地维修60号住宅；但在那栋油漆剥落的公寓的映衬下，再好的房子也变得没有价值了。"

"这么说来我还是不住在丽街比较好。"两名女子相视一笑，随即匆匆走开赶着去搭公交车了。

"说得也是。"珍心里想着。

问题是，如果不住丽街60号的话，又该住在哪里呢？珍自己也不知道。每天乘车前往圣·阿卡萨小学时，沿途所经之地多半非常破旧，一点儿也不引人注意。甚至连外婆特地送珍进去就读的收费昂贵的圣·阿卡萨私立小学，也同样位于环境肮

脏、凌乱不堪的地带;但是，圣·阿卡萨小学根本不会在意这些小事,因为即使是在撒哈拉沙漠，圣·阿卡萨也还是圣·阿卡萨。

舅舅威廉·安德逊的家位于佛莱斯·西尔，是一栋有着广阔草坪及假山、庭院的豪华住宅，但是珍并不想住在那里。因为舅舅一向非常小心翼翼地照顾着那片天鹅绒般碧绿的草坪，甚至不许任何人踏上一步，行人必须沿着铺在草坪中的石子路走过；而珍最大的愿望，却是自由自在地在草坪上奔跑、跳跃。

同样，圣·阿卡萨小学也有一条不近人情的规定，那就是：除了游戏时间，任何人均不得在校园内奔跑。珍并不喜欢玩游戏，因为她觉得自己的行为过于笨拙。虽然只有十一岁，珍却长得像个十三岁的少女般亭亭玉立，和同龄的少女相比，她的身材的确相当抢眼——无奈当时的少女们并不注重身材，以致珍经常为自己的"突出"而感到无地自容。

妈妈是不是曾经在丽街60号的屋子里奔跑过呢？珍相信妈妈一定这么做过。事实上，即使是现在，妈妈也依然踩着她那轻快、活泼的步伐走路。至于珍，则只有那么一次在这栋几乎占全镇一半面积的深宅大院里，引吭高歌地从玄关跑进屋里。不过，珍原以为已经外出的外婆突然出现在餐厅门口，用鄙夷的眼光看着她时，血色霎时从她的脸上褪去。

"维多莉亚，你怎么会做出这种有欠端庄、稳重的行为呢？"外婆不悦地责问珍。

"只是好玩而已嘛！"珍急切地辩解。

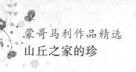

外婆仍然以她一贯的口吻面带微笑地说："我要是你的话，就绝对不会再这么做了，维多莉亚。"

从此以后，珍就再也不敢那么莽撞了。不知为什么，她很怕受到身材娇小却很有威严的外婆的责骂——娇小的外婆即使挺直身躯，高度也只到身材瘦长的珍的背部。

珍最讨厌别人叫她"维多莉亚"，无奈除了母亲，几乎所有人都这么叫她。珍当然知道外婆不喜欢母亲叫她"珍·维多莉亚"，也明白外婆为什么不喜欢珍这个名字，但是珍毫不在乎。她不但喜欢"珍"这个名字，也喜欢以"珍"自居。在她的印象中，维多莉亚是取自外婆的名字，至于"珍"的由来，就不得而知了。

放眼肯尼迪家和安德逊家，似乎并没有人叫作"珍"。直到十一岁时，珍才在无意中得知，自己的名字来自史提华德家。这个发现令珍非常沮丧，毕竟她并不希望自己最喜欢的名字取自父亲的家族。

在珍不曾怨恨过任何人（包括外婆在内）的幼小心灵里，唯独对父亲藏有一丝恨意。珍经常扪心自问：我是不是很讨厌外婆呢？照理说，外婆抚养她、照顾她，让她接受最好的教育，珍不应该有这种想法才对，但是珍发现勉强自己喜欢外婆是件非常困难的事。当然，这对母亲来说是易如反掌。外婆疼爱母亲是众所周知的——外婆一向把母亲当心肝宝贝疼爱着。奇怪的是，珍并未因"爱屋及乌"而受惠；相反，珍早就察觉到外婆并不喜欢自己，也隐约觉得外婆不喜欢母亲太过疼爱自己。

当母亲为了珍罹患喉头炎而心急如焚时，外婆却语带轻蔑地说："你就是太溺爱这个孩子了！"

"我只有这么一个孩子啊！"母亲反驳道。

不料外婆闻言气得涨红了脸："难道我就一点儿也不重要了吗？"

"妈，你知道我不是这个意思嘛！"母亲指手画脚地解释着。在珍的眼里，母亲那不断挥舞的双手，就好像两只空中飞舞的小白蝶。"我——我是说——她是我唯一的孩子啊！"

"这么说来，你是认为这个孩子——你和那个男人所生的孩子，比我还重要喽？"

"妈，你当然比珍还重要——问题是，这是不同的呀！"母亲近乎哀求地解释道。

"你这忘恩负义的家伙！"外婆狠狠地丢下这句话，就绷着脸、怒气冲冲地走出房间了。

"妈妈，为什么外婆不喜欢你疼我呢？"扁桃腺发炎使得珍的声音异常沙哑。

"珍，你想得太多了，没有这回事的。"母亲紧紧地抱住珍。在粉红色灯光的映照下，母亲的脸有如一朵绽放的玫瑰。

尽管这样，珍的心里还是比谁都清楚。例如，她知道母亲之所以很少在外婆面前亲吻自己或表现出关爱自己的样子，是因为这么一来必然会使外婆勃然大怒，进而把家里的气氛弄僵。基于这个原因，珍也很高兴母亲没有经常这么做。

不过，母女俩单独相处时，母亲一定会紧紧地抱着珍不放。

可惜的是，这对母女单独相处的机会，实在少之又少。就像今天，母亲又因为外出赴宴而不能留在家里陪她了。严格说来，母亲几乎每天下午和晚上都会外出，因此珍对必须独处早已习以为常了。

珍很喜欢审视母亲的打扮，所以母亲在出门之前，总会特地来和她打声招呼。眼见母亲在精心设计的礼服的衬托下有如天仙下凡，珍不禁觉得她是全世界最漂亮的母亲。珍也经常感到怀疑，像母亲这样的美女，怎么会生出自己这样又丑又蠢的女儿呢？

"将来你绝对不会是个大美人，你的嘴巴太大了。"圣·阿卡萨小学的一位女同学曾经这么告诉珍。

母亲的嘴巴是典型的樱桃小口——又小又红，而且笑起来脸颊上还会出现迷人的酒窝；她的眼睛是淡蓝色的，不过是夏日清晨躲在一朵朵白云背后的蓝色晴空，而不是外婆那种会令人联想到冰雪的不寒而栗的蓝色；此外，母亲还拥有一头波浪般蓬松的金发。今晚母亲将她的一头金发向后梳拢，系上了发带，并让一小撮头发任意地垂在白皙的颈间；身上穿的是一袭淡黄色丝绸洋装；胸前别着一朵天鹅绒做成的黄玫瑰作为装饰；细如凝脂、缎子般的手腕上戴着一只精致、细小的钻石手环；整个人看起来好像一位高贵美丽的公主。珍知道那只手环是上星期母亲生日时，外婆特地买来送给她的生日礼物。外婆经常会送母亲一些精致、昂贵的礼物。实际上，母亲身上的装扮——从漂亮华丽的洋装、帽子到搭配的外套等，都是外婆亲

自挑选的。珍明白镇上的人都知道史提华德夫人爱打扮，不过珍的内心非常清楚，母亲是比较喜欢简单的装束的，为了避免触怒外婆，只好假装喜欢那些华丽的服饰。

珍为美丽的母亲感到骄傲，尤其当她听见人们称赞母亲"好漂亮的小姐啊"时，更是高兴得无以复加。这天晚上，珍目不转睛地看着母亲披上那件与自己眼睛颜色相同的灰色大翻领的丝质外套时，霎时忘记了自己喉咙还在隐隐作痛的事实。

"哇！妈妈，你好美啊！"珍忘我地摸着俯身亲吻自己的母亲那有如花瓣的脸颊，静静地享受着母亲那如绢扇般的睫毛轻触自己脸庞的感觉。珍知道有些人必须远看才漂亮，而母亲却是越近看越漂亮。

"珍，你不会不高兴吧？坦白说，我实在不想把你一个人丢在家里，可是……"母亲几度欲言又止。不过，珍知道母亲要说的是："如果我不去的话，只会让外婆更加讨厌你。"

为了让母亲安心，珍故意表现得非常勇敢："我没有不高兴啊！玛丽亚会照顾我的，你放心去吧！"

就在母亲转身走出房间的一刹那，珍的内心却涌上了一阵悲伤，喉咙也好像有异物塞住一样。珍很想哭，却忍着不哭出来。几年前，大概是珍五岁那年吧，她曾听见母亲很得意地告诉朋友："珍这孩子从婴儿时期开始就很少哭的。"

从那天开始，珍就暗自发誓即使晚上必须一个人睡，也决不能哭。"我没有什么长处可以让母亲引以为傲，如今好不容易找到了一个，虽然微不足道，但也决不能再让母亲没有面子了。"

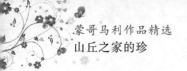

问题是，珍实在太寂寞了。屋外风呼呼地吹着，使高大的窗户嘎嘎作响，珍顿时有种毛骨悚然的感觉。"如果朱迪能过来陪我就好了。"珍心里这么想着。不过，她知道这是不可能的。

珍永远记得朱迪第一次来到丽街60号家里时的情景。

尽管喉咙和头都很痛，珍仍然努力保持乐观的心情。"今晚我还得读《圣经》给她们听呢！"所谓的"她们"，指的是外婆和盖尔特路德姨妈。母亲和哈巴特叔叔每晚都会外出应酬，很少在家听珍朗读《圣经》。对珍来说，一天二十四小时中，睡前为外婆和盖尔特路德姨妈读一章《圣经》的这段时间是最无聊的。当然，珍的心里也明白，外婆就是因为不喜欢她才故意让她做这件事的。

珍读经时，大家会一起坐在客厅里。每当走进客厅，珍总会不由自主地全身发抖。这间偌大的客厅里摆满了各式各样的装饰和家具，为避免差错，珍总是下意识地提醒自己不要去碰这些东西。厅内纵使是在夏季最炎热的夜晚，也依然凉飕飕的；一旦进入冬夜，就更不用说了。读经之前，盖尔特路德姨妈通常会从大理石书桌的中央取出一本家用《圣经》放在两个窗户间的小桌上，和外婆分坐在小桌两端；珍则坐在两人的斜对面，面对着镀金画框早已斑驳脱落、静挂在深绿色天鹅绒窗帘两侧的外祖父肯尼迪的画像。

不知为什么，珍总觉得祖父一直躲在阴暗、模糊的画像背后看着自己。她曾听说外祖父罗伯特·肯尼迪生性豪爽、待人温和，可她直觉地认为外祖父并不是那样的人。

"翻到《出埃及记》第十四章。"外婆简短地下达命令。虽然每晚所念的章节都不同，但她那说话的语气却一成不变。每当听见外婆那近似严厉的口吻，珍立刻就会变得手忙脚乱，以致无法很快翻到正确的页码。外婆看到了，往往会露出混合了厌恶和轻蔑的笑容。"你连这么简单的事也不会做吗？"说着伸出了戴着一只昂贵的旧式戒指、布满皱纹、瘦弱的手指，很不客气地替珍翻到正确的地方。

既紧张又害怕的珍，念得结结巴巴，而且经常会念错字。当然，外婆是绝对不会放过任何一个小错误的。

"念大声点儿，维多莉亚！让你读圣·阿卡萨小学可是花了不我少钱啊！就算学校没教你们历史、地理，也总该教过你念书时要张开嘴巴吧？"

珍赌气似的突然提高声音，倒把盖尔特路德姨妈吓了一跳；但是到了第二天晚上，她们又会说："请你不要那么大声好吗？维多莉亚，我们又不是聋子！"

珍虽然觉得委屈，也只好小声地念着。

念完《圣经》后，外婆和盖尔特路德姨妈会照例低下头来祷告一番。珍也曾想过和她们一起祈祷，真正实行起来却没那么容易。和盖尔特路德姨妈相比，外婆的祷告词相当简短，总是三言两语就说完了，以至珍只有跟着说"阿门"的份儿。对珍来说，一直以来微光普照般的祈祷，如今成为了可怕的梦魇。

祷告结束后，盖尔特路德姨妈会合上《圣经》，把它放回原来的位置。接着就是珍向外婆和姨妈道晚安的时刻了。由于外

婆始终坐在椅子上，珍必须弯下身来亲吻外婆的额头。

"外婆，晚安。"

"晚安，维多莉亚。"

盖尔特路德姨妈则站在大理石书桌的旁边，所以珍必须挺直身体。因为身材高大，姨妈通常会主动弯下身来，让珍亲吻她那瘦削、苍白的脸颊。

"盖尔特路德姨妈，晚安。"

"晚安，维多莉亚。"姨妈的声音细微、冰冷。

如果运气够好，珍甚至可以不碰任何东西就走出大厅。

"我发誓长大以后再也不读《圣经》了，只在心里默默祈祷就好。"珍一面低声喃喃自语，一面走上那座又长又壮观的楼梯。很久以前，这座楼梯在多伦多市是非常著名的。

这天晚上，外婆在珍念完《圣经》以后，突然微笑着问："维多莉亚，你对《圣经》有什么看法呢？"

"我觉得它实在乏味、无聊。"珍老实回答。在珍今晚所读的章节里，曾多次出现珍不知道意思的名词。

"哦？你觉得自己的想法很伟大吗？"外婆那薄如纸片的唇间浮现了一抹微笑。

"那你为什么要问我呢？"珍立刻反问道，不料此举却招来了一顿冷冷的叱责，但是珍并不认为自己做错了什么。

这天晚上，珍突然对这个家产生了强烈的厌恶感。这个事实使她变得更加无精打采。坦白说，珍并不想讨厌这个家；相反，她希望自己能够喜欢这个家，与家里的人和睦相处，每个

人都能为这个家尽心尽力。遗憾的是，她就是无法喜欢它。撇开无法与家人和睦相处的问题不谈，珍在家里根本什么忙也帮不上。因为盖尔特路德姨妈、煮饭的玛丽亚·普莱斯、男仆兼司机的法兰克·德比斯等人，已经包办了家中的一切事务。盖尔特路德姨妈一向喜欢亲自料理家务，坚决不让外婆再雇女佣。

身材高大、沉默寡言的盖尔特路德姨妈性格与母亲完全不同，以至珍几乎不敢相信她们是同母异父的姐妹。姨妈是一位注重组织与秩序的规律主义者，凡是家中的大小事物，都必须按照一定的程序进行。她的首要任务，就是把家里打扫得一尘不染。

在珍的心目中，不论是多么细微的灰尘、污垢，恐怕都逃不过盖尔特路德姨妈那双冰冷的灰色眼眸。她一整天都在家里四处走动，以便把所有的事物归到原位。可以说家中事务不论大小，都是由她亲手料理的。相比之下，珍的母亲什么事也不做，顶多只有在客人来访时插盆花摆在餐桌上，或是在晚餐前点燃桌上的蜡烛。

珍也曾试着做些事情，例如擦亮银器啦，下厨烹调啦。尤其后者，更是珍的最爱。偶尔当外婆外出时，珍总喜欢溜到厨房，静静地看着性情温和的玛丽亚·普莱斯做饭。"做饭看起来一点儿也不难嘛！如果让我做的话，我一定也会做得很好。"珍心里这么想着。玛丽亚·普莱斯却说什么也不让珍插手。她明白一旦夫人得知自己让维多莉亚小姐下厨的话，一定会很生气的。

　　"维多莉亚似乎很想到厨房去呢！"某个星期日的午餐桌上，外婆有意无意地说了这么一句。当天一起吃饭的有舅舅威廉及米妮舅妈、德比特·科尔曼及西尔比亚·科尔曼夫妇和他们的女儿菲莉丝。珍知道外婆一向很喜欢在别人面前数落她的不是，因而总是极力避免被外婆抓住把柄。就像今天，她原本很想到厨房帮助忙得不可开交的玛丽亚·普莱斯清洗用来拌色拉的生菜，因为知道外婆将会说些什么，只好努力克制住了帮忙的冲动。

　　"这样很好啊！女孩子家待在厨房是天经地义的事嘛！"威廉舅舅并不是为了替珍解围，而是想趁机发表对女性的观点，"一个女孩子家怎么可以不会烹调呢？"

　　"维多莉亚根本不知道怎么烹调，她只是很喜欢溜到厨房而已。"外婆的语气中明白地显示出她认为维多莉亚的兴趣相当低级的观点，因为厨房并不是一个高级场所。珍不明白为什么外婆这么说时，母亲会突然涨红了脸，眼中还显现出反抗的神情。不过，那只是瞬间的事情罢了。

　　"在圣·阿卡萨小学读得怎么样啊，维多莉亚？可以顺利升级吗？"威廉舅舅询问道。

　　珍自己也不知道能否顺利升级，因此每天都为了这件事惶恐不安。外婆经常为她的成绩不好感到生气，连母亲也不时以哀求的眼神示意珍多用功一点儿，但是珍知道自己已经尽了最大的努力。在所有的科目中，珍认为历史、地理最枯燥乏味，算术和拼字最为有趣。事实上，珍的算术成绩是全班最优秀的。

"听说维多莉亚的作文写得很好。"外婆以讽刺的口吻说道。作文写得好有什么不对吗？珍不知道外婆为什么不喜欢自己具有这项才能。

"啧，啧！"威廉舅舅夸张地连连惊叹，"维多莉亚只要多用点心，一定可以升级的。加油吧，维多莉亚！你已经长这么大了，应该知道要用功读书才对。对了，加拿大的首都在哪里呢，维多莉亚？"

珍当然知道加拿大的首都是哪里，但被威廉舅舅出其不意地一问，再加上在座的人全都放下刀叉目不转睛地看着她，使得她紧张得涨红了脸，期期艾艾地说不出话来。如果她在这时看着母亲，母亲一定会给予暗示，奈何珍已羞得无地自容，根本没有勇气抬起头来。

"菲莉丝，你告诉维多莉亚，加拿大的首都是哪里？"威廉舅舅说。

"渥太华！"菲莉丝不假思索地说出了正确的答案。

"Ottawa！"威廉舅舅逐字拼给珍听。

珍悲哀地发现，除了母亲和外婆，其他人似乎都想看她出丑般地盯着她。西尔比亚姨妈戴上了一副系有黑色缎带的眼镜，想要看看这个连自己国家的首都在哪里都不知道的小姑娘。那双透过镜片投射过来的凌厉眼神，令珍不寒而栗。就在这时，珍一不小心竟把叉子掉在了地上。当珍的眼光和外婆相遇时，珍觉得自己快要晕倒了。仿佛刻意折磨珍，外婆轻轻拿起放在面前的小银铃。

"德比斯，再帮维多莉亚小姐拿根叉子来！"外婆的语气听起来好像珍已经换过了好几根叉子。

眼见威廉舅舅夹起一大块刚切好端上桌的鸡胸肉放在盘子里，珍不禁羡慕地想着："如果那块鸡肉是夹给我的，那该有多好啊！"尽管家境富裕，珍却很少吃到鸡胸部分。过去的经验，使得珍根本不打算伸手去抓鸡肉。——她知道一旦被外婆看见了，准有话说。很久以前，当她伸手抓起一小块刚端上桌的鸡胸肉时，外婆立刻发难："维多莉亚，你应该想到除了你，其他人或许也想吃鸡胸肉。"

珍心里想着："现在只要能够吃到鸡脚，我就心满意足了。"这时，威廉舅舅夹起一块鸡脖子放到珍的盘子里，作为方才害珍答不出加拿大首都的名字而受到叱责的补偿；西尔比亚姨妈又亲切地分给了她一大盘青菜。不过珍可是一点儿也不感激，她一向最讨厌吃青菜。

"维多莉亚，你的胃口似乎不太好哦！"西尔比亚姨妈看着珍盘子里丝毫未减的青菜说道。

"什么？维多莉亚的食欲好得很呢！"外婆虽未直接说出她的本意，但是珍很久以前就知道，外婆经常话中有话。满心委屈的珍知道自己如果再不看着母亲，一定会忍不住当场哭出来，打破以往从不哭的记录。仿佛了解珍内心的感受，母亲立刻回以包含同情与理解的眼神，这令珍顿时倍感温暖，不再拒绝吃青菜了。

西尔比亚姨妈的女儿并不是圣·阿卡萨小学的学生，而是

在一所设备更新、学费更昂贵的学校——西尔乌德·贺德小学就读。坦白说，珍并不喜欢能够流利地说出加拿大首都、大英国及其他所有国家首都的菲莉丝，因为菲莉丝总是表现出高高在上的样子，而珍最痛恨被人瞧不起。

想到要和这么多不喜欢的人在一起，珍不禁有点儿意兴阑珊。

"怎么啦？你似乎不太喜欢菲莉丝？"一次，外婆一面打开窗户，一面像是要看穿珍的心事般紧盯着珍，"菲莉丝不但人长得漂亮，而且聪明伶俐、温柔大方、行止有礼，实在非常难得。"

珍知道外婆想说的是："她样样都比你强。"

"谁叫她老是喜欢摆出一副高高在上的样子呢！"

"哟！维多莉亚，你也会用高高在上这个词呀？不过，你知道它真正的意思吗？我看你是有点儿嫉妒菲莉丝吧？"

"不，我才没有嫉妒她呢！"珍立刻提出辩解，她知道自己一点儿也不嫉妒菲莉丝。

"说实在的，菲莉丝和你的朋友朱迪确实不太一样。"

珍对外婆话中明显的讽刺意味感到愤怒。朱迪是她最要好的朋友，她不能忍受任何人批评朱迪，即使外婆也不行。只是，珍又能怎么样呢？

第二章

　　珍和朱迪在一年前成为好朋友。朱迪同样也是十一岁，长得也很高。不过她的身材并不像珍那么匀称，甚至称得上是非常瘦弱，看起来就是一副营养不良的样子。朱迪住在丽街58号的公寓里——那里原本是上流阶层的住宅，如今却是一栋破旧、肮脏的三层公寓。

　　去年春天的一个晚上，珍走出丽街60号的内庭，坐在已经荒废的庭院的木椅上。如果不是母亲和外婆相偕外出，盖尔特路德姨妈又患了重感冒躺在床上，珍是绝对不能坐在内庭的。这天晚上不知什么原因，珍突然很想好好欣赏天上的那轮明月，于是悄悄走出了庭院——其实珍真正要看的不是月亮，而是种在58号庭院里盛开的白色樱花。远远望去，那棵布满樱花的树好像一颗大珍珠。正当珍为此凄美的景色感动得忍不住想哭时，突然听见58号的庭院里传来啜泣声。如此寂静的夜里，那极力压抑的哭泣声听起来格外凄凉。

　　珍本能地站起来，穿过凉亭来到车库附近，好奇地四下张望——珍隐约记得从狗屋旁边可以走到铁栅栏附近。不过现在除了铁栅栏，中间又加了一道木栅以隔开60号和58号两家。一阵摸索之后，珍在狗屋后面的木板墙上找到了一个破洞，透过这个小洞正好看见58号那零乱的庭院。皎洁的月光下，珍看到一位少女双手掩着脸蹲在樱花树下哭泣着。

　　"呃，我能帮你什么忙吗？"珍试探性地问道。

　　珍自己并没有注意到，这句话足以表现出她纯真的本性。如果换作他人，开口一定会问："你怎么啦？"尽管年纪还小，尽管自己所面临的悲剧没有人能帮得上忙，即使母亲也不例外，但珍一向都很乐意帮助他人。

　　蹲在樱花树下的人影蓦地止住哭泣，惊讶地站了起来，目不转睛地看着珍；珍也回视着对方。这时，一种奇妙的感觉将两人的心灵紧密地拉在一起。

　　"我知道我们是同类人。"珍率先打破沉默。站在面前的这个女孩年纪与珍相仿；覆盖在浓密黑发下的，是苍白、瘦削的脸；可能已经很久没洗头了吧？她的头发又脏又乱；不过她那双褐色的眼睛倒是相当迷人。

　　那种褐色与珍的金褐色眼眸是不同的。在珍看来，这位少女略带黑色的褐色眼睛，反而加深了悲伤、凄凉之感——这股淡淡的哀伤完全打动了珍的心。珍非常清楚，一个像自己这个年龄的孩子眼中会流露出哀伤的神情，通常意味着过得很不好。

　　少女身穿蓝色的破旧衣服，看起来很不搭调。除了太长，

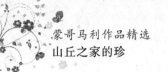
衣服上还沾满了油渍和污垢，尤其是肩膀附近，更是有许多刺眼的补丁；但是，珍并不会因为对方的衣服破旧而收回关怀。事实上，此刻除了对方那哀戚的眼神，珍根本没有注意到其他方面。

"我能帮你什么忙吗？"珍又问了一次。

少女摇摇头，豆大的泪珠不断落下。"你看！"少女指着前面说道。

珍顺着她所指的方向看去，赫然发现樱树和木栅之间的花坛里遍布着遭人践踏、蹂躏的玫瑰花。

"是迪克做的，他故意毁掉了我的花园。上个星期我原本要把这些玫瑰花送给沙玛兹小姐的——我早就答应沙玛兹小姐要在她生日当天送她十二朵玫瑰，虽然沙玛兹小姐认为这些玫瑰不够漂亮而要我把它们扔进垃圾箱里，但是我却舍不得——你瞧，它们多美啊！于是我亲手做了一个花坛，把玫瑰花种在花坛里。我知道这些花维持不了多久，可是它们看起来那么漂亮。正当我为自己拥有一座小花园而高兴时，迪克却冲出来把花都踩烂了，他还得意扬扬地对我笑呢！"

少女说着又哭了起来。珍虽然不知道迪克是谁，但是听完少女的叙述后，她却恨不得立刻扭断那个迪克的脖子。想到这里，珍下意识地拥住少女的肩膀。

"别哭了，我们一起折些樱花的小树枝种在你的花坛里，不久它们就会长得比玫瑰花还好了。你试着想象一下，这些樱花在月光的映照之下，看起来该有多美啊！"

“不行啦！威斯特小姐一定会很生气的。”

珍完全了解少女的心情。此外，她还觉得非常安慰——原来这位少女也跟自己一样，对某些人心存畏惧。

“那么我们爬上去坐在树上赏花吧？这样威斯特小姐应该不会生气了吧？”

“或许吧！坦白说，今晚威斯特小姐正为我的事大发雷霆呢！事情是这样的：晚餐时我端着一个放有茶杯的托盘，不小心滑了一跤打破了三个。威斯特小姐说如果我再经常做错事，她就要把我赶出去——昨天晚上我刚把汤洒在了沙玛兹小姐的丝质洋装上呢！”

“威斯特小姐说要把你赶到哪里去呢？”

“我不知道！威斯特小姐满有同情心的，我想她只是随便说说而已。毕竟，我是一个无家可归的孤儿呀！”

“对了，你叫什么名字？”珍询问道。

说着两人敏捷地爬到樱花树上，坐在白色的花海中。

“我叫约瑟芬·巴纳，大家都叫我‘朱迪’。”

“朱迪？”珍非常喜欢这个名字，“我叫珍·史提华德。”

“我还以为你叫维多莉亚呢！威斯特小姐曾经提过你。”

“不，我叫珍。”珍很坚决地说，“这么说好了，我应该叫珍·维多莉亚，但我很喜欢‘珍’这个名字。”珍的语调相当轻快：“朱迪，我们做朋友吧？”

那天晚上，珍在穿过缝隙跑回家之前，知道了有关朱迪的身世。原来朱迪的父母都已经去世了——当朱迪还是个襁褓中的婴儿时，就不幸成为了父母双亡的孤儿。后来母亲的表妹因为在58号担任煮饭的工作，因此收养了朱迪，条件是朱迪不能离开厨房到处乱跑。两年前表姨妈不幸去世，朱迪仍然住在58号帮新来的厨娘做些厨房里的工作，例如削马铃薯皮、洗碗盘、扫地、挥灰尘、当小差、磨菜刀，最近甚至还升格站在餐桌旁侍候大家吃饭呢！

朱迪住在冬冷夏热的阁楼里，身上穿着别人不要的破旧衣服，却毫无怨言。只要工作不忙，她就可以每天上学。自从懂事以来，没有一个人给过朱迪好脸色，更没有人亲切地对她说过话，这当中以迪克最为过分。迪克仗着自己是威斯特小姐最疼爱的外甥，经常嘲笑、欺负朱迪，说她是"孤儿院里的孩子"，因此朱迪非常讨厌迪克。

朱迪之所以那么讨厌迪克，并不单是这个原因。有一次，朱迪趁着大家都不在时，悄悄地溜进了客厅，坐在钢琴前面弹奏起了她经常听到的各种曲目，不幸被迪克撞见了。喜欢捉弄朱迪的迪克当然不会放过这个机会，于是立刻跑去向威斯特小姐打小报告。威斯特小姐除了狠狠地责骂了朱迪一顿，还不准她再去碰那架钢琴。

"不能弹琴使我的生活变得更加无聊。"朱迪的语气蕴含着无限的悲哀。

"我最大的心愿，就是拥有一架钢琴和一座属于自己的庭院。要是我有一座庭院，那该多好啊！"

珍一时间竟不知道该说什么才好。说实在的，珍一点儿也

不喜欢弹钢琴，外婆却坚持要她接受钢琴课程。为避免触怒外婆，并讨好母亲，珍不得不强迫自己认真学琴。而可怜的朱迪虽然喜欢音乐，却没有这种机会。

"我想你还是可以拥有一座庭院的，毕竟这里那么宽敞，不像我家的内庭里种满了树，连块空地也没有。朱迪，让我帮你再做一个花坛吧！我想妈妈应该会给我一些种子的。"

"不要白费力气了，"朱迪似乎已经彻底绝望了，"迪克一定会再把它弄坏的。"

"那就这样好了！"珍果断地作出决定，"我负责找些种子，法兰克也可以帮我找，我们建造一座想象的庭院吧！"

"你的想法很不错呀！"朱迪由衷地称赞珍。

珍突然觉得自己非常幸福。坦白说，这还是她第一次被人称赞呢！

第三章

　　外婆很快就知道了朱迪的事，于是经常用讽刺性的口吻在珍面前提起她。直到长大以后，珍才知道外婆为什么禁止她与朱迪来往——原来外婆的朋友得知这件事后，都认为珍的品位低俗，喜欢和下等人在一起。

　　"珍，你觉得你的朋友朱迪是个好孩子吗？"甚至连母亲也提出质疑。

　　"那当然喽！"珍毫不迟疑地回答。

　　"但是，你看她那副邋遢、蓬头垢面的模样——她看起来可真脏啊！"

　　"其实朱迪人长得很漂亮，只是没有时间整理而已。她的头发只要洗干净了，一定会像丝缎般乌黑柔软。对了，妈妈，我可不可以送她一瓶冷霜呢？——你看，我有两瓶呢……朱迪每天都有做不完的工作、洗不完的碗盘，以致双手都龟裂了。"

　　"但是，她的衣服——"

"衣服并不能代表什么呀！朱迪的衣服很少，都是别人穿过的旧衣服——比较正式的只有两件，其中一件平常穿，另一件则留着上学穿。即使上学时所穿的那件，也还是贝尔小姐不要了才送给她的，上面还有一点一点的咖啡渍呢！妈妈，你知道吗？朱迪必须很努力地工作才有饭吃。按照玛丽亚的说法，她跟奴隶简直没什么两样。尽管这样，我还是很喜欢朱迪。妈妈，朱迪真的是一个好孩子呀！"

"呃！这个……"

母亲终于不再反对了。从来都是这样，只要珍坚持到底，母亲终究还是会答应她的要求。珍固然崇拜母亲，却也非常了解母亲性格的弱点——从不会"勇敢地反抗"。有时珍几乎不敢相信自己所听到的有关母亲的事，只好向玛丽亚或法兰克求证。

"不管是什么事情，你妈妈她总是最后知道的。"

"这也难怪，她天生就喜欢热闹，人又长得漂亮。"法兰克试图为珍的母亲辩解。

"喜欢热闹？问题是，她幸福吗？"玛丽亚似乎颇不以为然。

"幸福？妈妈当然幸福喽！"珍的内心深处涌现出一丝愤慨——妈妈每天身穿华丽的衣服、佩戴各种珍贵的珠宝玉石与朋友相偕参加宴会，怎么可能不幸福呢？珍经常会有一种奇怪的想法，那就是，妈妈其实并不幸福。可珍不知道为什么自己会这么认为——或许是因为妈妈的眼神吧？那是一种囚犯极欲挣脱牢笼的眼神。

这年春天到夏天，珍每天傍晚都会在朱迪洗完堆积如山的碗盘之后，到58号的庭院里找她玩。两人沉醉在自己编织的庭

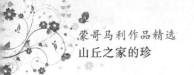
园美景当中，一边拿着面包屑喂食知更鸟和松鼠，一边坐在樱花树上仰头望着满天繁星。也不知道为什么，珍和菲莉丝往往说不上一句话，和朱迪却有说有笑，好像永远也说不完。

这天朱迪又坐在樱花树上伤心地哭泣。询问之下，才知道原来是因为威斯特小姐把她那只又破又旧的玩具熊给扔了。威斯特小姐之所以这么做，一方面是因为那只玩具熊实在已经破旧不堪——不但缝线早已裂开露出了里面的棉絮，而且表面早已褪了颜色——另一方面则是由于朱迪早就过了玩玩具熊的年龄。

"但是，除了那只玩具熊，我再也没有其他玩具了呀！"朱迪抽泣着说。

"如果我有一个布娃娃，当然就不会再要那只玩具熊了。坦白说，我一直渴望能有个布娃娃，但那好像是不可能的。现在，我甚至连那只破旧的玩具熊也没有了。从今天开始，我又得一个人睡觉了。珍，你知道吗？我觉得好寂寞啊！"

"那你到我家来好了，我给你一个布娃娃！"珍提议道。

珍不喜欢没有生命的布娃娃。在珍七岁那年的圣诞节，西尔比亚姨妈送给了她一个非常漂亮的布娃娃。娃娃身上穿着华丽的洋装，看起来非常高贵，不过珍一点儿也不喜欢。这个近乎完美的布娃娃，使得珍没有机会为它做任何事。如果西尔比亚姨妈送的是一个需要缝补裂线的玩具熊，珍或许会比较喜欢。

这天傍晚，珍带着高兴得蹦蹦跳跳的朱迪走进家里，把自己的布娃娃送给了她。这些年来，布娃娃一直静静地躺在珍房内一个黑色大衣橱的抽屉里。接着珍又带朱迪来到母亲房内，将化妆台上的东

西——银质发梳、有着彩虹般雕花玻璃盖的香水瓶以及放在小金盆里的戒指等——拿给朱迪看。就在这时，外婆突然无声无息地出现了。

外婆一语不发地站在门口看着珍和朱迪。霎时，一股冰冷、令人窒息的沉默波浪般地席卷而来。

"维多莉亚，请问一下这是怎么回事呢？"

"呃，她——她就是朱迪。我——因为朱迪没有布娃娃，所以我把我的布娃娃送给她了。"

"是吗？我记得这个布娃娃是西尔比亚姨妈送给你的圣诞礼物。"

刹那间，珍知道自己犯下了不可饶恕的过错。只是她从来没想到，她连自己的布娃娃都不能随心所欲地送人。

"亲爱的维多莉亚——我并没有禁止你到朱迪住的地方去玩，不是吗？虽然血统是不容争辩的事实，不过，我不希望你把你那些低贱的朋友带到这里来。"

自尊严重受到伤害的朱迪不等外婆把话说完，就扔下布娃娃飞也似的冲了出去。看到这种情形，珍长久以来积压的怒气终于爆发了。她慢慢地走到外婆面前，褐色的眼眸里带着一丝批判的意味。"你不是个好人。"即使明知外婆会责备她失礼，珍还是决定说出内心真正的感受。说来也奇怪，当她留下那句话跟着朱迪走出屋子时，胸中竟涨满了不可思议的满足感。

"我不是低贱的人呀！"朱迪的双唇微微颤抖，"当然，我不像你那样出生在好人家——威斯特小姐说你们是有身份的人，但是我的家庭并没有什么见不得人的污点啊！妮妮婶婶曾经告诉过我，我的父母在世时，都是凭自己的努力过活的。现在，

我不也是很努力地替威斯特小姐工作以养活自己吗？"

"朱迪，你绝对不是低贱的人，我很喜欢你。在这个世界上，我只喜欢妈妈和你。"

说出这句话时，珍的心里隐隐作痛。在全世界几百万人当中——珍不知道正确的数字是多少，但她知道那是一个非常庞大的数字，她竟然只喜欢两个人。想到这里，珍突然为自己感到悲哀。

"我希望自己能够喜欢更多的人，这将会使我感到快乐。"珍想着。

"除了你，我没有任何人可以喜欢。"朱迪的语气充满哀伤。于是珍把放在内庭角落里的旧罐子一一搬出来堆成城堡，要朱迪也来帮忙，两个人玩得不亦乐乎，这才终于忘记了刚才那件不愉快的事。朱迪隐约记得，这些空罐子是威斯特小姐特地留给乡下的表弟的，不过这位表弟整个冬天都没有出现，以至空罐越堆越多，逐渐形成了一座小山。

珍和朱迪都知道，自己费尽心思堆起来的城堡，第二天就会被迪克踢倒，不过她们并不在乎，因为两个人一起堆城堡实在太有趣了。当两人忙着堆砌城堡时，刚搬进58号公寓的建筑师特里伊先生正好要把车子开进车库里。望见那座月光下闪闪发亮的城堡时，特里伊先生兴奋地吹了一声口哨以示赞美。"哇！我从来没见过这么漂亮的城堡。"特里伊先生说。

当天晚上，原本应该已经入睡的珍，却仍然睁大双眼躺在床上，幻想着自己住在一个打开窗户就可以看到月亮的房子里。

有关"月亮的秘密"，珍甚至没有告诉妈妈和朱迪，这是完全属于她一个人的秘密。一旦说出来，那种美好的感觉就会荡然无

存。三年来，珍一直梦想自己在月球上生活。在那个幻想的世界里，珍尽情地品尝藏在银色山丘背后的神仙之泉，尽情地奔跑、跳跃，生活过得快乐无比。不过，发现自己可以凭想象到达月球之前，珍最大的心愿，就是能像爱丽丝一样走进镜子里。为了等待奇迹出现，珍经常纹丝不动地站在镜子前。盖尔特路德姨妈对此颇不以为然："我从来没见过像维多莉亚这么骄傲、自负的孩子。"

"真的吗？"外婆从来不知道珍有什么地方值得自负或引以为傲的，因而语气充满了讽刺意味。

一段时间后，珍很悲哀地下了一个结论：她无法进入镜中世界。不久后的一天晚上，她躺在没有半点儿亲切感的房内睡觉时，突然发现窗外的月亮正看着自己，一轮皎洁的明月，于是珍开始幻想自己在月亮里生活的情节。在那里，珍吃的是妖精国的怪异食物，每天都和一群想象的朋友徜徉在妖国的原野上，尽情地欣赏盛开的白色月花。

当然，即使是幻想，珍也尽量不使其偏离常轨。例如，因为月亮是银制的，珍每天晚上都必须花点时间把它擦亮。月亮里，有个专门负责奖励勤劳者和惩罚懒惰者的机构，凡是不认真工作的，都会被放逐到月球的另一面去独自忍受阴暗、寒冷。这些人服刑期满被释回以后，通常都会非常认真地擦拭月亮，使其更加明亮。啊，这是多么愉快的事呀！

没有月亮的夜晚，独自躺在床上的珍总是觉得格外寂寞。对珍而言，最高兴的事莫过于看见一弯西月浮现在空中——她知道自己的朋友们又回来了。珍就这么依赖着自己的幻想度过了许多寂寞的夜晚。

第四章

十岁以前，珍一直相信父亲已经死了。在她的记忆中，似乎从来没有人提过任何有关父亲的事情，珍也从来没有想过这个问题。珍只知道父亲名叫安德尔·卢瓦尔省·史提华德——因为大家都称母亲为安德尔·卢瓦尔省·史提华德夫人；但是对珍而言，知道父亲的名字并不能改变父亲已不在人世的事实。

根据珍打听的结果，知道所有与父亲有关的事情的，只有菲莉丝的父亲，也就是珍的姨丈德比特·科尔曼。德比特姨丈虽然已经显出老态，但是看得出来年轻时一定非常英俊。尤其难得的是，每当他星期日到这里吃饭时，总是用温和的语气和珍说话。敏感的珍立刻就察觉到，姨丈的声音里比其他人多了一份关爱之情。珍很喜欢德比特姨丈，甚至嫉妒菲莉丝有个这么好的爸爸。虽然妈妈非常疼爱自己，珍还是希望有个爸爸。

就在这时，阿格尼丝·立普雷也转到圣·阿卡萨小学来就读了。珍一开始就很喜欢阿格尼丝，因为阿格尼丝在与她初次

见面时，很顽皮地对她吐了吐舌头。这个阿格尼丝，就是鼎鼎有名的"托马斯·立普雷"的女儿——托马斯正是那个建设"铁路"的人，圣·阿卡萨小学的女孩子们全都聚在一起欢迎阿格尼丝。在她们的心目中，能够与阿格尼丝交往无疑是件值得骄傲的事。如果能让阿格尼丝对自己说出"秘密"，那更是至高无上的光荣。

因此，这天下午阿格尼丝来到运动场上以神秘的语气告诉珍"我知道一个秘密"的时候，珍兴奋得都快跳起来了。

"我知道一个秘密哦！"珍相信世界上再也没有任何事情会比这句话更吸引人了。

"真的？快告诉我嘛！"经不起珍的央求，阿格尼丝终于说出了这个秘密。原来她新近加入了一个由一群长相平凡的女孩子组成的聚会，以便知道她们的秘密。

"秘密"，一个多么吸引人的词啊！

阿格尼丝故意皱皱鼻子，摆出一副高高在上的样子。

"等你知道她们的秘密以后，一定要告诉我喔！"

"拜托嘛！"珍那金褐色的眼眸闪着热切的光芒。

留着一头褐色长发、容貌秀丽的阿格尼丝眨着她那迷人的绿色大眼睛，脸上流露出淘气的神情："好吧！我先告诉你一个秘密好了。不过，你听了以后可不许生气哦！毕竟我也只是听说而已。"

珍下意识地竖起耳朵，内心为阿格尼丝终于肯告诉她秘密而兴奋不已。

"听说你的父母并没有住在一起。"

珍茫然地盯着阿格尼丝,似乎听不懂这句话是什么意思。

"当然没有住在一起!我的爸爸早就去世了。"

"不!你爸爸还活着,目前住在爱德华王子岛上。听说是你妈妈在你三岁那年抛弃了他。"

珍觉得自己快要晕倒了:"这、这——这是不——不可能的呀!"

"不,是我亲耳听德拉姨妈告诉我妈的。据说有一年夏天你的外婆带你妈到海岸去玩,结果你妈遇见了一名刚从战场上回来的年轻人,也就是你的爸爸,不久两人就结婚了。据德拉姨妈说,因为你外婆坚决反对,你的父母早就知道他们不可能永远在一起。德拉姨妈说,你的存在使得你那一贫如洗的爸爸更加绝望,他和你的妈妈都不希望把你生下来。果然,在你出生以后,这对年轻夫妇就经常争吵。你的妈妈伤心之余,终于决定离开你的爸爸。当然啦!如果可以选择的话,我相信你妈妈一定不会选择离婚。毕竟,离婚在加拿大尚未被人们所接受,而肯尼迪家族又一向把婚姻看得非常神圣。"

珍惊讶地瞪视着阿格尼丝:"我……我不相信这是真的!"

"我好心告诉你这个秘密,如果你不相信,我也没必要告诉你其他事情了!"阿格尼丝气得大叫。

"不,我不要再听了!"珍也尖声叫嚷着。

接下来的时间里,珍怎么也无法忘记方才听到的"秘密"。不,这一定不是真的!珍从来不知道一个下午会有那么长,仿佛永远也过不完。待在圣·阿卡萨小学的时间有如噩梦一般,

而法兰克开车的速度更是慢得像蜗牛。望着天际飘下的雪花，珍觉得自己从没见过这么脏的东西。即使闪着银白色光芒的明月，对珍来说也没有任何意义了。

珍回到丽街60号时，正好是喝下午茶的时间。摆着淡红色金鱼草和郁金香的宽敞客厅里，坐满了来访的客人。母亲穿着一袭滚着蕾丝花边的蓝色薄纱礼服开怀地笑着。至于发际插着钻石发饰的外婆，则按照惯例坐在她最喜欢的那把椅子上。当然，盖尔特路德姨妈和西尔比亚姨妈也都在场。点有粉红色长蜡烛的餐桌上，放满了午茶和各式点心。

珍笔直地走到母亲跟前，完全无视屋内其他人的存在。此刻她一心所想的，就是把事情问个明白。除此以外，她什么都不在乎了。

"妈妈，我的爸爸还活着吗？"

沉默霎时降临整个大厅。外婆那蓝色的眼眸射出一道冰冷的寒光，西尔比亚姨妈不自觉地倒抽了一口气，盖尔特路德姨妈吓得脸色发紫，而妈妈的脸上则突然罩上了一层寒霜。

"我爸爸是不是还活着？"珍又问了一次。

"是的。"母亲简短地回答了珍的问题，似乎无意多作解释。

珍一语不发地转身走出房间，掉了魂似的走上楼梯回到自己房内，"啪"的一声关上房门，静静地躺在床畔一张巨大的白色熊毛皮上。珍把脸埋在柔软的毛皮中，任由无边的痛苦啃噬着自己。

这件事是真的！原本以为已经死了的父亲竟然还活着——

在地图上，爱德华王子岛只是一个距离多伦多很远的小点，此刻对珍却具有重大的意义。而真正让珍伤心的，是知道自己不被父母喜欢。

"你是不应该出生的。"阿格尼丝的话萦绕在她的耳际。突然间，珍发现自己很恨阿格尼丝，这股恨意恐怕一辈子都不会消失了。

"只要我还活着，就永远不可能忘记这件事情！"珍这么告诉自己。

等到客人全部回去以后，母亲和外婆立刻来到珍的房内。

"维多莉亚，站起来！"

珍却一动也不动。

"维多莉亚，你最好照着我的话去做！"

珍这才慢条斯理地站起身来。她没有哭泣——几年前曾有人说过"珍是从来不哭的"，脸上却写满了痛苦。或许是珍的痛苦表情打动了外婆吧，外婆的语气突然变得异常柔和。

"很早以前我就告诉过你妈了，维多莉亚，你有权知道事实的真相。更何况，你迟早都会从别人口中知道这件事情的。没错，你爸爸确实还活着。当年你妈不顾我的反对和他结了婚，但是不久就后悔了。当她哭着向我忏悔时，我立刻就原谅了她，把她接回了家来住。你看，事情就这么简单。对了，方才你没看见家里有客人吗？就算你真的很想知道事情的真相，至少也该等到客人回去以后再问啊！"

"为什么他不喜欢我呢？"珍茫然地问着。

一想到这件事情，珍就觉得内心隐隐作痛。或许母亲一开

始并不想生下她，但是现在珍知道母亲确实非常爱她。

母亲突然笑了起来——但是隐藏在笑声里的悲哀，却令珍的胸口一紧。

"或许是因为他吃你的醋吧。"母亲解释道。

"就是他把你妈这辈子害得那么惨！"外婆的语气相当严厉。

"不，我也有不对的地方！"母亲说着哭了起来。

珍看着母亲和外婆。就在这时，外婆突然变了脸色："你要问我或你妈妈都可以，但是今后绝不准再提起你爸爸的名字！"

其实外婆根本没有必要加以禁止，珍自己也不想再提到父亲的名字。母亲所遭遇的不幸，使得珍打从心底恨他。倒是不能和母亲谈论这件事情，让珍觉得非常难过。因为这件事在她和母亲之间产生了隔阂，她再也无法像以前那样坦然地和母亲交谈了。

与此同时，珍再也无法忍受阿格尼丝·立普雷了。当她知道阿格尼丝决定休学时，顿时觉得松了一口气。据说阿格尼丝之所以休学，一方面是因为她想专心学习踢踏舞，另一方面是因为托马斯先生认为圣·阿卡萨小学不够现代化，不适合他的女儿就读。

第五章

　　知道父亲还活着后，很快又过了一年。这一年，珍终于顺利地升级了——珍听说菲莉丝的各科成绩都非常优秀——她还是和平常一样，由法兰克开车送她到圣·阿卡萨小学上课。她也曾非常努力地试着喜欢菲莉丝，结果却徒劳无功。她仍然每天傍晚前往内庭和朱迪见面，也很认真地练习自己不喜欢的钢琴。

　　"你不喜欢音乐啊？这样不太好吧？不过，你的确不太像是会喜欢音乐的那种人。"

　　问题不是外婆说话的内容，而是她说话的方法。外婆总是能够看穿珍的心思，一再地刺伤她。事实上，珍是非常喜欢音乐的。每当58号公寓的音乐家莱沙姆先生在屋里拉小提琴时，坐在内庭樱花树上的珍和朱迪这两位小听众总是听得如痴如醉。而冬天莱沙姆先生关门练琴时，听不见琴音的日子往往非常无聊。每当这个时候，月亮就成了她唯一的避难所。令人懊恼的是，只要一看到珍对着月亮发呆，外婆就会说她"又在闹

别扭了"。

"这孩子的脾气可真坏呀!"外婆告诉珍的母亲。

"是吗?我倒不这么认为!"只有在祖护珍的时候,母亲才敢反对外婆,"这孩子只不过是——有点儿神经质。"

"神经质?"外婆不禁笑了。在珍的记忆里,外婆很少笑。不过珍必须承认,外婆笑起来很好看。她还记得盖尔特路德姨妈也很喜欢笑,而且很会讲笑话,不过那似乎是很久以前的事情了。过去母亲也经常笑——她的笑声如银铃般清脆、悦耳,听在珍的耳里却觉得有点儿造作。正确的说法是,母亲从来没有在丽街60号的家里发出过自然的笑声。

原本珍是可以在这栋偌大的房子里开怀大笑的,但因为从小就知道外婆不喜欢笑,所以珍不得不努力压抑自己,甚至法兰克和玛丽亚也只能躲在厨房里偷偷地笑。

这一年,珍又长高了许多,身体也在发育中。

"你看,维多莉亚是不是长得愈来愈像那个人了呢?"一个偶然的机会,珍听见外婆很不高兴地向盖尔特路德姨妈提起这件事。不用问珍也知道,外婆口中的"那个人"就是自己的父亲。知道这个事实后,珍突然讨厌起自己的长相来了。为什么?为什么她不能长得像母亲那么漂亮呢?

转眼间,一年又平安无事地度过了。日子过得相当单调乏味,幸好珍还不知道什么叫作"乏味"。这一年,有三件事情在珍的脑海里留下了深刻的印象,分别是小猫事件、与坎尼斯·哈瓦德的照片有关的怪事及倒霉的背书事件。

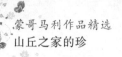

某天下午，珍在街上捡到了一只小猫。这天法兰克必须接外婆和母亲回家，所以匆匆忙忙地从圣·阿卡萨小学接珍放学后，就把她放在了丽街街口要她自己走回去。珍难得有机会享受这种无拘无束的自由，一口就答应了。从小到大，外婆从来不准珍一个人在街上走，因此珍格外喜欢漫步在街上的感觉——她更希望能够自己走到圣·阿卡萨去上学，如果路途实在太远，她也可以考虑搭公交车。

珍很喜欢坐着公交车到处逛，根据乘客的衣着、行为举止及脸上的表情做出各种想象。那个留着一头光滑柔顺的秀发的漂亮女人是谁呢？那位一脸怒气的老婆婆在喃喃自语些什么呢？那个小男孩跟妈妈要了一条手帕是要擦泪吗？那位看起来满脸喜悦的女孩有升级与否的烦恼吗？珍多么希望自己能够看穿他们的内心，与他们一同分享喜怒哀乐啊！遗憾的是，住在丽街60号使得她很少有机会搭乘公交车。

为了尽情享受这难得的快乐时光，珍慢慢地走着。寒冷的晚秋，太阳一整天都舍不得露脸，只是偶尔像幽魂般从阴沉沉的云背后探出头来，茫然地看着大地。随着时间的流逝，天色逐渐暗了下来，只有丽街那维多利亚王朝式的窗户仍然相当明亮。尽管寒风刺骨，珍却一点儿也不在乎。突然，珍停住脚步，好奇地看着四周。她听见了一阵非常微弱的叫声。极目搜寻之后，珍在铁栅旁发现了一只蜷缩的小猫。珍本能地抱起它，把脸贴在它的身上，瘦得只剩一把骨头的小猫拼命地舔着她的脸颊。珍知道外婆绝对不会答应收留一只来历不明的小猫，但她

不忍心任由小猫在这么寒冷的夜里饿死、冻死。

"呀！维多莉亚小姐，你是从哪里抱来这只猫的？"当珍抱着小猫走进厨房时，玛丽亚不禁吓了一跳，"绝对不能把猫带进家里来，你外婆最讨厌猫了。很久以前你盖尔特路德姨妈也曾养了一只，结果那只猫把所有的家具都撕碎、抓烂了，于是就被你外婆扔掉了。所以啊，维多莉亚小姐，你最好赶快把这只猫丢到外面去！"

珍最讨厌别人叫她"维多莉亚小姐"，外婆却偏要家里的佣人们都这么叫她。

"可是外面好冷啊，玛丽亚！我实在不忍心这么做。对了，你先给我一点儿食物喂它吧！至于它的去留，等大家吃过晚饭再说吧！无论如何，我一定会求外婆让我留下它。只要我保证小猫只待在厨房和内庭，外婆应该没有理由反对吧？玛丽亚，你不介意让这只小猫待在厨房吧？"

"当然不会！我一直都很想有一只猫来做伴的。当然啦！狗也不错。以前你妈妈也曾养过一只狗，却不幸被毒死了，从此以后她就再也没有养过狗了。"

玛丽亚认为，毒死那只狗的元凶一定就是老夫人。不过她没有把自己的猜测告诉珍，一来是因为这种事情不适合让小孩子知道，二来她也没有足够的证据证明是老夫人下的毒手。她只知道，肯尼迪老夫人对女儿宠爱那只狗感到十分嫉妒。

珍知道今天外婆、妈妈和盖尔特路德姨妈要拜访很多朋友，不到晚餐时间是不会回来的。换句话说，小猫至少还可以在家里待上一个小时。接下来的一个小时，可以说是珍一生中最快乐的时光。她让小猫待在温暖的厨房里，喂它喝了许多牛奶。玛丽亚也把撒在饼干上的花生剁成了粉末，将梨子切成了薄片递给珍。

"哇！玛丽亚，太棒了！你是不是常常这么做呢？小猫咪快过来，玛丽亚做的派最好吃了。"

"派可不是人人都会做的哦！"玛丽亚非常得意，"可惜虽然我经常做各式各样的派，你外婆却总是碰也不碰。她的理由是派会导致消化不良。不过，我父亲活了九十岁，他去世之前，几乎每天早上都要吃派呢！至于你妈，倒是很喜欢吃我做的派。"

"等吃过晚饭，我就去问外婆可不可以留下这只小猫。"

当珍推开厨房的门走出去时，玛丽亚不禁摇着头喃喃自语："真可怜，恐怕她又要伤心失望了。其实罗宾小姐比较会照顾小动物，就是太听她妈妈的话了。总之，还是先让她们高高兴兴地吃顿晚餐，或许老夫人会因为心情好而大发慈悲。当然啦！绝对不能让老太太知道维多莉亚小姐帮我做了色拉。哎呀！我得赶快动手做派才行，时间快来不及了。"

令人失望的是，晚餐的气氛似乎不太好。可能下午曾发过脾气吧？晚餐时间外婆没有像平常一样隔着桌子做些只有珍知道的小暗号——例如摸摸嘴唇、皱皱眉、弯弯手指等（分别代表"亲一下""你今天很乖"或"太棒了"等意思）。

由于心里藏着秘密，珍吃饭的动作显得有些笨拙。当她开始吃派时，更是不小心把勺子上的汤汁洒在了餐巾上。

"如果是一个五岁的孩子犯下这种错误，或许还情有可原；但你已经这么大了，根本不值得原谅。我告诉过你多少次了，用餐时要格外小心谨慎！像这么高级、昂贵的餐巾，你赔得起吗，维多莉亚小姐？"

外婆的冷言冷语使得珍心慌意乱，只能不知所措地看着餐桌。她不明白为什么，只是一个小小的派，却牵扯出惊人的怒气。所谓"屋漏偏逢连夜雨"，当人倒霉时，不顺心的事情往往会接二连三地发生。对珍来说更是这样。就在这时，小猫突然跑进餐厅，一下子跳到了珍的膝盖上。

"这只猫从哪里来的？"外婆的语气相当严厉。

"不能再怯懦了！"珍暗自鼓励自己，"我在路上发现了这只小猫，就把它带回来了。"珍终于勇敢地说了出来，不过，外婆一定会认为这是在顶撞她。

"这只小猫那么瘦小，又冷又饿，多可怜啊！外婆，请你让我留下它好吗？我保证不会让它惹麻烦的。我——"

"不要再说傻话了，我亲爱的维多莉亚。你应该知道家里是不准养猫的。现在，请你立刻把它扔到外面去！"

"不！外婆，求求你通融一下嘛！外面又是刮风又是下雪，小猫咪一定会冻死的。"

"不准反驳！立刻照我的话去做，听见了没，维多莉亚？你不能凡事只想到自己，有时也该试着去体会其他人的感受。再说，养猫不仅麻烦，而且会吵到别人。"

"外婆——"珍还想再说什么，外婆却举起那只戴着戒指、

又干又瘦的手制止了她。

"不要惹我生气，维多莉亚。立刻把它扔到外面去！"

珍无奈地带着小猫走进了厨房。

"不要担心，维多莉亚小姐。我已经请法兰克把车库整理好了，今晚就让小猫暂时睡在那里吧！明天一早我就把它送到我妹妹家去，她一向很喜欢猫的。"

愤怒使得珍强忍住想哭的冲动。甚至当妈妈踮着脚尖轻轻走进房内亲吻她的脸颊道晚安时，珍也没有哭。

"妈妈，我们两个——只有你和我，一起离开这个家吧！我不喜欢这里，我讨厌这里！"

母亲用不可思议的眼神看着珍，脸上浮现出痛苦的表情："孩子，我们已经无处可去了呀！"

第六章

　　珍至今还不知道那张照片是怎么回事。小猫事件所带来的伤痛和怒气消退之后，又发生了一件令她困惑的事情。珍不懂，一个陌生人的照片，怎么会和丽街60号的人们，尤其是和母亲扯上关系呢？

　　珍在前往德比特姨丈家拜访菲莉丝时，无意间发现了这张照片——奉外婆之命，珍必须经常与菲莉丝共度下午的时光。这天珍和往常一样，心不甘情不愿地来到了菲莉丝家。

　　经过盛装打扮、俨然是个女主人的菲莉丝，把所有的新洋娃娃、新衣服、新鞋子、新首饰，以及崭新的陶器猪全部搬出来给珍看。喜欢收集陶器猪的菲莉丝认为，对陶器猪没有兴趣的人都是"笨蛋"。正因为菲莉丝喜欢在珍的面前炫耀，她和珍的感情一直都不太融洽。这种情况下，两人相处起来自然十分无聊。因此当珍拿出《周末下午》专心地开始阅读时，两人都觉得松了一口气。

说实在的，珍对流行讯息、股票市场或刊在首页由坎尼斯执笔的《国际局势再调整》之类的文章一点儿兴趣也没有，但这总比和菲莉丝坐着干瞪眼好。珍之所以要看《周末下午》，主要是因为外婆禁止她看——基于某个不知名的理由，外婆严格禁止家里人看这份刊物，不过在珍看来，不让人看《周末下午》实在有点儿莫名其妙。

珍非常喜欢刊在首页的那张坎尼斯·哈瓦德的照片。不知道为什么，珍第一眼看到那张照片时，就由衷地喜欢上了他。虽然珍从未见过坎尼斯·哈瓦德，不清楚他的为人，更不知道他住在何处，却觉得他和自己非常亲近。更重要的是，她很喜欢坎尼斯照片上的样子——三角眉、一头浓密的头发、带着一丝倔强的双唇、威严而又隐含笑意的眼睛、棱角分明的下颚——珍总觉得照片里的人非常眼熟，好像在哪里见过。珍再度看了照片里的坎尼斯·哈瓦德一眼，重重地叹了一口气。她希望父亲长得和坎尼斯·哈瓦德一样，这么一来她不但不会憎恨他，还会深爱他呢！

珍望着照片出神的模样引起了菲莉丝的注意："你在看什么呀，维多莉亚？"

珍这才回过神来："这张照片可以给我吗，菲莉丝？"

"谁的照片啊？噢，原来是这张啊！维多莉亚，你认识这个人吗？"

"不，我不认识他。不过，我非常喜欢这张照片！"

"坦白说，我不太喜欢这张照片。"菲莉丝的眼神里充满了轻蔑，"他的年纪太大，长得不够英俊潇洒。事实上，第二面那

张诺曼·特依德的照片，才真叫英俊哪！维多莉亚，来，我翻给你看！"

然而，珍对诺曼·特依德等电影明星丝毫不感兴趣，因为外婆反对小孩子看电影。

"我真的很喜欢这张照片，请你把它送给我吧！"珍再次提出央求。

"好啊！"菲莉丝这下子更加确定珍是个"大傻瓜"，傻得可怜。

"包括我在内，我们家没有一个人喜欢这张照片。不知道为什么，我总觉得他的眼神看起来好像在笑我。"

珍不得不佩服菲莉丝惊人的洞察力，坎尼斯·哈瓦德正是这副表情；但由于他的笑容令人非常舒服，珍一点儿也不在乎。

珍小心翼翼地剪下那张照片，带回家藏在了衣橱内最上层放手帕的抽屉里。不知道为什么，珍下意识地不想让别人看到这张照片。或许是因为她不想家里有人像菲莉丝一样，笑她是个笨蛋吧；或许是因为她觉得自己和这张照片有某种不可思议的关联吧。

最近她一直没有太多机会和母亲说话。这些日子母亲仍然和以前一样，每天穿着华丽的衣服，把自己打扮得漂漂亮亮地参加各种舞会、茶会或打桥牌。事实上，母亲现在很少到珍的房间来向她道晚安，并在她脸颊上留下甜甜的一吻了——珍并不知道母亲不论多晚回来，都会踮着脚尖轻轻走进她的房内，在她红褐色的头发上留下轻轻的一吻，然后回到自己的房内无声地啜泣。

　　三个星期以来，珍一直小心翼翼地保存着那张照片，一有机会就把照片拿出来，或是端详一番，或是滔滔不绝地对照片里的人诉说有关朱迪、学校功课的事。珍甚至连自己有多爱妈妈和月亮的秘密也告诉了他。每当她孤独地躺在床上时，只要一想起那张照片，内心就会无限温暖。这些日子以来，她养成了每晚就寝前亲吻照片道晚安，早上醒来后立刻拿出照片看一眼的习惯。

　　很不幸，盖尔特路德姨妈发现了那张照片。这天，当珍从圣·阿卡萨小学回到家时，立刻就察觉到气氛不太对劲。平时给珍随时随地都在监视着自己的感觉的家，今天更是带着充满嘲讽和不怀好意的笑容看着自己。挂在客厅的外祖父肯尼迪的画像，也正严厉地瞪视着珍。

　　外婆挺直脊背端坐在椅子上，母亲和盖尔特路德姨妈分坐在两侧。珍走进厅内时，母亲那双小巧、白皙的手正把玩着一朵玫瑰花，盖尔特路德姨妈则目不转睛地盯着外婆手上拿的那张照片。

　　"那是我的照片啊！"珍放声大叫。

　　外婆默默地看着珍，冰冷的蓝色眼眸里逐渐冒出一簇怒火。"这张照片是从哪里来的？"

　　"那是我的东西！"珍气愤地大叫，"是谁把它从我的抽屉里拿出来的？你们没有权利这么做！"

　　"你的态度真是叫人不敢恭维呀，维多莉亚！不过，今天我们要谈的并非伦理问题，而是有关这张照片的事情。"

　　珍垂下眼帘看着地面。保存坎尼斯·哈瓦德的照片难道也是一种罪恶吗？她不知道理由是什么，内心却相当清楚，自己

再也无法保留这张照片了。想到这里，珍的怒气陡然爆发出来。

"维多莉亚！看着我，回答我的问题！怎么啦？你不是很会说话吗？"

愤怒更加深了珍的反抗心理。毫不迟疑地，她扬起头来："照片是我从报刊上剪下来的——从《周末下午》上！"

"那种无聊至极的报刊！"一听见《周末下午》，外婆的语气更是充满了轻蔑，"你在哪里看到那种东西的？"

"在西尔比亚姨妈家。"珍再度鼓起勇气。

"那你为什么要把这张照片剪下来呢？"

"因为我很喜欢这张照片。"

"你知道坎尼斯·哈瓦德是谁吗？"

"不知道！"

"你应该说：'我不知道，外婆。'既然是一个不认识的人，你为什么要把他的照片藏在衣柜的抽屉里呢？以后不许再做这种无聊的事了！"

眼见外婆拿起照片准备撕碎，珍突然一个箭步冲上前去死命地抓住外婆的手。

"外婆！不要撕，请你不要撕好吗？我真的很喜欢这张照片！"

就在这时，珍知道自己犯了不可饶恕的过错。原本她就不敢奢望自己还能拿回照片，现在却连仅有的一丝希望也破灭了。

"你不觉得有点儿失态吗，维多莉亚？"长久以来，从来没有人敢对外婆说"不可以怎样"。

"赶快放手！至于这张照片……"

外婆飞快地将照片撕成了四片丢向火堆。眼见照片瞬间化为灰烬，珍的心也被撕裂了。就在满腔怒气即将爆发时，珍不经意地瞥见了母亲的眼神。母亲的脸色像纸一般苍白，原本拿在手里的玫瑰花早已掉在脚边，眼里闪过一丝令珍震惊的痛苦表情。那痛苦的眼神一闪即逝，却在珍的脑海里留下了不可磨灭的印象。珍知道坎尼斯·哈瓦德的照片必然勾起了母亲痛苦的回忆，虽然她不知道那是什么。她的心里非常清楚，母亲是绝对不会向她解释任何有关这张照片的问题的。

"怎么？你不高兴吗？立刻回房去，在我没叫你之前不许离开房间一步！"外婆似乎不太喜欢珍脸上的表情，"还有请你记住，这个家里的人谁也不许看《周末下午》！"

"我不是这个家里的人！"珍不假思索地脱口而出。言迄即大踏步地回到了自己的房内。缺少了微笑着看着自己的坎尼斯·哈瓦德的房间，只有无边的寂寞和可怕的无聊。

不能和母亲讨论这件事更加深了珍的痛苦。她茫然地伫立在窗前，内心不断地告诉自己：这是一个残酷的世界——甚至连星星也嘲笑似的对她眨眼呢！

"在这个家里到底有谁是幸福的呢？"珍喃喃自语着。

就在这时，珍抬头望见了月亮，那是一弯新月，不过并不是以往那轮散发着细微银白色光芒的新月。望着正缓缓隐入地平线彼端，将黑色云朵渲染成混浊的红色的那轮新月，珍突然从悲哀中醒悟过来——思绪也随之飞往三十九万公里远的彼方。

幸好，外婆的力量不足以到达月亮之上。

第七章

接着又发生了背书事件。

圣·阿卡萨小学决定举办一次学艺会以招待学生的家属。会中除了短剧，还有音乐和朗读等表演。珍希望自己能穿着曳地的白色纱裙、背上绑着翅膀、头上顶着光环在话剧中出演天使一角，不过幸运之神并未特别眷顾她。学校老师以珍长得太瘦为由，否决了由珍饰演天使的提议。

演话剧的希望落空后，圣布罗老师问珍愿不愿意参加背书比赛。

珍当然求之不得！在学校，珍是公认的背书高手。珍认为这是一个可以让母亲以她为傲、让外婆知道自己的钱没有白花的机会。

珍特地选了一首她最喜欢的诗——《马修的婴儿》作为比赛主题。或许是因为这首诗是用方言写成的吧，珍对它情有独钟。为求在学艺会当天有好的表现，珍经常躲在房里背书，不

论走到哪里口中都念念有词。

观察力十分敏锐的外婆几乎立刻就注意到了珍的异常举动。"奇怪，维多莉亚最近怎么老是一个人自言自语呢？"

为避免消息走漏，珍只好尽量避免开口。如果自己的表现够好，母亲会非常高兴，或许外婆也会因此多喜欢她一点儿呢！反之，珍知道如果表现得不好，必然会招来一顿无情的讪笑和责骂。

一天，外婆带着珍来到马尔波罗一家大百货公司的一个小房间里。望着镶满镜子的墙壁、铺有天鹅绒地毡的地板及压低声音说话的人们——珍发现自己一点儿也不喜欢这里。不知道为什么，这个房间令她有快要窒息的感觉。

为了参加学艺会，外婆特地帮珍选了一件非常漂亮的衣服。尽管对外婆的某些作风有点儿不满，珍却不得不承认，外婆在服装方面确实很有品位。有着红褐色头发和金褐色眼眸的珍在那件绿色丝绢洋装的衬托下，果然十分出色。内心充满喜悦的珍更加热切地希望自己能以优异的背书成绩博得外婆的欢心。

学艺会举行前夕，珍突然觉得非常紧张。自己声音里是不是还有一丝颤抖呢？珍希望明天正式比赛时，自己能够克服紧张的毛病。

但是事与愿违，缓缓踏上学艺会的讲台，生平第一次面对那么多听众的珍，不由自主地紧张起来——她没有想到会有这么多人来参加，紧张使得珍呆呆地站在台上，一句话也说不出来。就在这时，她似乎看见坎尼斯·哈瓦德正蹙起眉头露出微

笑看着她。

"为了我，多多加油吧！"坎尼斯·哈瓦德似乎在鼓励着珍。于是珍鼓起勇气朗声背诵起来。

珍的优异表现，果然使得圣·阿卡萨小学的全体师生都对她刮目相看。任谁也没有想到，一向笨拙、内向的维多莉亚·史提华德居然也会背诵方言诗。感受到众人的惊讶与赞美，珍的内心充满了喜悦——这股喜悦一直持续到她背诵的最后一节。就在她背到最后一节时，赫然发现母亲和外婆也都在场。母亲披着一条新买的蓝色狐毛皮、头上戴着那顶珍最喜欢的小巧杯形帽，脸上写满了难以置信的得意表情；而外婆——珍已经看过太多次那样的表情了——外婆则一脸怒气地坐在座位上。

原本应该达到高潮的最后一节，珍霎时像泄了气的皮球般变得无精打采。珍觉得自己好像吹熄的烛火。尽管如此，听众们还是热情地拼命鼓掌，圣布罗老师也站在台下不断地大叫："太棒了，维多莉亚！太棒了！"

回家的路上，母亲和外婆全都保持沉默，没有人出声夸奖她——气氛相当怪异。眼见外婆始终像石头般默不作声地坐着，珍的母亲也很识趣地闭口不语。

果然，一回到家里外婆就立刻发难："是谁叫你这么做的，维多莉亚？"

"外婆，您是指什么事呢？"珍小心翼翼地反问。

"不要反问我，维多莉亚，你心里应该明白我指的是哪件事。"

"您是指我参加背诵比赛的事吗？圣布罗老师建议我参加背

诵比赛，我就选了一首最喜欢的诗参加啦！"珍的语气中隐含着不平，"之前我还想借这件事博得外婆的欢心呢！现在终于明白了，我所做的每件事都不可能讨好外婆。"

"请你以后不要再做那种小丑的表演了。如果你真的那么喜欢背诵，"她那说话的口气就好像是"如果你非患天花不可的话"，"就选些正统的英文诗吧！我最讨厌的就是方言诗！"

珍不知道什么叫方言诗，只知道自己又一次彻底地失败了。

这天晚上，母亲穿着一袭灰色洋装走进珍的房内，珍仍然一脸茫然地看着天空。

"外婆为什么那么生气呢，妈妈？"母亲的脸色霎时暗了下来。

"外婆……不喜欢……因为她本身就是朗诵方言诗的高手。你不必在意，孩子。你真的念得很好，妈妈为你感到骄傲。"母亲用双手托住珍的下颚，非常郑重地说。

母亲的话终于令珍完全释怀了。即使明白自己的表现未必尽善尽美，珍还是带着幸福的微笑进入了梦乡。毕竟，让孩子觉得幸福并不是一件难事。

第八章

这封信来得太过突然，有如晴天霹雳。四月初——寒冷、令人不愉快的四月——的一个早上，邮差将这封信送到了丽街60号的肯尼迪家里。那天正好是星期六，圣·阿卡萨小学放假。珍刚刚从睡梦中醒来，正想着今天要做什么事才好——朱迪又感冒了。

珍坐在床上眺望窗外的景色，结果只看到了灰蒙蒙的天空和随风摇曳的老树树梢。珍知道北边窗下还有一点儿积雪残留，她并不喜欢这种接近尾声的残冬景致，也不喜欢这间必须独眠的房间。珍多么希望可以和母亲一起睡啊！母女俩可以躺在被窝里说悄悄话直到天明，即使半夜醒来，也可以听见母亲那轻柔的呼吸声——珍会小心翼翼地靠近母亲身旁，这是多么快乐的事啊！可外婆却不许珍和妈妈一起睡。

"两个人睡在同一张床上？那多不卫生啊！"外婆露出她那惯有的冰冷、似笑非笑的笑容看着珍，"我们家是因为够大，才能每个人都有自己的房间。维多莉亚，你可能还不知道，这个世上有很多人想要有自己的房间却无法如愿呢！"

为此珍经常在想："这个房子如果再小一点儿，或许我就会比较喜欢它了。"坦白说，珍一点儿也不认为这个带给她窒息感的家有任何的温暖；相反地，她觉得这个家充满了敌意。尽管如此，如果外婆肯让珍为这个家做点儿事情，例如扫地、掸灰尘或插花等，让珍有点儿参与感的话，珍相信自己一定会喜欢这个家的。

珍还觉得屋子里的家具都太大了——监狱般的黑色大衣橱、大衣柜，黑色大理石壁炉上的一面大镜子，相比之下，放在壁炉旁的墙壁凹洞里的小摇篮看起来十分精致。一想到自己小时候躺在摇篮里由外婆亲手摇到大，珍简直不敢相信。

珍离开温暖的被窝，一面盯着放在墙上凹洞里的"大人物"传记，一面开始梳洗。往外看去，知更鸟正在楼下的草坪上跳跃。长久以来，珍一直非常羡慕知更鸟——羡慕它们可以自由自在、无拘无束地在丽街60号的屋子里走动，外婆却一点儿也不介意。

珍悄悄地溜进走廊尽头的母亲房内。平常，外婆根本不许她进入母亲的房间，理由是不能一早就吵醒了母亲。珍知道母亲昨晚并未外出，这时候一定已经醒了。果然，母亲不但已经醒来，玛丽亚还正要送早餐进去呢！珍多么希望能亲自把早餐端到母亲面前啊！她知道外婆是绝对不允许她这么做的。

母亲刚刚睡醒，身上披着一件绣有玫瑰花样的睡袍，红扑扑的脸颊和身上的睡袍十分相衬，清亮的眼眸闪耀着动人的神

采。珍惊讶地发现，早上刚起床的母亲比晚上临睡前向她道晚安时更加漂亮。

母亲只看了一眼麦片粥，就挑起一片浮在冰橘子汁里的香瓜放进口中，又递了一片给珍。母亲原本是要和珍分享烤面包的，珍因为怕影响了早餐的食欲，只好笑着摇了摇头。吃完早点后，母女俩坐在床上谈天说笑，珍觉得自己从来没有这么快活过。虽然母亲和珍都没有提醒对方说话小声点儿，以免被人听见，但是她们早已心照不宣了。

"如果每天早上都能这样，那该有多好啊！"珍心里想着，并没有说出来。每当她这么说时，母亲脸上立刻会流露出痛苦的表情，而珍最不希望的就是让母亲难过。即使到了现在，珍也依然记得那天夜里母亲哭泣的情景。

有天夜里，珍因为牙痛醒了过来，打算到母亲房里拿点儿止痛药来吃。不料她蹑手蹑脚地来到母亲房外准备打开房门时，突然听见了母亲压抑的哭泣声。就在这时，外婆手持蜡烛在走廊的另一头出现了。

"维多莉亚，你在这里做什么？"

"我牙痛，想跟妈妈拿点儿药。"

"跟我来吧！我拿止痛药给你！"外婆冷冷地说。

珍只好乖乖地跟着外婆走了。但是，妈妈为什么哭呢？她应该很幸福才对啊！漂亮、笑口常开的母亲居然也会哭？这太不可思议了。然而，翌日一早出现在餐桌上的母亲，脸上丝毫没有昨晚哭过的痕迹。这令珍不由得怀疑自己是不是在做梦，

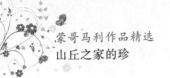

直到现在依然如此。珍替母亲把柠檬香料放进澡盆里，又从抽屉里拿出一双新的丝袜来。她很希望能为母亲做些事情，这种机会却相当有限。

这天早上，只有珍和外婆一起用餐，盖尔特路德姨妈已经先吃过了，跟自己不喜欢的人同桌吃饭，绝对不是一件愉快的事。更糟的是，玛丽亚居然忘了在麦片粥里放盐。

"你的鞋带松了，维多莉亚。"整个吃饭过程中，外婆只说了这么一句话。

家里很暗。珍原本以为阴天里外婆会叫人开几盏灯，没想到事与愿违。上午十点多时，邮差送信来了。坦白说，珍对那些信件丝毫提不起兴趣，她知道没有人会写信给自己。有时珍也不免会想：如果有人写信给自己的话，那该多么有趣啊！和珍不同，母亲经常接到很多信件——从邀请函到广告都有。

这天早上珍拿着信件走进书房时，意外地发现母亲、外婆和盖尔特路德姨妈都坐在那里。在母亲的信件当中，珍看到了一封笔迹相当陌生、用黑色墨水写成的信，她做梦也没想到，这封信居然改变了她的一生。

珍把信件全部交给外婆，外婆和平常一样逐一检查。

"门关了没，维多莉亚？"

"关了。"

"你应该说：'关好了，外婆。'"

"关好了，外婆。"

"你最好小心一点，昨天门一直都是开着的。罗宾，这是卡

比夫人给你的信——一定又是为了义卖的事。唉！真希望和她没有半点儿关系。不过你记住，我是绝对不会对莎拉·卡比心存感谢的。盖尔特路德，这是威尼贝特的表姐玛丽亚写给你的。如果玛丽亚的信是要告诉你，她的母亲已经决定把那套银制餐具留给她，你就回信恭喜她一声。罗宾，这里还有——"

外婆突然住口不语，瞪大了双眼看着那封用黑色墨水写成的信，宛如手上抓的是一条蛇。良久，她才回过头来看着女儿。

"这是——那个男人写来的信。"

卡比夫人的信无声地从母亲的手中滑落。眼见母亲的脸色瞬间惨白，珍本能地想要跑过去，却被外婆的手挡住了。"我可不可以看看那封信呢，罗宾？"

母亲用颤抖的双手接过那封信，飞快地看了一眼，这才摇头拒绝了外婆的要求。"不、不，这封信是写给我的——"

无视外婆生气的样子，母亲很快地打开信封。看完信后，脸色越发苍白了。

"怎么啦？"外婆焦急地询问道。

母亲却因过于震惊而变得语无伦次："他在信上说，今年夏天要把珍·维多莉亚接回去——他非常想念孩子，也有这个权利——"

"是谁这么说的？"珍不禁大叫。

"维多莉亚，不准插嘴！把信给我，罗宾！"

外婆看信时，众人全都屏息等待着。盖尔特路德姨妈始终苍白着脸，冰冷的眼眸一眨也不眨地看着前方；母亲双手抱着头，一副难以置信的样子。从珍把信拿进来到现在也不过两分钟，世界却似乎整个改观了。即使大人们不说，珍也猜得出这封信是谁写来的。

"哼！"外婆把信折好放回信封里，拿起一条镶有蕾丝花边的手帕仔细地擦拭双手，"我们当然不能让孩子去，罗宾！"

这是珍生平第一次同意外婆的说法。就在这时，母亲重重地叹了一口气。珍于是完全了解了：母亲固然是一个慈爱的母亲，但同时也是一个深受感情折磨的女人——眼见母亲痛苦地紧闭双眼，珍的心有如刀割。

"如果不答应他的要求，他一定会把孩子从我身边夺走的。他在信上说他一定会这么做的——"

"我知道信上是怎么说的，我认为我们不必太在乎这封信。除了做些令你不痛快的事，我真不知道他还会干什么。坦白说，他之所以这么做，并不是觉得孩子很可爱，而是为了显示他除了写些无聊的文章，心里还有所挂念而已。"

"但是我——"母亲欲言又止。

"我们何不找威廉商量呢？这时候应该听听男人的意见。"盖尔特路德姨妈出人意料地提出了建议。

"男人？"外婆受到打击似的喃喃念道，"或许你说得对吧，盖尔特路德。明天请威廉过来吃晚饭，问问他的意见。在此之前，谁也不许把这件事传出去，我可不希望这件事影响了我们的生活。"

接下来的一整天里，珍始终都有置身噩梦的感觉。不是吗？如果不是做梦，有谁会想得到远在一千六百公里外的爱德

华王子岛上，会有一个深爱孩子却不能与她一起生活的父亲，竟然突然写信给妻子要求与女儿共度暑假呢？

珍一直找不到机会和母亲讨论这件事情。外婆似乎并未把这件事放在心上，她决定周日邀请威廉过来吃晚饭后，就匆匆带着母亲和盖尔特路德姨妈一起到西尔比亚姨妈家去吃午饭了——尽管母亲并不想去，珍只好独自用餐。当然，珍根本一点儿胃口也没有。

珍确实不太舒服。这天从下午到晚上，她一直都非常难过；甚至翌日醒来后一想到这件事，就又难过起来。如果可以和母亲谈一谈，或许就不会那么难过了，母亲却整天把自己锁在房内，似乎故意要避开珍。知道母亲不想和自己谈这件事，珍在难过之余又多了一层伤心。

不久，全家一起到教堂做礼拜。这座位于镇上的、古老、阴森的教堂，是肯尼迪家族固定前往礼拜的地方。珍之所以喜欢教堂，并非是因为教堂的宁静气氛，而是在那里她可以自由自在地想事情。此外，外婆不会在教堂里骂她，当众给她难堪。

不过话又说回来，如果有所选择，珍根本不会喜欢圣·加纳帕斯教堂。虽然听不懂传道的内容，珍却迷上了圣歌和赞美诗，她可以恣意地引吭高歌。

唯独今天例外，珍完全无法从教会得到快乐；相反，她觉得从冰冷的云层里投射到大地的阳光，仿佛正在嘲笑自己。我的命运会变成怎样呢？想到未来，珍突然开始很用心地祈祷。

"亲爱的神啊！请您让威廉舅舅告诉外婆：'不要把珍送到那

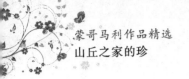

个人的家里去。'"珍低声地祈祷着。

珍一直很担心威廉舅舅会提出与自己相左的意见，却只能按捺住焦急的心情，静待周日晚餐时刻的到来。神应该不会忘了提醒威廉舅舅吧？珍几乎什么东西也没吃，只是正襟危坐着，不时用不安的眼神看着威廉舅舅。这晚在座的还有米妮舅妈、德比特姨丈、西尔比亚姨妈及菲莉丝——大家几乎都到齐了。吃过晚饭后，众人一起走进书房坐好。威廉舅舅拿出眼镜开始读那封信。刹那间，珍觉得自己的心脏都快跳出来了。

威廉舅舅大致看完信后，又回过头来看了一遍，默默地把信放回信封里，又摘下眼镜放进口袋里，开始用心地思索着。看着舅舅那从容的神态，珍恨不得大叫起来。终于，威廉舅舅清清喉咙，开始发表自己的见解。

"我认为最好让孩子去一趟。"接着威廉舅舅便提出各种理由，珍却一句话也听不进去。无视外婆愤怒的神情，威廉舅舅继续说道："如果不让她去，安德尔·卢瓦尔省·史提华德恐怕真的会抢走这个孩子。难道你们还不了解他的脾气吗？一旦惹恼了他，他是什么事情都做得出来的。母亲，我相信您也知道他是故意要借这件事来为难我们，因此只要让他知道我们一点儿也不紧张、始终都心平气和地面对这件事情，或许他就不会再来骚扰我们了。"

珍退回自己的房内，绝望地看着这间自己视为牢狱的房间，却在穿衣镜里看到了另一个眼带敌意的自己。

"上帝，您为什么不帮帮我呢？"珍无力地倒在床上。

第九章

"如果没有你，或许你的父母会过得非常幸福。"菲莉丝说。

珍毫不掩饰自己的惊讶。她没想到菲莉丝居然也知道父亲的事。实际的情形是：除了珍，好像所有的人都知道。此刻珍最不想谈的就是这件事，菲莉丝却老是在她身边说个不停。

"如果没有我，我的父母一定会过得很好吗？"知道自己导致了父母不和，珍感到十分难过。

"我妈妈说，因为罗宾阿姨太疼你，以致你父亲吃醋了。"

这和阿格尼丝·立普雷所说的，似乎略有出入。阿格尼丝不是说是珍的母亲不想有孩子的吗？到底哪一种说法才是真的呢？或许菲莉丝和阿格尼丝知道的都不是真相吧！不过，珍倒是比较喜欢菲莉丝的说法。

眼见珍默不作声，菲莉丝又滔滔不绝地说了起来："我妈妈还说，如果住在美国，罗宾阿姨就可以很轻易地离婚，在加拿大却不行。"

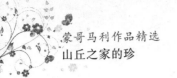

"什么叫作离婚呢？"珍突然想起阿格尼丝·立普雷也曾说过同样的话。

听到珍的问题，菲莉丝立即露出轻蔑的笑容："维多莉亚，你还不知道呀？离婚就是两个人由结婚变成不结婚的状态。"

"既然已经结婚，怎么还能变成不结婚的状态呢？"珍瞠目结舌地看着菲莉丝。对她来说，这实在是一件非常新鲜的事。

"当然可以啦，笨蛋！我妈说，你妈只要到美国去一趟，就可以办妥离婚手续了；但因为你爸爸坚持认为这样是不合法的，肯尼迪家族又一向很重视婚姻，这才拖延下来。你爸爸还说，外婆是担心你妈妈不能再婚，才允许她办离婚手续的。"

"如果——我妈妈办妥离婚手续，他就不再是我的爸爸了吗？"珍满怀希望地问道。

"我想应该不会吧。不过，将来不管你妈妈跟谁结婚，那个人都将成为你的继父。"菲莉丝露出困惑的表情。

珍既不想要父亲，也不想要继父，不过她并没有说出自己的想法。

珍的沉默令菲莉丝感到焦急："你要去爱德华王子岛吗，维多莉亚？"

珍不想对瞧不起自己的菲莉丝说出心中的想法，珍淡淡地说："我不知道那边的情形呀！"

"我知道啊！"菲莉丝更得意了，"我曾在两年前到那儿去避暑。爱德华王子岛是一处非常美丽的度假胜地，我相信你去了以后，一定会喜欢上那里的。"

　　珍知道自己绝对不会喜欢那里，因而急着改变话题，菲莉丝却一直绕着相同的问题打转："对了，你打算如何与你爸爸相处呢？"

　　"不知道。"

　　"听说你爸爸只喜欢聪明人，可惜你的头脑似乎不太好，不是吗，维多莉亚？"

　　珍最讨厌人家这样说她，菲莉丝却故意经常在她面前提起——这句话长久以来一直如影随形地跟着她。可是，对菲莉丝生气有什么用呢？自视甚高、看不起别人的菲莉丝性情相当温和，从来不会斤斤计较，也不会对别人发脾气。因此珍经常想，如果她能和菲莉丝大吵一架的话，或许就会比较喜欢对方一点儿了。珍知道，自己和菲莉丝这两个年纪相仿的少女无法成为亲密好友的事实令母亲非常担心。

　　菲莉丝接着又说："对了，还有一件事情。因为你不是很聪明，听说罗宾阿姨很担心你和你爸爸说不上话。"

　　珍实在是忍无可忍了。"我再也不跟妈妈——和那个人说话了！"她断然说出自己的决定。

　　菲莉丝当然有点儿不高兴，这天下午两人又一次不欢而散。不过，法兰克来接珍时，珍仍然和往常一样向她道别。

　　从那天起，珍再也不向丽街60号的任何人提及去爱德华王子岛的事。珍由衷地希望时间就此停顿下来，日子却一天天地过去了。

　　珍记得小时候曾问过母亲："妈妈，有什么方法能让时间停

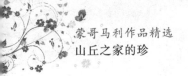

止呢？"

母亲长长地叹了一口气："任何人都无法使时间静止不动，珍。"珍至今仍然记得母亲说这句话时脸上的表情。

此刻，她更明显地感觉到无情的"时间"正一分一秒地从指间流逝——每一次日出、日落，都象征着她和母亲分别的时刻又向她迈近了一步。转眼间，时序已经进入六月了。圣·阿卡萨小学放暑假的时间一向比其他学校早，因此早在五月底，外婆就带着珍到马尔波罗的百货公司去帮她买了好几件漂亮的衣服，比她现在所穿的更漂亮、华丽。平常珍最喜欢的装扮，是一件蓝色外套配上一顶系有红色小蝴蝶结的蓝色小帽，一双系有红色鞋带的皮鞋及一件漂亮的白色洋装——即使菲莉丝也没有这么漂亮的衣服呢！不过，现在珍对衣服的美丑根本毫不在意。

"我认为到那里去并不需要穿这么高级的衣服。"母亲提出质疑。

"我们得先帮她把衣服准备好才行，那个人一定不会帮孩子买衣服的。我先替她买好，到时就不必麻烦艾琳·普蕾莎了。我想他一定是住在独立的房子里，不然也不会想到要接孩子过去住。维多莉亚，别忘了，一次把面包切开然后全部涂上奶油是不礼貌的行为。此外，吃饭时绝对不能让餐巾掉到地上去，知道吗？"

珍愈来愈怕坐在餐桌上用餐了。她每次都逃不过外婆严厉的眼光，以致屡遭责骂。如果不吃饭那该多好啊！珍经常这么

想。可惜的是，人类非得吃饭才能活下去。或许是有心事的缘故吧，珍的食欲愈来愈差，人也日益消瘦，而且无心读书。当菲莉丝以优异的成绩取得升级资格时，珍仍然是个三年级学生。

"我早就预料到了。"外婆冷冷地说。

朱迪不断地安慰她："还好时间并不长，只不过是三个月而已嘛，珍！"

对珍来说，离开亲爱的母亲、与自己不喜欢的父亲同住的三个月，就好像永远一样。

"别忘了写信给我哦，珍。你放心，我一定会写信给你的。兰姆小姐已经答应给我十分钱，十分钱可以买三张邮票呢！"朱迪的话令珍深受感动。

"朱迪，我一定会写信给你的。不过，我一个月只能写一封信给妈妈，信上绝对不提到他的事情。"

"是你妈妈规定的吗？"

"不，才不是呢！是我外婆。哼！好像我一定会提到他的事情。"

"我曾试着在地图上找出爱德华王子岛的位置。"朱迪那双天鹅绒般的褐色眼眸里写满了同情与怜惜，"据我所知，小岛的四周全是汪洋大海哩！如果站在小岛边缘，不知道会不会怕呢？"

"我是不会怕的！"珍的脸色更加沉重了。

第十章

　　珍和正好要去探望出嫁女儿的史坦雷夫妇一道前往爱德华王子岛。最后的几天里，珍决定要做一个听话的乖孩子，不再惹外婆生气了——她不想增加母亲的痛苦。

　　这些日子以来，大家对珍都非常客气，珍也很少对母亲多说些什么。珍之所以保持沉默还有两个原因：一是她知道母亲无法接受自己将要离开的事实，二是她知道外婆不会允许她这么做。

　　就在珍待在丽街60号的最后一晚，外婆首次把她当客人一般对待，母亲则在晚饭过后悄悄溜进了珍的房内。

　　"妈妈——妈妈！"

　　"珍，勇敢一点儿，三个月很快就会过去的，何况那个小岛的风景又很漂亮。你——一定要让我知道——其实我们都很关心你——唉！反正事情都到了这个地步，难过又有什么用呢？珍，我对你只有一个要求，那就是绝对不要向你爸爸提到我的

事情。"

"我不会说的！"珍哽咽着答应了。尽管这个要求很没有道理，珍却也不认为自己会向他提到任何有关母亲的事。

"我相信——你爸爸一定会很疼你的。"听到母亲那暗哑的声音，珍的内心又浮现一丝痛楚。

就在这时，闪着红光的夕阳突然躲进云层背后，四周霎时异常阴暗，不久便下起蒙蒙细雨来了。

"似乎连天气也在为你的离去悲伤呢！珍，你不在时我一定会很寂寞的。等你回来，我不知道还会不会在这里——威斯特小姐说要把我送到孤儿院去。天知道我根本不想到孤儿院去的呀！珍，对了，这枚贝壳是艾姆斯小姐到西印度群岛旅游时买回来送给我的，也是我所拥有的、唯一称得上漂亮的东西，现在我把它送给你。万一我真的被送到孤儿院了，这就是我留给你的唯一纪念了。"朱迪说到这儿突然泣不成声。

开往蒙特利的火车晚上十一点出发，晚饭后不久，法兰克就准备开车送珍母女俩到车站去。临上车时，珍踮起脚在外婆和盖尔特路德姨妈的脸颊各亲了一下，然后低声说了声"再见"。

"在岛上看见艾琳·普蕾莎姑妈时，别忘了代我们向她问候一声。"

外婆特地提高嗓门郑重地叮咛了一番。不知何故，珍总觉得外婆一定是有什么地方对不起艾琳姑妈，才会用这种语气说话，她的口气听起来就像是"她一定还记得我"。问题是，艾琳姑妈到底是谁？

　　车子缓缓驶出大门时，珍忍不住回头看了丽街60号一眼。珍从来就不喜欢这个家，这个家也不喜欢珍；当大门终于关上时，珍却有种一扇人生大门在背后关起来的感觉。汽车行驶在雨夜潮湿的街道上，稳定而迅速地朝车站驶去。珍默默地坐在车子里，内心充满了莫名的伤感。

　　尽管泪水不断地在眼眶里打转，珍却强忍着不让自己哭出来。抵达车站后，她用平静的声音告诉母亲："我走了！"跟着史坦雷夫人登上头等车厢时，珍非常勇敢地回过头来向罗宾·史提华德挥了挥手。

　　珍和史坦雷夫妇于翌日清晨来到了蒙特利，于中午时分改搭通往海岸线的特快列车。如果是在过去，珍一定会非常兴奋；现在却只有遭人放逐的感觉。雨已经整整下了一天，丝毫没有停止的意思。一路上史坦雷夫人非常热心地为珍介绍风景，珍却始终提不起兴趣来。或许是觉得珍不太好相处吧，史坦雷夫人索性不再与她说话了。珍顿时如释重负，同时也感到悲伤——火车走得愈快，就表示她离母亲愈远了。

　　次日，火车在灰蒙蒙的滂沱大雨中通过了新伯伦瑞克，继续朝目的地奔去。不久，珍和史坦雷夫妇于沙克比尔下车，转搭前往特因海岬的支线铁路。

　　"现在我们要坐联络船渡海到对面的小岛去。"史坦雷夫人简单地说明。现在她也不太想和珍说话了，她从来没有见过头脑像珍这么迟钝的孩子。殊不知，珍的沉默其实是为了防止眼泪如决堤的河水般倾泄而出。

联络船抵达特因海岬时，雨已经停了。一轮火红的太阳从西侧的云层里探出头来，不久又躲了回去。布满乌云的灰色天空下，灰色的海岬四周掀起了一阵阵惊涛骇浪。坐在剧烈摇晃的船舱里，珍感到身心俱疲。这就是爱德华王子岛吗？——这片树木在狂风中蜷曲着躯干、阴沉沉的乌云笼罩上方、被雨水淋湿的土地，就是爱德华王子岛吗？珍极目四望，结果失望地发现既没有盛开着花朵的果树园、绿色的牧场及大片的松树林，也没有山峦起伏的丘陵。

"再过两个小时就到夏洛镇了，你父亲会在那里接你。"史坦雷夫人又加了一句。

妈妈曾经说过爸爸会很疼我，是真的吗？外婆说爸爸住在一栋独立的房子里，是真的吗？珍发现自己什么也不知道，其实珍很想知道一些有关父亲的事，比方说他是一个什么样的人啦？会不会像德比特姨丈一样有双下垂的眼皮呢？嘴唇是否像威廉舅舅一样又小又薄呢？或者说话时是否会像经常前来探望外婆的多兰爷爷一样挤眉弄眼呢？

虽然珍和母亲相距只有一千六百公里，却感觉好像隔了一百六十万公里。突然，一股难以言喻的寂寞袭上心头。

终于，珍所搭乘的火车驶进了车站。

"我们到了，维多莉亚。"史坦雷夫人迫不及待地站了起来。

第十一章

珍一下火车，立刻就有一名妇人从月台的另一头跑了过来。

"你就是珍·维多莉亚吗？你就是我那可爱的珍·维多莉亚吗？"妇人连声地叫唤着。

珍一点儿也不喜欢这名迎面奔来的妇人，更希望自己不是她所要找的珍·维多莉亚。

珍向一旁闪开，小心翼翼地打量着眼前这名妇人——年纪在四十五到五十五，容貌秀丽，富态的圆脸上有一双蓝色的大眼睛，金褐色的鬈发松松地垂在肩上。

她就是艾琳姑妈吗？

"是的，我就是珍。"珍很有礼貌地回答。

"这孩子跟她外婆肯尼迪夫人长得实在太像了，安德尔·卢瓦尔省。"翌日早上，艾琳姑妈笑着对她的弟弟说。

现在艾琳姑妈又笑了——她的笑声听起来奇特又有趣。"多么奇怪的孩子呀！没错，你一定就是珍了。无论如何，我很喜欢

你。对了，我是艾琳姑妈，我想你大概没有听过我的事情吧？"

"没有。"珍很诚实地回答，然后在艾琳姑妈的脸颊上亲了一下，"啊，我差点儿忘了，外婆要我代她向你问候呢！"

"噢！"原本和蔼、笑容可掬的艾琳姑妈突然变得非常严肃，"你外婆为人很亲切——实在太亲切了。对啦！你一定在想，为什么你爸爸没有来呢？事情是这样的，他刚好有事不在家，他现在住在布尔克比，结果那辆该死的老爷车却在半路上抛锚了。先前你爸爸还特地打电话过来，说他今晚大概赶不回来了。明天一早他会亲自过来接你，今晚你就暂时住在我家吧！啊，史坦雷夫人，欢迎你随时到我家来玩！这次真是谢谢你了，谢谢你把我的侄女平安地送到这里来！"

"不必客气，我和我先生都很乐意这么做。"

史坦雷夫人很优雅地撒了个小谎。一路上，她一直是以早期基督教殉教者的心情来对待这位不喜欢说话的少女的，现在被艾琳姑妈这么连声地道谢，她倒觉得不好意思了。

眼见史坦雷夫妇相偕离去，珍突然觉得这个世界好像只剩下了她一个人。尽管艾琳姑妈就在身旁，珍还是觉得非常孤单、寂寞。珍一点儿也不喜欢艾琳姑妈，打从心底讨厌她。我是怎么啦？难道我真的不知道该怎样去喜欢别人吗？其他女孩在一堆舅舅、阿姨、姑妈当中，不是至少也会喜欢一两个的吗？

珍跟在艾琳姑妈身后，走向等待已久的出租车。

"今晚的天气比较差，珍。不过，这个地方确实需要多下点儿雨。我想，一定是你把雨水带来的，对不对？尽管下雨会造成好几个礼拜的不便，但这里的居民还是非常欢迎的。现在，你总算回到自己的家了。说实在的，我真的很高兴你回来了。先前我要你爸爸让你住在我家，他说什么也不肯，非要你住到布尔克比去不可——他在吉米·鲁德商店的楼上租了一栋公寓，不过冬天他还是会到镇上来的。或许你还不知道吧？珍，你爸爸是那种一旦下定决心，就非贯彻到底的人。"

"我对爸爸的事可以说一无所知。"珍无奈地回答。

"真的？你妈妈从来不跟你说你爸爸的事吗？"

"是的。"珍很勉强地回答。她总觉得艾琳姑妈的谈话含有某种特殊意义，直到后来才知道这是艾琳姑妈的说话特色。

艾琳姑妈很同情似的握了握珍的手——事实上，自从坐进出租车后，艾琳姑妈就不曾放开过。

"可怜的小家伙！我很理解你的心情。就因为你对爸爸一无所知，才不想到这里来，对不对？坦白说，我也不知道你爸爸为什么要这么做。从小到大，我和你爸爸的感情一向很好——我比你爸爸整整大了十岁，所以我这个姐姐在他心目中反而像个母亲。呀！我们到家了，珍！"

家？在珍的感觉里，这个自己将要暂住一宿的房子和艾琳姑妈一样，是无聊、滑稽的组合体。下车后，艾琳姑妈脱下帽子和外套，梳拢一下头发，牵着珍走进了屋里。

"来，让我仔细看看你。方才在车站实在太匆忙了，根本没有时间好好看。你知道吗？我今天下午三点就到车站去等你了。"

珍最讨厌被人盯着看了，这令她觉得浑身不对劲；另一方

面，珍固然有受人重视的感觉，艾琳姑妈的语气和态度也相当和蔼可亲，可珍仍然认为对方在品头论足之余并未怀有好意。

"你一点儿也不像你妈妈。凭良心说，你妈妈是我这辈子见过的最漂亮的女人，但你比较像你爸爸。好了，珍，我们去吃饭吧！"

"不，我不想吃！"珍一点儿胃口也没有，只好摇头。

"只要吃一口就好了。"姑妈哄孩子似的，"这是薄荷口味的巧克力蛋糕呢！你爸爸特地为你做的——有时他比小孩子更像个孩子，你爸爸认为我做的蛋糕不好吃，决定自己动手烤。过去有段时间，你妈妈为了讨好他，还拼命地跟人学做蛋糕呢！可是，一个人的烹调技术除了努力，还得靠点儿天分才行；更何况像你妈妈那么漂亮的大美人，要她下厨做菜、整理家务，不是太可惜了吗？关于这点我也经常告诉你爸爸，只可惜男人未必都很理智。事实上，他们甚至要求女人必须会做所有的事情。来，坐在这里，珍妮。"

珍当然不喜欢被人叫作"珍妮"，不过她并未提出抗议。

"谢谢你，姑妈。"珍的语气谦和有礼，"你不用再劝了，我是真的不想吃。如果可以的话，我想早点儿休息。"

艾琳姑妈立刻拍了拍珍的肩膀。

"瞧我！都忘了这是你生平第一次出远门。可怜的孩子，你一定累坏了吧？来，我带你到二楼的房间去休息。"

姑妈为她准备的房间布置得非常漂亮。绣有玫瑰图案的蕾丝窗帘，崭新、光滑柔软的绢被，都显示出姑妈对她的重视。

　　"好好休息吧，珍妮！把这里当作自己的家，有什么事就叫我——虽然我对你还不太了解，但你毕竟是安德尔·卢瓦尔省的女儿、我唯一的侄女，更何况我一直都很喜欢你妈妈——只可惜你妈妈似乎不太喜欢我。不知道为什么，我总觉得你妈对我怀有敌意。尤其当我跟你爸爸说话时，她总是很不高兴。我想，大概是她和你爸爸的年纪相差太多的缘故吧。她其实还只是个孩子呢！因此你爸爸不论有什么事，都会第一个找我商量，听从我的意见。我猜你妈妈大概是有点儿吃醋吧，这也难怪，毕竟她是罗伯特·肯尼迪夫人的女儿。珍妮，千万不能养成吃醋的习惯喔！这么一来必然会把你的生活搅得一团乱，知道吗？还有，如果半夜觉得冷，就把壁炉里的火点起来。爱德华王子岛上，雨夜多半会比较冷。好了，你休息吧，珍妮！"

　　接下来的那一刻，珍独自站在房内，缓缓地打量着四周的陈设。床头的灯罩上画有玫瑰图案，看起来十分高雅，珍却不太喜欢，它和艾琳姑妈一样给人太过完美的感觉。珍关掉床头灯，踱步来到窗前，静静地聆听雨滴打在窗上所发出的"滴答滴答"声。

　　突然，珍的心里涌上一阵悲伤。"要是妈妈也在这里就好了。"珍喃喃自语着。她觉得好像有种东西剥夺了自己的生活，把自己和母亲活生生地拆散了，不过珍并没有哭。

第十二章

　　连续坐了几个晚上的车，珍累得一碰枕头就睡着了。到了半夜，她又倏然醒了过来。雨已经停了，一道银白色的月光静静地照在床上。珍从艾琳姑妈那泛着淡淡香味的被子里坐起身来，被催眠了似的来到窗畔。四周的景物完全改观了。天空里再也看不见一片乌云，只有两三颗星星睡眼惺忪地俯视着地面。

　　不远处还有一棵挂满银色花朵的大树；月亮有如刚从港湾升起的大珍珠，将整个水面染成了银白色。爱德华王子岛也有月亮？珍简直不敢相信。望着皎洁、明亮的月色，珍好像又见到了睽违已久的老朋友，内心充满了喜悦。

　　这轮明月不但普照爱德华王子岛，也映照着整个多伦多，或许也照着睡在阁楼里的朱迪和刚从宴会归来的母亲吧。或许，母亲也正看着这轮明月呢。想到这里，珍突然觉得一千六百公里并没有想象中的那么遥远。

　　就在这时，穿着睡衣的艾琳姑妈打开房门走了进来："珍妮，

怎么啦？你是不是不舒服呢？我听见你房里有走动的声音，特地起来看看。"

"不，我是起来看月亮的。"珍回答。

"看月亮？多奇怪的孩子呀！怎么，以前你没看过月亮吗？好了，赶快回去睡觉吧！明天你爸爸来时，一定希望看到一个活泼、健康、开朗的女儿！"

珍才不在乎别人的眼光呢！难道我必须永远活在别人的监视之下吗？珍一语不发地回到床上，却怎么也无法入睡。

尽管夜十分漫长，好像永远也过不完，早上终究还是来临了。对珍来说，这应该是一个非常美好的日子，可实际上它和平常并没有两样。东方天空的层积云——珍并不知道那是层积云，已经开始燃烧起来。太阳静悄悄地从云层背后升起，一视同仁地照着大地。珍很想早点儿起床，又怕吵醒艾琳姑妈，只好蹑手蹑脚地打开窗户，满心愉悦地眺望四周的景物——这是爱德华王子岛五月的一个早晨，一切都和昨夜不同，宛如另外一个世界。

艾琳姑妈家和邻居隔着一道紫丁香筑成的树篱，空气里不时飘来淡淡的花香；矗立在草坪一隅的白杨树正随风摆动身躯；苹果树则亲切地挥手致意；白色的海鸥不断盘旋的港口对面，远远可见一大片黄色雏菊点缀其间的草原。

因为刚下过雨，空气格外新鲜清爽。城镇尽头的艾琳姑妈家背后，就是通往乡村的道路。阳光洒遍大地，立刻将道路染成血红色，珍从来没想过会有这种颜色的道路。

"哇——爱德华王子岛果然很美！"珍为自己不得不承认这个事实感到遗憾。

早餐时珍和昨晚一样，丝毫没有食欲。

"我真的不想吃呀，姑妈！"

"可是，珍妮，不吃东西是不行的。我虽然疼你，却不会纵容你。来，不要任性了，先吃点儿麦片粥吧！你爸爸马上就要到了。"

珍这才吃了起来。艾琳姑妈的确很用心地为珍准备了精美可口的早餐：一杯橘子汁、拌有深黄色奶油的麦片粥、美味的三明治、水煮蛋、琥珀色和红色相间的果冻——艾琳姑妈必定非常擅长烹饪。即使面对如此可口的食物，珍仍然难以下咽。

"你似乎太过兴奋了，珍妮。"好像在哄小孩子，艾琳姑妈对珍露出了微笑。

事实上，珍一点儿兴奋的感觉也没有。她只是内心太过空虚，才对眼前的美味佳肴毫不动心。珍知道早饭后的一个小时将会是她一生中最难挨的时刻，不过一切终究会结束的。

当艾琳姑妈告诉她"啊，你爸爸来了"时，珍突然有"万事休矣"的感觉。

紧张使得珍口干舌燥、手心直冒冷汗，时钟的滴答声也变得异常刺耳。珍竖起耳朵聆听小路上传来的脚步声……门打开了……一个高大的人影站在门口。珍本能地站起身来，却始终垂着眼帘……她怎么也鼓不起勇气抬头看对方。

"哟，这就是我的孩子吗？这个看起来相当自负的小女孩长

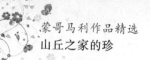
得还挺可爱的嘛！她的个子满高的，而且——"那人停顿了一下，"长了一头像冬天的苹果般鲜红的头发。"

虽然父亲只说了短短几句话，却彻底改变了珍的一生。不，或许是他说话的声音而不是他所说的话——那是一种仿佛在说"这是只有我们两个人知道的秘密"的声音。

珍终于鼓足勇气抬起头来。

高耸的眉毛、垂在额际浓密的红褐色头发、倔强的双唇、棱角分明的下颚、愉悦的笑容、锐利的眼眸——眼前这张脸给珍一种似曾相识的感觉。

"坎尼斯·哈瓦德！"珍倒抽了一口气，下意识地向前走去。

就在下一瞬间，那人抱住珍用力地在她脸上亲了一下，珍也回以一吻。说也奇怪，珍丝毫不再觉得对方是一个陌生人了，也忘记了自己对父亲的恨。实际上，珍几乎立刻就喜欢上了自己的父亲，从他那泛着烟草香味儿的外套到紧紧抱住珍的有力臂膀，都令珍感受到了为人子女的幸福。珍很想哭，却意外地笑了起来——那是近乎疯狂的大笑。

艾琳姑妈以无可奈何的口吻说："真可怜，她看起来有点儿歇斯底里呢！"

父亲弯下身来用他那慈祥的眼眸看着珍："不要太激动了，我的珍。"

珍从来没有听过那么悦耳的声音，尤其是那声"我的珍"，更令她觉得自己是世界上最幸福的人。

"我知道，爸爸。"珍用严肃的语气回答。从今以后，她再

也不会把父亲说成或想成"那个人"了。

"安德尔·卢瓦尔省,让她在我这儿住一个月吧？我会好好照顾她的。"艾琳姑妈微笑着说。

珍突然感到非常失望——原来爸爸想把我寄养在姑妈家里！不过，爸爸看起来似乎并没有这种打算。

父亲挽着珍的手臂，并肩在椅子上坐了下来。

"我才不想让她被你养得胖嘟嘟的呢！坦白说，我喜欢她现在的样子。"

父亲用批评的眼光打量着珍，珍却一点儿也不在乎。只要爸爸喜欢就好了！珍这么告诉自己。不过，爸爸会不会因为我长得不够漂亮而失望呢？还有，他会不会觉得我的嘴太大了呢？

"你知不知道你的身材很不错呢，珍？"

"这孩子的鼻子跟她祖父史提华德简直一模一样。"艾琳姑妈用欣慰的眼光看着珍。珍不知道艾琳姑妈的话是不是夸张了点儿，不过很多人都说她的鼻子长得很好看。尽管如此，珍还是因为自己的鼻子长得像祖父感到一丝懊恼，但父亲的话很快又令她高兴起来。

"我认为你的睫毛最漂亮，珍。对了，你喜欢我叫你'珍'吗？或许我真的很固执吧，长久以来，我一直一厢情愿地称你为'珍'。其实你有权要求我们以你喜欢的名字来称呼你。但在知道哪一个名字才是真正的你之前，我要特别声明，在我的心目中，每一个代表你的名字都是一个可爱的小精灵。"

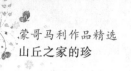

"我就叫作'珍'呀！"珍兴奋地大叫。她很高兴父亲和自己一样喜欢"珍"这个名字。

"那我们就说定了，以后我叫你'珍'，你叫我'爸爸'，好吗？如果你叫我'父亲'，只会让我觉得自己不是一个好父亲；但如果你叫我'爸爸'，我一定会成为一个好父亲的。昨天晚上真对不起，我那辆该死的老爷车半路上抛锚了，没能亲自去接你。幸好，今天早上我把它修好了——至少它还能勉强开到这里来，不是吗？当然，我不得不承认，那辆车确实需要进厂整修了——等吃完饭我就开车带你到处逛逛，我很想多认识你一点儿呢，珍！"

"我们已经认识啦！"珍说得没错，早在几年前她就知道了父亲的事。爸爸说得很对，"爸爸"这个称呼确实比"父亲"更好——"父亲"这个称呼只会令珍产生不愉快的联想——就在那一瞬间，珍的内心已经完全接纳了"爸爸"。

不，应该说"爸爸"早就已经存在于她的心里了——站在她眼前的"爸爸"，就是她最喜欢的坎尼斯·哈瓦德。

第十三章

　　珍惊讶地发现，等待快乐的事和等待讨厌的事感觉完全不同。如果史坦雷夫妇看到珍这副开心的样子，一定不会相信自己的眼睛。珍之所以那么兴奋，主要是因为她想避开艾琳姑妈与父亲单独相处。艾琳姑妈很喜欢提到外婆、母亲及丽街60号的事，珍却不想提起，迫不得已时只是简短地回答"是"或"不是"。有时被逼急了，珍干脆以沉默来表示抗议。

　　"你外婆肯尼迪夫人对你好不好啊，珍？"

　　"她对我很好。"珍很坦白地回答。从某一方面来说，外婆待她确实很好，例如送珍进圣·阿卡萨就读，让珍学琴，为珍买了许多漂亮的衣服，早晚派车接送珍上下学，为珍准备丰盛的食物，等。

　　事实上，艾琳姑妈看过珍的行李后也不得不承认："你外婆对你确实非常慷慨。"

　　这天，艾琳姑妈若有所思地看着珍："珍，你知道吗？你外

婆不喜欢你爸爸，我们一直都很担心她会迁怒于你。坦白说，你父母之间的争执、摩擦，很多都是由你外婆引起的。"

珍不想对艾琳姑妈说出内心深处的痛苦，只好保持沉默。艾琳姑妈很无趣地结束了这次谈话。

到了中午，父亲驾着一辆马车准备带珍回家。

"保养厂说车子要到明天才能修好，我特地向杰克·卡逊借了马车。等明天杰克开车把珍的行李送过来后，我再把马车还给他。对了，你坐过马车吗，珍？"

"不行！午饭之前，谁也不许出去！"艾琳姑妈的语气相当坚决。

那是珍吃过的最美味可口的午餐。尽管离开多伦多以来几乎没有吃过任何东西，珍仍然尽可能地抑制食欲，以免让父亲觉得自己的食量太大。据珍所知，父亲的经济情况并不好——那辆破旧的老爷车就是证明，或许他正为要多养一个人而感到烦恼呢！眼见父亲津津有味地吃着巧克力蛋糕，珍暗自决定非要学会做薄荷口味的巧克力蛋糕不可，但她并不打算向艾琳姑妈请教。

珍一眼就看出来艾琳姑妈很会奉承父亲——父亲也很喜欢听艾琳姑妈的奉承话，就像他很喜欢吃艾琳姑妈做的点心一样。

"你要让她住在布尔克比的公寓里？这样不太好吧。"艾琳姑妈表示反对。

"在自己家里避暑没什么不好哇！对了，你会帮我整理家务吗，珍？"

"会！"珍不假思索地回答。珍从来没做过这些事，但她相信自己一定会做得很好。

"你会做菜吗？"艾琳姑妈一边以开玩笑的口吻询问，一边对弟弟挤眉弄眼。不过父亲并未理会，反而径自代珍回答她的问题："凡是继承我们母亲血统的，有谁不会烹调呢？珍，快换上你最漂亮的衣服，我们立刻就要出发喽！"

当珍拿着帽子、外套匆匆下楼时，突然听见艾琳姑妈的声音从餐厅传来："那孩子似乎隐瞒了许多事情。说实在的，安德尔·卢瓦尔省，我不太喜欢这一点。"

"我们不是应该守住该守的秘密吗？"

"话不能这么说呀，安德尔·卢瓦尔省！这孩子心地太阴险了。你要记住，只要她还活着，肯尼迪夫人就绝对不会死心的。不过话说回来，这孩子实在很可怜。你不能期望她没有任何缺点，知道吗，安德尔·卢瓦尔省？如果你肯把她交给我来照顾，你自然就会明白。总而言之，你必须让她喜欢你，同时也不能太纵容她，安德尔·卢瓦尔省！"

珍不禁气得咬牙切齿。难道我会不喜欢自己的父亲吗？这真是太可笑了！

当珍和父亲一起走到门外准备登上马车时，艾琳姑妈又从里面追了出来："离那些有毒的常春藤远一点儿，知道吗？布尔克比有很多有毒的常春藤，千万别去碰！安德尔·卢瓦尔省，你一定要好好照顾她哦！"

"为什么女人总是这么婆婆妈妈的呢？姐，你就不要再为我

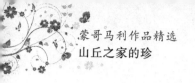

操心了吧！我知道该怎么照顾珍！"

说着，他扬起马鞭，策马离开了艾琳姑妈的家。

坐在马车上的珍心中溢满了幸福。谁敢相信仅仅两三个小时前，她还自认为是世界上最不幸的人呢！乘坐马车实在太有趣了，珍好几次都忍不住想要伸手去摸一摸红色小牝马那浑圆的屁股。虽说马车不像汽车那么平稳，珍却丝毫不以为苦；相反，她很满足地尽情浏览着道路两旁的景色：不远处有座像是蛋白石粉堆成的山丘；前面就是著名的罗巴草原；小河的两旁，则是一大片青翠茂密的森林……眼前的美丽景致，令珍欣喜若狂。刹那间，似乎宇宙间的一切事物都要来分享她的幸福——她甚至还闻到了沙滩的气息！第一次闻到这种气味儿的珍，忍不住翕动鼻子用力地闻着。

"珍，麻烦你把手伸到我右边的口袋里去好吗？"

珍在爸爸的口袋里摸出了一袋牛奶糖。在丽街60号的家里，饭后是绝对不许吃甜食的。不过对此刻的珍来说，一千六百公里外的丽街60号无疑是另一个世界了。

"我们两个好像都不太喜欢说话哦！"父亲率先打破沉默。

"嗯！不过，我们相处得很自然。"珍一面吃着牛奶糖，一面回答。

父亲闻言不由得笑了起来："心情好的时候，我其实很喜欢说话；反之，心情不好时，我最希望的就是独处。坦白说，珍，我真的很喜欢你。这些年来，我一直想把你接回来住，可惜你艾琳姑妈坚决反对。我相信一定有人告诉过你我的脾气非常倔

强。没错，我一向想怎么做就怎么做，谁也阻止不了我。"

父亲始终没有提起母亲，令珍暗暗地松了一口气——尽管珍明知道这种情形并不正常。问题是，这个世上不正常的事情太多了。珍头一次发现，自己非常渴望与父亲共度这个夏天。

再愉快的事也有结束的时候。

"马上就到布尔克比了。今年我有大半的时间都住在这里。我在吉米·鲁德商店的楼上租了一栋有两个房间的公寓，平时就在吉米家搭伙。在鲁德夫妇的眼里，我是一个不折不扣的怪人，那又怎么样呢？对了，我的职业是著书写稿。"

"你都写些什么呢，爸爸？"珍立刻想到了《国际局势再调整》这篇文章。

"不一定，各方面都涉及一点，例如小说、散文、新诗或对时事问题的评论等。过去我曾致力于小说创作，可惜找不到帮我出版的人。为了生活，我只好改弦易辙写些哗众取宠的短文。在很多人的眼中，我是一个不懂人情世故、'沉默寡言的弥尔顿'（英国诗人葛雷《墓园挽歌》中的诗句）。珍，可不可以告诉我，在还没见到我之前，你心目中的我是什么样子的呢？啊，不，改天再说吧！我们到家了！"

所谓的"家"，正好位于两条道路交叉的转角处。转角的一侧是店铺，另外一侧是一整排住宅。不同的是，商店这边全都面对道路，住宅那端则一律围着铁栅栏或松树篱笆。珍跳下马车，随着父亲穿过一扇白色小门和一条蜿蜒曲折的红土小路。

"汪汪！"一条黑白花纹的小狗对着父女俩狂叫。就在这时，

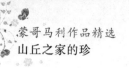
珍闻到了一股令人垂涎欲滴的烤饼干的香味。一名身穿素净衣裳、腰上围着一条镶有蕾丝花边的围裙、脸颊红润、笑容亲切的妇人走了过来。

"鲁德太太，她就是珍。先前你说得没错，从今以后我每天早上都得刮胡子了。"

"好可爱的孩子！"鲁德太太俯身在珍的脸颊上亲了一下。珍几乎立刻感觉到，她对鲁德太太的喜欢程度更胜于艾琳姑妈。

鲁德太太很快端出了一盘涂着奶油和果酱的面包来招待珍。餐桌就摆在厨房，由那里往窗外望去，可以看见盛开的天竺葵和叶片上有着银色斑点的秋海棠。

"我好喜欢这个厨房啊！"珍这么告诉自己。由面前庭院的另一个门看去，可以望见一片翠绿的牧场。

珍坐在铺有红白相间的方格花纹餐巾的桌前，微笑地看着坐在一旁的鲁德太太。鲁德太太从面前的一大盆蚕豆里取出一小碗递给珍，又切了一块香喷喷的玉米蛋糕放进珍的盘子里。

珍由衷地喜欢上了这位敦厚、慈爱的鲁德太太。

没有人会对她所做的事情提出责难，也没有人会令她觉得自己很愚蠢的日子正是多年来珍所渴求的。

吃完玉米蛋糕后，珍还没来得及再要，鲁德太太立刻又切了一块放进她的盘子里。

"想吃就尽量吃吧！我可不许你偷偷放进口袋里喔！"鲁德太太假装一本正经地说。

刚才进门时看见的那只黑白花纹的小狗，此刻正一脸馋相

地仰头看着珍。珍看看父亲和鲁德太太，发现并没有人禁止她把玉米蛋糕的碎屑丢给小狗吃。

鲁德太太和父亲愉快地交谈着，一点儿也不在意旁边的珍。鲁德太太的口音很重，当她说到乔治·波尔德韦恩患了胃溃疡时，珍和父亲不禁相视而笑，接着立刻又露出一副煞有介事的表情。快乐使得珍全身泛起一阵暖意。能够自由自在地和别人谈天说地，是多么愉快的事啊！在丽街60号的家里，就从来没有人敢开怀大笑。

一轮明月升上天际时，珍走进了鲁德太太为她准备的客房。房内的化妆台和洗脸台相当简陋，正中央摆着一张铁床，茶褐色的地板上铺着一张掺杂着玫瑰、羊齿及落叶图案的针织地毯，像是粘上了粘胶的蕾丝窗帘和漂亮的壁纸紧贴在墙上——壁纸的图案是米黄色的底色配上系有蓝色缎带的银色雏菊，窗前摆着一盆红色大花的天竺葵。

整个房间的布置给人以亲切温暖的感觉，以至珍立刻就睡着了。

翌日一早醒来，珍匆匆忙忙地下楼，发现鲁德太太已经在厨房升火了。鲁德太太递给珍一块又大又厚的炸面饼，告诉珍吃完这块饼就可以撑到早饭的时候了。鲁德太太还告诉珍，在她父亲下楼之前，她可以待在庭院里玩，珍很高兴地穿过厨房走进了庭院。

庭院里洋溢着一股沾着露水、宁静祥和的清晨气息，迎面吹来的风令人精神为之一振。小花坛里种满了翠绿的萱草，早开的牡丹在角落里争奇斗艳，客房窗下满是朱堇和红色相间的雏菊。附近的草原上三五成群的牛或是漫步或是悠闲地啃着绿油油的牧草，十几只毛绒绒的小鸭子在草地上互相追逐，一只黄色羽毛的小鸟孤单地栖息在树上，那只黑白花纹的狗跑了过来温驯地跟在珍的身旁。一辆从没见过的两轮货车穿过街道，车上一名身穿工作服、体型瘦弱的年轻人看见老朋友似的，非常热情地挥手和珍打招呼，珍也立刻举起拿着炸面饼的右手向对方挥手致意。

湛蓝的天空看起来非常高远，清澄无比。

"爱德华王子岛实在是一个非常漂亮的地方。"珍顺手摘下一朵粉红色的玫瑰花放近鼻间用力地闻着，"如果能用玫瑰花瓣上的露水洗脸，那该多好啊！"就在这时，她突然想起自己曾经祈求过上帝不要让她到这里来。

"上帝，我必须向你忏悔。"珍喃喃自语道。

第十四章

"我们得尽快买一栋房子才行，珍。"这天一下楼，父亲就提出这件事。后来珍才知道，这是父亲的毛病。

第一次听到这句话的珍却很认真地反问："所谓的尽快是指今天吗？"

父亲不禁笑了："能够这样当然最好啦！嗯，今天我的心情特别好。待会儿杰克把我的车子开来以后，我立刻就带你出去逛逛。"

杰克直到中午才把车子开来，父女俩出门前只好先用过了午餐。怕半路上饿肚子，鲁德太太特地拿了一袋奶油西点塞给珍。

"我很喜欢鲁德太太。"珍悄悄地告诉父亲。她很高兴自己终于能够喜欢别人了。

"鲁德太太可以说是社会模范，即使她老把紫外线当成电话线。"

珍才不在乎紫外线是不是电话线呢！

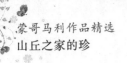

父亲开车载着她穿过一座盛开着野生樱花的森林。色彩鲜丽的花点缀其间，使这片绿色的森林显得格外动人，珍也开始渴望在这片美丽的土地上拥有一个属于自己的家。更令珍愉快的是，父亲说"我想买一栋房子"的语气，就好像说"我要买一个鸟笼"一样轻松自在。

"你一来我就知道，我们需要一个自己的家以便互相照顾。先前我看中了好几间房子，待会儿我就带你去看，之后我们再决定要买哪一栋，好吗？对了，珍，你喜欢什么样的房子呢？"

"爸爸，你可以买什么样的房子呢？"珍假装很认真地问着。

父亲忍俊不禁地扑哧一声笑了出来。"你这孩子还蛮懂事的嘛！"父亲抬头望着天空，"我并不是有钱人，买不起太高级、豪华的房子，不过我还是有能力让你过得舒舒服服的，珍。坦白告诉你吧，今年冬天我卖了许多无聊的作品！"

"《国际局势再调整》！"珍喃喃自语着。

"你在说什么啊？"

于是珍说出了她剪下坎尼斯·哈瓦德的照片藏在房内却招来一顿责骂的经过。不过，她并没有告诉父亲外婆撕碎那张照片时，母亲眼中流露出来的痛苦神情。

"《周末下午》是我主要的投稿对象。好了，现在我们言归正传。如果不考虑房价，你喜欢什么样的房子呢，珍？"

"我不喜欢大房子。"珍想到了丽街60号那栋宽敞、豪华的宅院，"我希望有一栋小巧的房子，四周要种满树木——小树。"

"白桦吗？我也很想种一两棵白桦树呢！最好再种四五棵松

树。为了和这些树木配合，我们家最好漆成绿色和白色，我一直都想拥有一栋白绿相间的房子。"

"你会刷油漆吗？"

"当然会喽！真难得你会想到这个问题，珍。对了，我们的房子还必须要能看见海湾。"

"就在海湾附近？"

"是的。事实上，我现在正准备带你到特因海滨去呢！那里有几栋房子我都蛮喜欢的。"

"真的吗？我比较喜欢住在山丘上！"珍的眼中充满了憧憬。

"让我把方才提到的事项整理一下：一栋小巧的房子，漆成白色或绿色，四周种着白桦树和松树；房子位于山丘上，最好从窗户就可以看见大海……除了这些，还有没有其他的条件啊？啊，最重要的一点，就是必须具有魔法！珍，我们把它变成一个魔法之家吧！这在岛上可是很少见的哟！你懂我的意思吗，珍？"

珍想了好一会儿，说道："房子都还没买下，我就觉得它是我们的家了。"

"珍，你真是善解人意得叫人难以置信。"父亲凝视着珍，突然说了这么一句。

渡河之后，父女俩携手爬上山丘俯瞰湛蓝、清澈的河水。爬上山顶时，一片更湛蓝、更辽阔的海水霎时呈现在眼前。珍心想："这里大概就是海湾了吧？"

"哇！"珍兴高采烈地拍手大叫，"哇！"

"这里就是海了。你喜欢吗，珍？"

珍高兴得说不出话来，只是拼命地点头。她曾经看过波光粼粼、清澈无比的安大略湖，但是眼前这片——珍实在太喜欢了。

"我从来没有看过这么蓝的海水。"珍喃喃自语道。

"不，你曾经看过的。"父亲静静地说，"珍，你大概不知道吧？这就是你血液里流动的东西啊！许多年前，四月的一个愉快得像中了魔法的夜晚，你在这附近出生了。事实上，你还在这里住了三年呢！那时我把你泡在海水里——很多父母都是这么做的。在这之前，你早就在夏洛镇的英国教会里受洗了，不过我认为这才是珍真正的受洗仪式。珍是大海之子，当然必须回到故乡。"

"可是，爸爸不是很讨厌我吗？"珍脱口而出。

"我讨厌你？谁说的？"

"外婆呀！"不过珍并没有把外婆的话复述一遍。

"那个老太婆——"父亲额际的青筋暴起，但仍努力地克制着自己的怒气，"算了，我们还是继续找房子吧！"

霎时，珍对找房子失去了兴趣。她突然发现自己不知道该相信什么、该相信谁。她感觉得出来父亲现在很爱自己，但这是真的吗？或许他只是装出一副很爱自己的样子而已。就在这时，珍又想起了初次见面时，父亲多么亲热地亲吻自己的场景。

"现在爸爸是真的很喜欢我；或许我刚出生时他不太喜欢我，但现在已经完全不一样了。"珍的心里再度洋溢着快乐。

第十五章

　　珍觉得找房子是件非常愉快的事。不论是和父亲坐着马车愉快地聊天，还是默默地坐着，都令她十分快乐。不过，父亲带珍看的那些房子，她都不太喜欢。比方说，她看到的第一栋房子太大，第二栋又太小了。

　　"没有可以养猫的地方实在很麻烦。"父亲有感而发。

　　"爸爸喜欢养猫啊？"珍好奇地询问。

　　"不，不是特别喜欢，不过我倒想养一只试试看。你喜欢猫吗，珍？"

　　"喜欢。"

　　"那我们就养只猫吧！"

　　"不，我要养两只。"

　　"那么狗呢？珍想不想养狗呢？如果珍决定养猫，那我就养狗好了。很久以前我养过一条狗——"父亲只说到一半就不再说了。珍觉得父亲原本所要说的，可能正是她想要知道的。

　　第三栋房子看着相当不错。屋子坐落于街道的转角处，阳光穿过树丛间的缝隙洒在屋顶上，给人舒服的感觉。进里面一看，才发现房屋本身的维修做得很差，不但地板破落、门把松脱、窗户卡死，而且没有食品贮藏室。

　　父亲给第四栋房子的评语是"虚有其表"；第五栋连让人多看一眼的魅力都没有——建筑物本身不仅破旧，四周还堆满了生锈的铁罐、水果箱、破布，以及其他杂物。

　　"接下来我们要看的是约翰的旧家。"父女俩费了好大一番工夫才找到。和面对马路的新家不同，约翰的旧家必须经过新家门前，沿着一条人烟稀少的小路走到尽头才能看得到。从厨房的窗户可以望见海湾，但是房子似乎太大了，而且珍和父亲都不喜欢贮藏室紧邻猪舍这一点。父女俩又略带失望地折回了小路。

　　第七栋是一栋小小的平房，雪白的外墙和红色的屋顶相当醒目，看得出刚刚粉刷过；屋顶上还开了一个天窗；庭院里虽未种树，却整理得十分干净；更重要的是，屋内除了贮藏室和地下室，还可以望见海湾的景色。

　　父亲目不转睛地看着珍："你有没有一种着了魔的感觉呢，珍？"

　　"爸爸你呢？"珍反问父亲。

　　父亲摇摇头："我没有任何感觉。我们要的是一栋像是有魔法的房子。"

　　父亲很快带着珍离开了那栋房子。满脸疑惑的屋主看着父女俩的背影，心中浮起了一连串的问号：这两个"怪人"到底是谁呢？他们所谓的"魔法"是指什么呢？这栋房子可是我花

了好一番心血才盖成的呀！

父女俩又看了两栋房子，都不太满意。

"我们是不是太挑剔了呢，珍？据我所知，这附近有意出售的房子我们都看过了。怎么样？你想不想买方才那栋有河流经过的小平房呢？"

"先别急着下决定。前面有个男人走过来了，我去问问他附近还有没有房子要卖吧！"珍说着便走上前去。

"吉米·约翰在兰达山上有栋房子要卖。"男子回答道，"先前住在那栋房子里的是吉米·约翰的姑母马吉蕾妲·裘丽，听说屋子里的家具一应俱全，不过你还是可以试着杀杀价，以免买贵了。从这里到兰达山大约三公里，穿过特因海滩就到了。"

吉米·约翰！兰达山！马吉蕾妲·裘丽姑妈！珍迫不及待地想要看看那栋房子。

珍首先看到了那栋房子——珍在山顶上看见了那栋向自己招手、二楼有个破风窗的房子。等到父女俩爬上小山后，才发现还要走过一条两边砌着石墙、极其蜿蜒曲折的小路方能到达目的地。石墙上长满了羊齿苔藓，河堤附近种满了翠绿的松树。

这正是他们所要找的——一个完全属于两个人的家。

"珍，我发现你看这栋房子时的眼睛特别亮。"父亲的声音略显激动。

房屋傍着陡峭的小丘而建，看起来小而不起眼——在丽街60号的家里，至少有半打以上这种房子——不过麻雀虽小，却五脏俱全。庭院和房屋四周都围着石墙；两棵丈余高的白桦

树顽皮地探出墙外，不时地随风起舞；沿着铺碎石子的小路，可以通往门口；大门的上半部镶着八片小玻璃，由此可见屋内的陈设；屋内位于门口的这一侧面积十分宽敞，还有一个楼梯可以通往房子的正面；另一侧有两间小房间，窗户正好面对着山腰。

厨房有一座老旧的壁炉、一张桌子和几把椅子，墙上吊着一个小巧、玻璃门的食物柜。房屋的一边是克罗巴草原，另外一边是夹杂着枞树与松树的树林。庭院里还有一棵苹果树，浅桃色的花瓣散落了一地。

"我喜欢这里的样子。"珍做梦似的说道。

"你是说你很喜欢这里的风景和这栋房屋吗？"父亲在一旁提醒道。

珍太喜欢这栋房子了，以至根本没有注意到四周的景色。听父亲这么一说，她才大梦初醒似的打量着四周的景物。这下珍简直看呆了。说实在的，珍从来没看过这么美的景色。

兰达山位于以海湾为底、以特因海滨为边的三角地带的顶点。银色和淡紫色的沙丘位于父女两人和大海之间，穿过海港延伸至沙洲一带。港畔，一波一波的浪花不断地涌向岸边。海峡的入口处，有一座参天的白色灯塔。

看见这幅美丽的画面，珍才确切地感受到爱德华王子岛那股难以言喻的魅力。

兰达山的正下方，一侧是紧邻港口、遍植松树的贫瘠地，另一侧是有座小水池的牧场——珍从来没见过那么蓝的池水。

"啊，那正是我一直想要的水池呀！"父亲低呼一声。

珍一句话也没说，全神贯注地欣赏着四周的景色。尽管她从来没有来过这里，却觉得非常熟悉。在珍的耳里，呼呼的海潮声就像一首动人的乐曲。

珍在这里找到了属于家的气氛。

"珍，你觉得如何？"父亲催促道。

珍正竖耳倾听海潮的声音，听见父亲的询问，连忙伸出食指按住双唇："嘘！"

"我们到海边商量吧！"父亲提议道。

十五分钟后，两人坐在一根不知从哪里漂来的树干上，任由海风吹拂全身，愉悦地享受着浪花溅在身上的清凉。

"好舒服的海风啊！"珍心里想着。

"珍，那栋房子的屋顶似乎有点儿破损哦！"

"修一修就好了。"

"庭院里长满了牛蒡。"

"拔掉不就没有了吗？"

"那栋房子以前好像是白色的，现在——"

"我们再把它漆成白色啊！"

"玄关的门漆已经被火烧坏了。"

"油漆应该不会太贵。"

"门锁也坏了。"

"换个新的不就得了？"

"墙壁也有裂缝。"

"贴上壁纸就什么也看不见了。"

"我们还需要一间食品贮藏室呀，珍！"

"右边的小房间里有一个柜子，很适合用来贮存食物。至于另外一间小房间，可以作为爸爸的书房。爸爸，你不是需要一个可以专心写作的地方吗？"

"你这孩子倒是计划得挺周到的嘛！"父亲称赞道，随即又故意吓唬珍似的，"那片枫树林里恐怕会有很多猫头鹰呢！"

"我才不怕猫头鹰呢！"

"那么魔法呢，珍？"

魔法？珍早就被魔法困在这里不能动弹了呀！父亲心里非常清楚这一点，只是故意逗逗珍罢了。

不久两人循着原路走了回去，珍在途中的一块红色的砂岩上坐了下来，父亲则沿着枫树林那条弯弯曲曲的羊肠小道走去，准备和别名为杰杰·卡兰德的吉米·约翰讨论细节问题。卡兰德的家位于枫树林转角处，四周种满树木，漆成奶油色的房子本身看起来就十分赏心悦目。

父亲和吉米·约翰一起回到珍所在的位置——吉米·约翰是一位身材矮小、略显肥胖、表情滑稽的男子——因为没有钥匙，父女二人只在一楼大致参观了一下。至于二楼，根据吉米·约翰的说法，二楼三个房间，每一间都有壁橱，楼梯下方的空间可以"当成鞋柜"。

珍和父亲一起站在铺着碎石的小路上仔细地看着这栋房子。

"两位觉得如何？"吉米·约翰问道。

"你打算卖多少钱呢？"父亲不答反问。

"连家具在内一共四百美金。"吉米·约翰说话时不经意地看了珍一眼，珍也大胆地回看对方——反正外婆远在一千六百公里之外。

"就这么说定了！"父亲很爽快地接受了吉米·约翰所出的价钱。在他看来，能以四百美元买到一栋这么漂亮的房子，实在是太幸运了。

父亲当场取出五十美元给吉米·约翰，言明剩下的三百五十美元将在明天一次付清。

"那么，这栋房子就是你的了。"吉米·约翰说话的语气，好像是他把这栋房子送给了两人。不过珍还是很高兴买到了这栋房子。

"房子占地约半英亩，四周有水池、海港、海湾，真是太棒了！我终于可以向别人介绍'这是我的家'了！珍，你说这是不是太棒了？"

"已经四点多了。"

正当父女二人打算离去时，一名长得很像吉米·约翰的小男孩穿过枫树林跑了过来，手里拿着一把钥匙。小男孩表示钥匙是刚刚找到的，略带腼腆地把它交给了珍。返回布尔克比的途中，珍一直紧紧地握住那把钥匙。

"我终于可以随心所欲地打开某些东西了。"珍感到非常满足。

为了看房子，父女俩忙得连午饭都忘记了吃。房子的事好不容易敲定了，这才觉得饥肠辘辘，于是珍拿出了鲁德太太为

他们准备的奶油饼干。

"以后可以由我来为你做饭吗，爸爸？"

"你当然要做喽！我对烹饪一窍不通。"

珍的脸上霎时洋溢着快乐的表情："我们明天就搬过来好吗，爸爸？"

"好啊！待会儿我们就去买家具和食物。"

"今天实在太棒了！我从来都没有想到自己会有这么幸福的一天。"

"明天也一样啊，珍！不过，明天恐怕只有九十五分哦！"

"九十五也不错啊！"珍的声音里充满了喜悦。

"在我们能力所及的范围内，你可以做任何你想做的事。房子固然要保持干净，但也不需要太过干净；你可以偶尔偷偷懒，但是不能太过火。此外，我不希望家里有时钟。"

"可是，没有时钟很不方便呢！"

"住在港口的吉摩西·歇尔特有一只老旧的时钟，我可以向他借。那个钟走走停停，你不介意吧？对了，你愿意帮我洗袜子吗，珍？"

"当然愿意啦！"事实上，珍长这么大以来，从来不曾洗过袜子。

"珍，我们现在是住在世界之顶喔！你不觉得自己很幸运吗？"

"那当然！不过，爸爸，我们搬过来之前，先不要把我们的新家告诉别人好不好？"

"好啊！除了艾琳姑妈，我谁也不说。你也知道，我们一定要告诉艾琳姑妈才行。"

　　珍不再说话了。她突然发现，她最不想告诉的人就是艾琳姑妈。

　　当天晚上珍躺在床上辗转反侧，一直在想各种问题。为什么爸爸、妈妈会彼此憎恨对方呢？为什么他们无法相处呢？珍百思不得其解。不论从哪方面看，爸爸和妈妈都称得上是好人；更何况，从前他们必然也相爱过，是什么改变了他们呢？"如果我找得出原因，或许就可以重新撮合他们了。"珍的心里再度燃起了一丝希望。

　　珍又想到了今天刚买下的那栋房子。

　　"也许我可以向吉米·约翰伯伯借点儿牛奶呢！"

第十六章

第二天下午，父女二人愉快地展开了搬家行动。在那之前，珍和父亲特地利用上午的时间上街买了许多罐头食品和家具。珍又买了两三件方格上衣和一条围裙，外婆买给她的衣服，在兰达山上根本派不上用场。珍也瞒着父亲偷偷地买了一本《烹调入门》——幸好当初离家时，母亲曾私下塞了一美元给她。

本来他们还要去拜访艾琳姑妈的，正好艾琳姑妈有事外出。珍很高兴姑妈不在，但是嘴上并没有说出来。吃过午饭后，父亲帮珍把她的皮箱、行李搬上了车，父女俩便带着愉快的心情朝兰达山进发了。临出门时，鲁德太太送给他们一箱炸面饼、三条面包、三块奶油、一瓶牛奶、一个掺有葡萄干的派，以及三条鳕鱼干。

"今天晚上先把一条鳕鱼干泡水，明天早上就可以煮来配饭了。"鲁德太太好心地提醒珍。

这是珍梦寐以求的家，一切都如她所想象的那么完美。珍

实在无法想象有人会不喜欢这里。"马吉蕾姐·裘丽姑妈临死前，一定很舍不得这栋房子。"珍相信纵使马吉蕾姐·裘丽姑妈现在住在黄金府邸，也一定会怀念兰达山上的这个家。

"爸爸，让我来开门吧！"珍很高兴地来到门前，"啊——这里就是我的家了！"

家！这是珍过去从来不敢想的。拥有属于自己的家的那种满足感，令她忍不住想要大哭一场。

父女二人孩子般地在屋内跑来跑去。楼上共有三个房间，珍决定把北边那间比较宽敞的让给父亲住。

"你不想住在这个房间吗，珍？从窗户可以看到海湾的景色哟！"

"不，我喜欢后面那个小房间。我一向都比较喜欢小房间的，爸爸。另外一间，正好可以当作客房。"

"需要客房吗，珍？好吧！每个人都有表达意见的权利。"

"话是不错，不过我们还是需要有间客房的，爸爸。"珍一想到这点就满心喜悦，"家里总会有客人来的吧？"

"这里没有床铺啊！"

"哎呀，找一下就有了嘛！爸爸，我觉得这房子一定很高兴碰到了我，椅子一定也很喜欢被我们坐。"

"真是个多愁善感的小家伙！"父亲揶揄道，眼里却带着一丝理解的笑意。

屋子非常干净。父女俩后来才知道，吉米·约翰的太太米兰姐·约翰一听说丈夫已经把马吉蕾姐·裘丽姑妈的房子卖了，

就立刻赶了过来，从厨房的窗户爬进屋内把房子上上下下打扫得非常干净。珍知道约翰太太纯粹是一番好意，却不免有点儿失望，她希望亲自动手把房子整理干净。换句话说，她希望家里的一切都由自己动手来做。

"我要像盖尔特路德姨妈一样。"此刻珍终于能够体会盖尔特路德姨妈的心情了。

整个下午，珍都忙着铺床，整理棉被，把罐头放进厨房的柜子里，把黄油和奶油放进地下室；父亲则忙着在厨房的火炉后面钉上钉子，以便把鲁德太太送的鳕鱼干挂起来。

"晚饭就吃香肠吧！"

听见珍的话后，父亲突然搔着头说："糟糕，我忘了买平底锅！"

珍却表现得十分镇静："没关系。你看，橱柜下面不是挂着一只铁锅吗？"

事实上，珍早就仔细观察过屋内的情形了。在她的指挥下，父亲将马吉蕾姐·裘丽姑妈留下来的木柴丢进火炉里点燃了火苗。从来没有点过火的珍暗下决心，下次一定要自己试试看。

由于炉脚断了一只，珍只好到庭院捡来一块平坦的石头垫在下面。父亲则到吉米·约翰家提了一桶水——那是取自井里的水，珍仿效鲁德太太那样，在餐桌上铺了一条红白相间的餐巾，摆上父亲从店里买来的餐盘，以一束摘自庭院的鲜花作为装饰——因为找不到瓶子，只好将就着把花放在一只铁罐子里，罐口处绑着一条从行李箱中找来的丝巾——那是米妮舅妈送给她的高级丝巾。

　　珍把面包切好，涂上奶油；把茶斟好；把香肠放进平底锅里炸。虽然她没有做过这些事情，但因为经常看玛丽亚做，倒也驾轻就熟。

　　"在自己家里吃饭就有这个好处，你可以自由自在地晃脚。"晚餐时父亲很得意地说。

　　"外婆每次看见我在厨房帮玛丽亚做饭，就说我的兴趣低俗。"珍突然想起了不愉快的往事，不过她并没有说出来。

　　"还要茶吗，爸爸？"珍为自己的表情感到骄傲。

　　夕阳照在屋内的地板上。由东边的窗户可以望见枫树林，由北边的窗户可以看见海湾、水池和沙丘，由西边的窗户可以看见港口——令人有坐拥天下的感觉。清凉的海风徐徐吹来，倦鸟在空中缓缓飞过，屋内只有珍和父亲两人。想到自己就是这个家的女主人，可以随心所欲地做自己想做的事，珍不禁露出愉悦的笑容。更令珍兴奋的是，父亲和其他父母不同，完全把她当大人对待，两人几乎无所不谈。

　　吃完饭父亲想要帮珍洗碗，珍没有答应："我不是已经是这个家的女主人了吗？"更何况她曾经看过玛丽亚洗碗，早就学会了洗碗的方法。把油腻腻的碗盘洗得非常干净一定很有趣——珍这么认为。只可惜今天父亲只买了洗碗盆，却忘了买抹布，珍只好从行李箱拿出两件新的内衣裁成抹布用。

　　如梦般的夏季，父女俩几乎每天黄昏都会相偕散步至海岸附近，望着一波波地涌向海湾的银色波浪和扬着白帆浮光掠影般漂过沙洲的船只。海峡对面不断旋转的灯光，不时照在两人身上，

也照亮了灯塔背后的那一大片金紫掺杂、向外突出的海岬。对珍而言，这个海岬充满了神秘气息：海岬背后有些什么呢？

父亲优哉游哉地抽着烟斗——他管这支烟斗叫"老糊涂"。珍和父亲并肩坐在一艘破船的阴影下，一句话也没有说——根本不必多说些什么。

回家时两人特地绕到镇上买了三盏灯——买的都是石油灯，却忘了买书房用的瓦斯灯。

"趁这个机会休息一下也不错啊！"

珍并未就此放弃。一直不屈不挠的她，突然想起橱柜的抽屉里还有一根蜡烛。珍将蜡烛切成两半，又在橱柜里找出两只旧玻璃瓶。"这样不就解决了吗？"珍很得意地看着父亲。

稍后珍心满意足地看着自己的小房间。房间里只有一张床和一张书桌，天花板有一处下雨漏水留下的小斑点，床铺似乎也摇摇晃晃的，珍却一点儿也不在乎，这是她第一次拥有完全属于自己的房间。从今以后，她再也不必担心有人会从钥匙洞里窥视自己了。珍脱掉洋装，吹熄灯火，坐在床上望着窗外的景色。月亮高挂天际，四周的景物在月光下显得格外迷人。远在一公里半以外的小村庄隐约着几盏灯火，更为这一切增添了一股宁静的气息。窗户右侧的一整排白桦树，有如柔软的天鹅绒在羊齿草间随风摆动。

"这真是一个会变魔术的窗户啊！每当我从窗户眺望外面的景色时，总会看到许多令人赞叹不已的事物。啊，会不会有一天妈妈突然循着兰达山的灯光来到这里呢？"

　　经过一天的劳累，再加上父亲特地为她买了一床非常舒服的棉被，珍立刻就睡着了。临睡前，她躺在这张小巧、温暖的床上，不禁想起了一件事——听吉米·约翰说，这张床是马吉蕾姐·裘丽姑妈花五十美元向一名收藏家买来的——珍望着墙上的白桦树影，却一点儿也不害怕，她知道父亲就在隔壁——她还可以自由自在地在草地上追逐、跑跳，不必担心会遭受责备。珍忘情地推开窗户，一股清新的空气扑鼻而来。这里多么宁静啊！只有海浪声隐隐约约地传来。

　　聆听着大海的呼唤声，原本存在珍胸中的不快和郁闷霎时烟消云散。大海在呼唤什么呢？它是不是也有不为人知的悲伤呢？

　　当珍即将入睡时，突然想起来忘了把鳕鱼干泡水了。

　　两分钟后，鳕鱼干静静地躺在了水盆里。

第十七章

第二天早上珍睡过了头。当她匆匆忙忙地下楼时，突然难以置信地瞪大双眼——父亲坐在吉米·约翰留下的一张摇椅上，手里拿着一副烤架。

"我决定帮你烤鳕鱼干，珍。这张椅子是吉米·约翰太太送来的，听说是马吉蕾姐·裘丽姑妈生前最喜欢的家具之一呢！对了，炉子上还在煮着稀饭，这烤鳕鱼干的工作就交给你吧！"

珍把鼻子凑近一闻，霎时一股浓郁的鳕鱼香味儿扑鼻而来。不过，父亲煮出来的稀饭却只能用"惨不忍睹"四个字来形容。

"爸爸果然不会做饭！"珍的心里这么想着，但并没有说出来。事实上，她吃光了碗里所有的稀饭，并认为那是世界上最美味的食物。至于父亲，那就不一样了。他不断地将饭疙瘩从碗里挑出来，用自嘲的眼神看着珍。

"也许我很会写文章，却煮不出一锅像样的稀饭。"

"以后都让我来煮好了。爸爸你放心，我再也不会睡过头

了。"珍试着安慰自尊受损的父亲。

珍感到一股无以名状的喜悦。往后的几个星期里，她更深深地体会到了幸福的感觉。

珍在新家认识的第一个朋友，是本名叫塔恩斯顿的老人托姆斯顿。在特因海滨一带，托姆斯顿素有"万能"的美誉。孤身一人的托姆斯顿非常热心地为珍更换家里的壁纸，修缮屋顶，换好门锁，并在房屋的木造部分重新涂上了白漆和绿漆。他还教珍在什么地方该用什么方法挖蛤蜊。在珍的眼里，蓄着白胡须、脸上刻满岁月痕迹的托姆斯顿爷爷，简直就是圣诞老人的化身。

精力旺盛的珍一天到晚跟在托姆斯顿爷爷的身旁整理善后，父亲则忙着布置刚刚运来的家具，并且换上新的窗帘。

"这孩子真有办法，居然可以同时出现在三个地方。"父亲发出赞叹。

珍确实帮了很大的忙。事实上，只要是她想做的事，几乎没有不会做的。珍对自己的能干也感到相当自豪。这才是珍所属的世界——在这里，珍是非常重要的人物。更令珍兴奋的是，这里的生活本身就是一连串的冒险。

把家整理得差不多后，珍就开始忙着做饭。她经常利用闲暇时间研读《烹调入门》，事实证明，她在烹饪方面似乎颇具天分。第一次烤饼干的珍，获得了父亲由衷的称赞；牛肉也总是煮得恰到好处，只有一次例外。或许是太过自信的缘故吧，这天晚上珍兴致勃勃地端出饭后甜点葡萄干布丁供大家品尝，结果害得托姆斯顿爷爷半夜里必须送医院急诊，翌日托姆斯顿爷爷自己带了午餐过来——包在红布巾里的是一条冰冷的热狗和一块冰冷的蛋糕，爷爷告诉珍他现在正在施行饮食疗法。

"昨晚你做的葡萄干布丁太腻了，我的胃受不了多伦多式的料理。"

虽然托姆斯顿爷爷告诉朋友是珍的葡萄干布丁害得他消化不良，但他还是非常喜欢珍。

"你的女儿是一个很有教养的小姑娘。现在很多女孩子都好逸恶劳、贪玩，她却非常勤劳。"老爷爷当着父亲的面称赞珍。

父女俩听到这番话后，都忍不住开心地笑了起来。从那以后，父亲总喜欢用戏谑的口吻称呼她为"高雅的珍小姐"。

珍也很喜欢托姆斯顿爷爷。事实上，这才是新生活里最令珍感到惊讶的——她居然可以轻易地喜欢上别人。珍经常在想：这是不是因为爱德华王子岛上的人比多伦多的居民更亲切的缘故呢？她完全没有想到真正改变的其实是自己。她不再冷漠、害怕，乐于亲近他人，他人当然也以亲切的态度对待她。珍知道就社会地位而言，外婆是绝对不会认同托姆斯顿爷爷的，不过丽街60号的标准并不适用于兰达山上。

吉米·约翰一家人始终给珍一种老朋友的感觉。提到这家人，珍知道应该把詹姆斯·约翰·卡兰德区分为东北边的詹姆斯·卡兰德先生和西南边的詹姆斯·卡兰德先生。

在她搬到兰达山上的第一天早晨，吉米·约翰就带着一家人来到门前——包括有着斑点花纹的布尔特利亚、金色毛发的

可爱及褐色小狗等三只狗在内。和身材矮小、肥胖的吉米·约翰相反，约翰太太长得高高瘦瘦，灰色的眼眸里不时闪动着慈祥的光芒。除了抱在手上的婴儿，约翰夫妇还有五个孩子：分别是十七岁、不像母亲那么高，也不像父亲那么胖的米兰姐——谁也不敢相信自十岁起就有双下巴的米兰姐，居然有过许多爱情故事；和珍同年的波里长得又矮又瘦，看起来似乎比珍还小；至于那天送钥匙来的，则是十三岁的班吉；还有一对八岁的双胞胎——约翰和耶拉。这一家人最大的特征，就是脸上经常带着亲切的微笑。

"你就是珍·史提华德小姐吗？"吉米·约翰太太非常客气地询问。

"叫我珍就好。"

面对吉米·约翰一家人目不转睛的注视，珍丝毫不感到畏惧。

"原来你就是珍啊！"约翰太太对珍微微一笑，珍也立刻喜欢上了她。

除了婴儿，约翰家的每个人都送了一份礼物给珍。约翰太太送了一张染成红色的小羊皮，珍决定把它铺在床边的地板上；米兰姐送给珍一只画有粉红色玫瑰的小花瓶；班吉送了一根大萝卜；波里送了一束带枝的天竺葵；双胞胎的手上则各抓着一只蟾蜍。

"你可以把它们养在庭院里。"班吉解释道。

约翰一家人的热情令珍深受感动，珍决定接待他们吃些东西以表达谢意。

"如果我不吃的话，鲁德太太送的派应该够招待他们了。我

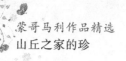
想婴儿应该不会吃吧？"珍暗自盘算着。

但是婴儿居然也要吃，约翰太太只好把她的那一份让给了婴儿。因为椅子不够，小孩子只得坐在厨房的石阶上。"欢迎到我们家来玩。"约翰太太礼尚往来地回请珍。她觉得珍实在了不起，小小年纪居然能把家收拾得那么干净。"如果有需要帮忙的地方，请尽管告诉我们。"约翰太太说。

"真的？那太好了！可不可以请你教我怎么做面包呢？"珍很高兴地请教约翰太太，"当然，我可以在转角处的面包店里买到面包，不过我父亲比较喜欢吃手做的面包。还有，哪一种点心粉比较好呢？"

短短一周之内，珍和史诺比姆一家人也成了好朋友。不论从哪一方面来看，所罗门·史诺比姆家简直就是无可救药的无赖之家。这一家人住在位于港湾和种有松树的贫瘠地带的交接处的一栋破旧的小房子里。没有人知道所罗门·史诺比姆一家是靠什么过活的，所罗门只是偶尔出去打鱼，偶尔出去"工作"，偶尔上山打猎。

史诺比姆太太身材高大、脸色如玫瑰般红润；凯拉威、贝宁及小约翰·史诺比姆，则是温良敦厚、惹人疼爱的孩子；六岁的米妮森特·玛丽亚·史诺比姆有一双天鹅绒般的绿色眼眸，令人见了总忍不住喜欢她。每当她看见波里·约翰和珍说话时，不知何故总是退居一旁，不作任何表示。

除了漂亮却毫无表情的面容外，史诺比姆家的人都有一双漂亮的眼睛，米妮森特还有一头红里带金的长发和光滑白皙的

肌肤——她经常用白胖的小手抱住膝盖，一动也不动地坐上好几个小时，仿佛她根本就不存在于这个世界上。米妮森特对珍抱持着一股莫名的崇拜，那年夏天她经常费尽力气爬上兰达山，只为了静静地凝视珍。

虽然米妮森特不喜欢说话，珍和史诺比姆一家还是相处得极为融洽。不可否认，史诺比姆一家人最初对珍非常反感。他们认为来自多伦多的珍会自以为看过世面而表现出趾高气扬的态度，而当他们知道珍除了托姆斯顿爷爷教的抓蛤蜊的方法，什么也不知道时，立刻就接纳了她。

史诺比姆一家人的可爱之处，在于他们说话往往不经过大脑，总是想到什么说什么。

"你父亲会在书里提到在世的人的事吗？"贝宁好奇地问珍。

"不会。"

"胡说！住在这里的人都很怕他呢！一旦被他写进书里，可就不得了啦！我倒认为，如果他能把我们的事写进小说也很不错。"

"你对于把自己的事情写成故事很感兴趣吗？"听到珍的质问后，贝宁似乎突然害怕起珍来了。

"不，我们只是想知道有关你的事情。对了，你的父母离婚了吗？"穿着一件大外套的凯拉威看起来很像男孩子。

"没有啊！"

"那么，你父亲是鳏夫吗？"凯拉威继续追问。

"当然不是。"

"那你母亲现在在哪里？多伦多吗？"

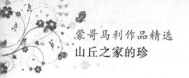

"是的。"

"为什么你要搬来和你父亲一起住呢？"

"以后我会去问我的父母。不过，我会要爸爸把你们一家人写进他的小说——你们每个人都包括在内。"

凯拉威很害怕似的吐了吐舌头，奥兰姐赛莉却不肯就此放弃："你长得像你母亲吗？"

"才不呢！我妈妈可是多伦多的第一美女哟！"珍很得意地说。

"你是住在白色大理石盖成的房子里吗？"

"当然不是。"

"可是，那个敲钟的人明明是这么说的呀！"奥兰姐赛莉脸上带着羡慕的神情，"难道那个敲钟的人故意骗人？好吧！那么你用过缎质棉被吗？"

"我在家里都盖丝质棉被。"

"敲钟的人说是缎子呀！"

"卖肉的说他经常送午饭到你们家去。"小约翰插嘴问道。

"你跟你父亲都吃什么呢？"

"烤肉啊！"

"哇！我们最喜欢吃烤肉了。一想到面包、蜂蜜及腌肉，就令人垂涎三尺呢！对了，你会做点心吗？改天可不可以做一些请我们吃呢？"

"好啊！但是你们不能坐在餐桌上，你们的衬衫上沾满了稻壳。"珍提出附带条件。

"你太自大了！"小约翰很不服气地提出指责。

"就是嘛！"贝宁也表示同意。

随着自认为受到侮辱的小约翰一群人的离去，这天的聚会不欢而散。不过第二天一早他们又来了，非常宽大地帮珍拔去了院子里的杂草，清扫了屋内。

在炎炎烈日下挥汗工作是相当辛苦的，但因为一边玩一边做事，没有任何人叫苦，也没有任何人中途退出。

珍把鲁德太太送的饼干剩下的部分全部拿出来犒赏他们——反正明天她就要试着自己动手做饼干了。

就算是敝帚自珍的心理也罢，珍觉得自己的庭院是全世界最美的。早开的黄玫瑰迫不及待地要向人们展示它那娇艳、动人的花容，美丽的菊花在风中摇曳生姿，石垣上爬满了一朵朵含苞待放的牵牛花，墙角处盛开着淡绿色的百合和乳黄色的水仙。望着成群的蜜蜂在花间穿梭，珍的内心充满了满足感，暗自决定明年夏天要多种些一年生的植物——现在才刚进入初夏，珍就在计划明年夏天要做的事了。

在极短的时间内，珍就学会了许多园艺知识，并且到处向人请教使用肥料的方法。根据吉米·约翰太太的说法，牛粪是最好的肥料；珍便向她要来了一大堆牛粪，均匀地洒在土地上。这个世界上，大概没有人会像珍一样，把花当孩子般照顾得无微不至了吧？每天太阳升上水平面之前，珍就自动醒了过来，到庭院里去除草。辛勤工作的结果，使得她的庭院一根杂草也没有。兰达山的早晨和其他地方不同，给人非常充实的感觉。

"谁教你这些事情的呢？"父亲好奇地询问珍。

"我天生就知道。"珍很得意地回答。

史诺比姆家的孩子答应珍，等他们家的母猫生了小猫后要送一只给她。当珍到史诺比姆家去挑小猫时，内心深深地为虚弱、疲惫而又掩不住得意之色的母猫所感动。她挑了一只脸长得像三色堇的黑色小猫——乌黑、光亮的体毛配上一对金色的眼眸，看起来非常惹人怜爱。在其他孩子的起哄下，珍决定把小猫命名为"碧达"。后来约翰家的孩子也向史诺比姆家要了一只小猫，命名为"碧达二世"。

说到"碧达二世"，那可是有典故的。原来约翰家的耶拉也很喜欢"碧达"这个名字，却被珍抢先了一步，因而伤心得号啕大哭。吉米·约翰情急之下，建议将这两只小猫分别叫为"碧达一世"及"碧达二世"。史诺比姆虽然觉得这有冒渎神明之嫌，不过既然孩子喜欢，他也就不再反对了。"碧达二世"是一只银黑相间、胸前有一撮白毛、看起来非常优雅的小猫。两只碧达经常一起睡在珍的床边，每当父亲一坐在椅子上，它们就会立刻跳进父亲的怀里。

"除了没有狗，我们家几乎什么都有了。"

不久，父亲向港口的吉摩西·歇尔特要来了一只狗，父女俩一起将这只狗命名为"快乐"。"快乐"是一只身材瘦长的白狗，尾巴部位有少许褐色的斑点，头部和耳朵的毛发也是褐色的。由于"快乐"不会欺负两只小"碧达"，因此颇受珍的疼爱。

"我好喜欢养一些宠物在身边的感觉哦，爸爸！"

在把"快乐"带回家时，父亲也借来了船钟。除了便于掌握做饭的时间，珍发现在兰达山上根本不需要计算时间。

一个礼拜后，珍对兰达山、可那村的地形和居民们都已了如指掌。这附近的山丘多半各有其主，例如大多纳尔德山、小多纳尔德山、库巴叔叔之山等。珍一眼就可以分辨出哪一处是大多纳尔德·马京的农场，哪一处是小多纳尔德·马京的农场。每天入夜后，住在浓雾密布的山腰处的米恩母亲都会点上一盏灯，让微弱的灯光映照出那栋小白屋的身影。与珍结为好友的米恩是一位吉普赛姑娘，拥有一双与母亲极为神似的大眼睛，一到夏天，米恩就把鞋子放好，每天光着脚走在通往兰达山的红木小路上。有时被其他孩子戏称为"敲钟的乞丐"的叶尔曼·贝尔也会联袂前来。这个小乞丐的脸上长满了雀斑，一双大耳朵向外突出，看起来好像招风耳；但他的人缘却相当好。

叶尔曼、米恩、波里·约翰、班吉和珍这群年纪相仿的孩子每天一起玩耍，虽然也免不了吵嘴或大打出手，但当年纪较长的孩子前来找碴时，总是立刻摒弃前嫌一致对外。有时连珍都不敢相信，自己居然会和这群孩子相处得如此融洽。不经意地，珍想起了那个说丽街60号已经死了的女人，她很高兴马吉蕾妲·裘丽姑妈的家没有死——经常聚集在这里的孩子们，使得这个家充满了生气。

"像你这么好的人，应该是生在爱德华王子岛的。"小乞丐叶尔曼说。

"我是在爱德华王子岛出生的呀！"珍的语气充满了骄傲。

第十八章

这天，一辆蓝色的两轮货车载着一口大箱子，摇摇晃晃地穿过小路停在庭院门前。

"珍，这口箱子里装的是你祖母收藏的瓷器和银器。"父亲告诉珍。

"我想你应该会喜欢这些东西，你的名字是你祖母亲自为你取的。这些年来，我一直保存着这些东西——"

父亲突然停了下来，痛苦地蹙紧眉头。珍悄悄地移开视线，不忍看到父亲那痛苦的神情。

"想不到一转眼就过了这么多年。"父亲跌进回忆里似的喃喃念道。

珍知道父亲的弦外之意是说："你母亲跟我在一起时，我就已经开始保存这些东西了。"刹那间，珍明白这并不是父亲第一次看房子、挑选壁纸、窗帘及地毯颜色等——很久以前他一定和母亲做过相同的事。当时的父亲一定也像现在这么快乐——

不，甚至比现在还要快乐。

尽管从来不对丽街60号家里的摆设、家具提出任何意见，珍知道当年一定是母亲亲手布置了那个和父亲共同建立的家的。当年父母所住——也就是自己出生的家到底在哪里呢？这个问题盘踞在珍的脑海。像父亲这么好的人，母亲怎么会舍得离开他呢？珍真希望有人能告诉她答案。

珍打开那口箱子，发现里面放有许多美丽的玻璃制品和陶瓷器皿——正式宴客用的银色、金色餐具各一套，成套的高脚杯和同一色系的碗盘，还有银制的茶具、叉子及汤匙、盐罐等。

"银制品得经常擦拭才能保持光亮。"

把这些精美的器物洗净擦亮，该是多么有趣的事呀！擦拭月亮的乐趣是无法与之相提并论的——如今月亮世界的幻想生活早已失去了魅力。在这里，珍每天都有一大堆的事情要做，她也忙得不亦乐乎，根本不必为了打发时间而幻想自己是擦拭月亮的囚犯。对珍来说，爱德华王子岛上的月亮是不需要擦的。

除了器皿，箱子里还有一些其他的东西——一幅画和一面用蓝色、深红色丝线绣了一句座右铭的匾额——"神将和平降于此家"。珍觉得自己好像在什么地方看过这块匾额。在和父亲聊过之后，珍终于确定自己没有见过它。

"快点儿把它挂起来吧！我不喜欢光秃秃、没有任何装饰的墙壁。"父亲说。

父女俩决定把座右铭挂在珍的房间当作摆设。从这天起，不论是晚上临睡前或是早上起床后，珍都会祈祷般用心地把座

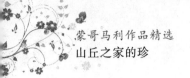

右铭念一遍。

珍还在箱子里找到了三条由祖母亲手缝制的被套——套面上一律绣着雁的图案。珍将其中一条铺在父亲床上，另外一条铺在自己床上，剩下的一条收进柜子里准备客人来时铺在客房的床上。

箱子里还有一尊青铜打造的骑士像和一只黄铜制成、浑身闪闪发亮的狗。父亲决定把骑士像和船钟放在书架上，黄铜狗放在书桌前和那只瓷猫配成一对。"书房"里的那张书桌，是鲁德先生送给他的——一张老旧而具有光泽的红木书桌，放在桌前的瓷猫，是一只身上有着绿色斑纹、伸着细长如蛇的脖子、眼睛闪闪发亮的白猫。珍想不通父亲为什么特别钟爱这只猫——从布尔克比搬到兰达山的路上，父亲始终小心翼翼地捧着它，唯恐它撞坏了似的。

珍最喜欢的是一个中央画有一只白色飞鸟的蓝色盘子和一只内装黄金细沙的老式沙漏。

据父亲说——

"十八世纪初期，我的曾祖父是保皇派，他因政变逃往加拿大，身上只带着这只沙漏，以及一只古铜制的水壶——喏，就是这个。你又多了一样东西要擦了，珍。你看到那只蓝白相间的瓷碗没？当年你祖母都是用它来拌色拉的。"

"我也要这么做。"珍接口道。

就在这时，珍发现大箱子里还有一口小箱子。"爸爸，这是什么呢？"

　　父亲从珍的手中接过那口小箱子，脸上突然浮现出非常奇怪的表情："这个吗？啊，没什么啦！"

　　"爸爸，这是某种特别的勋章，对不对？我在圣·阿卡萨小学科尔韦恩老师的办公室里看过这种东西，老师说那是因为他的兄弟在战场上立了大功，政府特地颁赠这枚勋章以资表扬。哇！爸爸……爸爸……爸爸……"

　　珍为自己的发现激动不已，父亲却只是若无其事地耸耸肩。

　　"我不能说你的老师骗你，珍。坦白说，巴斯杰恩达尔把它送给我时，我也为此感到骄傲过。到了后来我却忍不住怀疑，它能对我的人生产生什么作用呢？把它丢了吧！"

　　父亲的情绪刹那间变得非常激动，珍却一点儿也不害怕，她知道父亲的脾气总是来得快去得也快。

　　"不，我舍不得丢。我要把它收存起来，爸爸。"

　　父亲无奈地耸了耸肩："总之，我不想再看到它了。"

　　珍把它放在了房间的妆台上，每天早晚都要看上好几遍。或许是因为太沉迷于箱子里面的东西吧，珍居然把盐当成糖撒在了午餐的肉里，以致一锅美味的炖肉就此泡汤。幸好，"快乐"对于肉类一向是来者不拒的。

第十九章

　　"有客人来了，珍！我的一个老朋友阿尼德博士有事来到夏洛镇，我想请他过来吃顿晚饭，顺便在此过夜，可以吗？"

　　"当然可以喽！不过首先得要为客房添张床才行。客房里衣橱、镜子、洗脸台都有了，就是没有床。对了，小多纳尔德不是有张旧床要卖吗？"

　　"这事包在我身上。晚饭怎么样呢，珍？要加油哦！对了，要不要我去向吉米·约翰太太买一两只鸡？问题是，鸡买来了你会做吗？"

　　"会啊！这个你就不用担心了，爸爸。我打算做烤鸡和马铃薯色拉——我知道玛丽亚是怎么做的。我还要烤些饼干当作甜点——麻烦你顺便在转角的面包店里买一包傅雷威尔牌的面粉好吗，爸爸？记得，一定要傅雷威尔哦！这种牌子的面粉我用惯了，一旦改用其他牌子，我恐怕就没有把握了。"珍俨然是个烹饪专家的模样，"另外还要买草莓奶油。昨天我和米恩在山上

摘了一堆草莓，现在厨房里还有一大盆呢！"

很不巧，阿尼德博士抵达的那天下午，艾琳姑妈也来了——就在珍忙着帮父亲把铁床搬回家里时，艾琳姑妈坐着汽车翩然而至。铁床是向小多纳尔德先生买的，因为小多纳尔德先生还有急事要办，只把铁床搬到小路上就匆匆忙忙地走了。今天的风很大，珍昨晚又觉得牙齿隐隐作痛，特地把马吉蕾姐·裴丽姑妈留下来的披风包在了头上。很明显，艾琳似乎感到十分吃惊，但她还是很热情地吻了父女二人的脸颊。

"这就是你向吉米·约翰买的房子吗，安德尔·卢瓦尔省？多少钱呢？我觉得这个地方好奇怪，你怎么会想到住在这里呢？说实在的，你决定买之前应该先问问我的。"

"珍认为这是一个秘密，她不希望太多人知道。"父亲用轻松的语气向姑妈说明。

"珍果然很喜欢隐瞒事实。"艾琳姑妈轻轻地用指头戳了珍一下，"秘密当然不应到处宣扬，不过我觉得她对你有点儿狡猾。"

艾琳姑妈说话时脸上带着微笑，口气却相当尖锐。刹那间，珍觉得她和外婆其实没什么两样。

"如果我知道你要买这栋房子的话，一定会极力反对的。安德尔·卢瓦尔省，你实在不该花四百美元买下这房子。这栋又破又小的房子哪里值四百美元呢？甚至连三百美元我都还嫌太贵呢！安德尔·卢瓦尔省，你被吉米·约翰骗了！"

"但是，这里的风景很漂亮呀，姐姐！只要再往前走一百公尺，就可以看到全世界最美丽的风景了。"

"你太不实际了，安德尔·卢瓦尔省！"艾琳姑妈用手指着父亲勉强笑着说，"珍，你可得看紧荷包哟！否则今年秋天之前，你父亲就会变成一文不名的穷光蛋了。"

"不会的，姐姐。我的收入足够维持我们的开销！我和珍一定会尽量节省的。说来也许你不相信，珍确实是一个非常能干的女孩子，她不但会做家务，还烧得一手好菜。"

"真的吗，珍？"艾琳姑妈很好奇地看着珍，"不过，安德尔·卢瓦尔省，如果你一定要买房子的话，为什么不买在市区附近呢？在卡尔里就有一栋很不错的平房啊！要是买在那里，我不是可以就近照顾你们了吗？"

"我和珍都非常喜欢北海岸的景色、树林里的猫头鹰及荒野的塘鹅，也都喜欢吃洋葱。"

"我不想听你说这些废话，安德尔·卢瓦尔省！"艾琳姑妈的声音含着一丝悲痛，"对了，你们都吃些什么呢？"

"珍会挖蛤蜊呢！"父亲一本正经地说。

"蛤蜊？只吃蛤蜊吗？"

"当然不是喽，姑妈！卖鱼的每个星期都会来，卖肉的每个星期来两次呢。"珍感到一丝愤慨。

"真可怜哪！"姑妈用轻蔑的眼神看着父女二人和屋内的一切——包括客厅和珍最自豪的窗帘、壁饰。

"好可爱的贮藏室哦！"姑妈笑着把客厅称为贮藏室，又开始批评起了庭院，"好淳朴的地方呀，珍！"当然，姑妈也绝对不可能放过放鞋子的橱柜："马吉蕾姐·裘丽姑妈设想得真周到

啊，珍！"

艾琳姑妈唯一没有挑剔的，是奶奶留下来的那些柄端有使徒像的汤匙。不过，艾琳姑妈用汤匙舀起汤送进嘴里时，珍看得出她有一丝不悦之色。

"妈妈原本是要把这些汤匙留给我的，安德尔·卢瓦尔省。"

"不，那是妈妈送给罗宾的。"父亲静静地说道。

珍讶异地睁大了眼睛。这是她第一次从父亲口中听到母亲的名字。

"但是她已经走了——"

"不要再说了，姐姐。"

"对不起，我不该提起这件事的。珍，把围裙给我，我来帮你准备招待阿尼德博士的菜吧！可怜的孩子，年纪小小的就得自己张罗招待客人的食物。"

艾琳姑妈不是真心疼我，是在耻笑我！珍觉得有股怒气直冲脑门，不过她并没有当场发作。

艾琳姑妈脱下外套系上围裙，开始忙了起来。由于珍已经把鸡和色拉都做好了，姑妈决定负责烘焙饼干。她又自作主张地把鸡切成了薄片，不理会珍要去摘草莓的建议。

"还好我带了派来。这是安德尔·卢瓦尔省最喜欢的派哦！你可能不知道，珍，男人都比较喜欢口味较浓的食物。"

珍更加生气了。她暗自发誓，一定要在一星期之内学会做派。然而此刻，她只能乖乖地听从姑妈的话。

阿尼德博士抵达时，姑妈立即笑容满面地趋前欢迎，俨然以

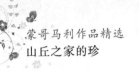

女主人自居。晚餐时，姑妈更是自动地坐在主人席上殷勤地为客人倒茶、布菜。当阿尼德博士表示再要一点儿马铃薯色拉时，珍的心里霎时涌上了一阵从未有过的满足感。之后两个男人一起品尝派，父亲称赞艾琳姑妈是"全加拿大最会做派的高手"。

"今天的晚餐还不赖嘛！"父亲的口气似乎是说，"要不是有了这道派，晚餐一定会失色不少。"珍感到非常委屈，有一种被撕裂的痛楚。

艾琳姑妈帮珍洗完碗盘后才告辞回家。幸好珍三天前才和米恩一起到转角处的商店买了一条擦拭茶杯的抹布，否则当她看见用内衣擦拭碗盘时，不知道又要说什么了。

"我要回去了，珍。我不想太晚回家。唉！你们要是住得近一点儿就好了。你放心，我会尽可能经常来看你们的。以前也是一样，如果没有我的帮忙，你的母亲总是手足无措。可怜的孩子！你父亲和阿尼德博士一起到海边散步了，他们一定又会谈到深夜才回来。唉！安德尔·卢瓦尔省实在不该把你一个人留在这里，不过男人都是这样——凡事只想到一面。"

事实上，珍很喜欢独处。

"我不在乎自己一个人在家的，姑妈。我很喜欢兰达山。"

"你很喜欢？"——言下之意仿佛珍是个大笨蛋。珍有种感觉，艾琳姑妈似乎故意要她知道，她所喜欢、所想、所做的事都是很无聊的。珍最不能忍受的，就是姑妈在这栋房子里所表现出的我行我素的态度。当年母亲和父亲在一起时，艾琳姑妈也是这种态度吗？或许……

"我去客厅帮你拿块坐垫来，珍——"

"那里是厨房呀！"

"——下次我会把那组木棉椅子带来，放在客房里。"

珍突然想起先前姑妈所说的"好可爱的贮藏室"。

"那间客房恐怕不是很大哦！"

艾琳姑妈回去以后，珍用厌恶的眼神看着那块坐垫。坐垫是姑妈新买的，颜色和式样都非常土气。

"把它放进鞋柜里吧！"珍这才觉得舒坦多了。

第二十章

　　那是一个闷热的夜晚，珍走出屋外独自坐在山丘上，试着找到"原来的自己"——今天早上以来，她就觉得自己已经"迷失自我"。早上不小心将用来当早餐的面包烤焦了，她一整天都闷闷不乐；她费了好一番工夫才做好的鸡——烧木材的炉子可不像玛丽亚的电炉那么方便，艾琳姑妈以轻蔑的眼神看着她准备的客房："这间客房看起来好像婴儿房呀！"这一切都令珍觉得自己的努力白费了。

　　正因为如此，她又开始能够领略到独处的幸福了。珍很喜欢夜里独自坐在凉爽的山丘上，既不打扰任何人，也不怕有人来打扰自己。

　　一阵西南风吹过大多纳尔德的麦田，霎时飘来了一阵淡淡的青草香味；不远处吉米·约翰家的几条狗不时地发出吠叫声，为这宁静的夜晚增添了些许热闹；被孩子们命名为"看守之塔"的大沙丘，呈扇形矗立于北方天空；银白色的夜蛾在珍的面前

飞来飞去，搞得人眼花缭乱。"快乐"跟着父亲和阿尼德博士一起到海边去了，两只小"碧达"随着她来到了山上。珍抱起两只小猫贴近自己的脸颊，霎时感到无比温暖。

回到家，珍已经重新恢复了自我——她不会在意能言善道、经常面带微笑的冷嘲热讽了。"我，珍·史提华德才是真正的兰达山的女主人！"珍坚定地告诉自己。她更下定决心要学会做派。

父亲还没回来，于是珍坐在父亲的书桌前埋首给母亲写信。原本她是想每月写一封给母亲的，她知道自己不可能一下子写完一封，所以决定每天写一点儿。

"今晚有两位客人到家里来吃饭。"外婆规定不能提到父亲的名字，珍只好拐弯抹角地写道：

他们是阿尼德博士和艾琳姑妈。妈咪，你喜欢艾琳姑妈吗？她是不是经常让你觉得自己很笨呢？你相信吗？我自己会烤鸡了呢！今晚我原本是打算请客人吃草莓的，姑妈却坚持认为草莓没有派那么好吃。妈咪，你是不是也认为草莓没有派那么高级呢？我在这里生平第一次吃到了野生草莓，味道好棒哦！米恩和我发现了一个长了很多草莓的地方，每天早上我都会摘些当作早餐。米恩的妈妈说，要是我再多摘一点儿，她就教我做草莓果酱。

告诉你一个秘密，我很喜欢米恩的妈妈，米恩也很喜欢妈咪。听说米恩出生时体重只有一公斤半，很多人都认为她活不下去，现在她却长得比谁都健康。对了，米恩的妈妈还养了一头猪，据说今年冬天就可以吃了。昨天她还教我如何喂猪呢！妈咪，我好喜欢喂小动物吃东西哟！这让我觉得自己很了不起。

岛上的空气非常清新，风景更是漂亮极了。

我在这里认识了很多朋友，胖嘟嘟的米兰妲·约翰就是其中之一。每次和她吵架后，我总是非常难过。吉米·约翰伯伯养了十五头牛，米兰妲每天清晨都必须为其中的四头母牛挤牛奶。我跟那些牛还不太熟，也不知道自己会不会喜欢它们，我觉得那些牛长得并不是很亲切。

吉米·约翰的婴儿九个月大了，却还不会笑，一天到晚只会做鬼脸，他们一家人都很担心。婴儿的睫毛又黑又长，眼睛又圆又大，你不知道他有多可爱！

一天，我和古吉在家后面的那片松树林里发现了知更鸟的鸟巢，里面有四颗淡蓝色的蛋。古吉让我不要把这件事告诉贝宁和小约翰，否则他们两个一定会把蛋偷吃的。

我愈来愈喜欢古吉了。古吉真正的名字叫马莉琳·佛罗伦萨·依沙贝尔——史诺比姆太太喜欢给她的孩子们取外号。

古吉有一头近乎全白的头发，一双淡蓝色的眼睛——跟妈咪的眼睛非常相似。不过，没有人的眼睛会像妈咪那么漂亮的。

古吉有一个大愿望——在史诺比姆太太的孩子中，古吉怀有很大的愿望——她希望将来成为一名贵妇人，否则宁可死掉。我告诉古吉，想要成为贵妇人，就不能在别人说话时插嘴。奥兰妲赛莉则不坚持非当贵妇人，总是不停地插嘴。我不太喜欢小约翰，他老是一副愁眉苦脸的样子。

妈咪，这里夜晚的风声好动听啊！我最喜欢躺在床上聆听风声了。

上个礼拜我终于学会怎么做葡萄干布丁了。吉米·约翰太太告诉我，布丁不能用煮的而要用蒸的，结果我做得非常成功。就算我做得不好也没关系，吉米·约翰太太是一位非常慈祥的女士。

妈咪，用只有三只脚的铁锅煮马铃薯实在太有趣了。

吉米·约翰伯伯家有四条狗——其中三条总是寸步不离地跟在他的身边，另一条则留在家里看家。现在我们家里也有一条狗，它的名字叫"快乐"。妈咪，养狗很不错呢！

大脚步是吉米·约翰伯伯家雇用的人，当然这并不是他真正的名字。大脚步深爱着贾丝汀娜·戴达斯小姐，不过他们是永远不可能在一起的——贾丝汀娜一辈子也忘不了死于大战的心上人艾雷格·贾克斯。米兰妲说贾丝汀娜小姐初次遇见艾雷格时，头发是向上盘起的，至今她都还梳着这种发型。这个故事是不是很感人呢，妈咪？

一想到妈咪亲自读着我的信，我的心里就充满了快乐。

想到外婆也会看时，珍的表情就暗了下来。她仿佛看见外婆带着轻蔑的微笑读信的情景。

"真是物以类聚啊，罗宾！你这个女儿老是喜欢跟那些低三下四的人做朋友，真是丢人现眼啊！"珍带着忧喜参半的心情钻进了被窝。

"如果和父亲一起回来的不是阿尼德博士而是妈妈，那该多好啊！从前他们一定都是这样的。"

不久，安德尔·卢瓦尔省·史提华德带着客人回到了那间简陋的客房，幸好珍特地将插满了鲜花的史提华德祖母留下来的蓝白花瓶放在了客房的小桌上，使得客房不至于太过寒碜。当父亲踮着脚尖走进珍的房间时，珍已经酣然入睡了。朦胧之际，感觉到父亲在自己的额上轻轻地留下了一吻，珍不自觉地露出了笑容。

第二十一章

在《烹调入门》、吉米·约翰太太的费心指导及珍本身的"天分"这三方面的配合下，珍很快就学会了做派的方法，而且做得非常好吃。如果艾琳姑妈知道珍宁愿向吉米·约翰太太请教也不愿跟她学习烹饪的话，一定会气得跳脚，不过珍一点儿也不在乎。

吉米·约翰太太的贤慧、亲切，在兰达山是出了名的。有时珍不小心把饼干屑掉在地上，或是把柠檬汁打翻了，父亲总是会皱着眉头，铁青着脸，吉米·约翰太太却绝对不笑她。珍固然很有烹饪的天分，但是当吉米·约翰太太不在身旁时，却经常会遭到失败。

"我是说要放许多玉米粉，不是只放一茶匙呀，珍！"

"可是，书上明明写着一茶匙啊！"珍半信半疑地说。

"不一定非要照书上写的不可呀！"对珍的认真、努力极为欣赏的大脚步说，"应该多运用常识才对。我经常说懂得烹饪的人都是与生俱来的，你就是其中之一。错不了，我不会看错的。比方说，最近你做的鳕鱼干就非常美味可口。"

不用任何人帮忙就做出了一锅美味的红烧羊肉、奶油豌豆及最合托姆斯顿爷爷口味的葡萄干布丁当作午餐，是珍一生中最值得夸耀的一件事。午饭时，父亲把盘子递过来："我还要一点儿，珍。在我看来，不管是微小行星说还是量子学说，都比不上这么美味的佳肴，真是太棒了。珍，你大概不知道什么叫量子学说吧？女孩子可以不知道微小行星说，量子学说却能帮你把家整理得井井有条哦，珍！"

珍一点儿也不在乎被父亲取笑——虽然她不知道什么叫量子学说，但她知道怎么样让葡萄干布丁变得更好吃。

"只有这些啊？都是一些不怎么起眼的东西嘛！"小约翰以轻蔑的口气说。

小约翰具有敏锐的第六感，每当珍做点心时，他总是第一个闻香而来。

珍为每一样烹调用具都取了名字，这令史诺比姆一家人觉得非常有趣。

珍唯一不会做的，就是炸面饼。珍试着做过很多次，结果都失败了。炸面饼看起来非常简单，谁知做好了以后，竟连史诺比姆一家都不吃。珍不服输地又试了好几次，却依然失败了。对于珍在炸面饼方面所遭到的挫折，众人均表现出了高度的关心，吉米·约翰太太经常在一旁教她，米恩的妈妈也不时提供意见，转角处那家商店的老板更是主动把新品牌的猪油送给珍

要她再试试看。最初珍用炖锅炸面饼，后来改用平底锅，却怎么也做不好。挫折感使得珍非常沮丧，连晚上也会梦见那吸了油不断膨胀的炸面饼呢！

"这样下去是不行的，我最崇拜的珍！你太专注于这件事了。珍，不要再想炸面饼的事了。"父亲好意地提醒珍。

由于屡试不成，珍打算下次艾琳姑妈来看她和父亲时假装没看见姑妈那自命不凡的态度，虚心向她请教一番。艾琳姑妈经常来看珍父女俩，有时也会住上一两天，珍很不喜欢招待姑妈住在她最喜欢的客房里——姑妈经常不着痕迹地嘲笑客房的布置，用滑稽的表情看着珍劈柴。

"平常这都是父亲的工作，他今天正忙着写作，我不想麻烦他。更何况，我也很喜欢劈柴。"

"你真是个体贴、懂事的好孩子！"艾琳姑妈抱住珍用力地亲了一下。

珍霎时羞得满脸通红："呃……姑妈，我不太习惯被人亲！"

"即使是自己的姑妈也会觉得不自在吗？"那双美丽、略微上扬的眉毛带着一股轻蔑的意味。从不得罪别人、脸上总是挂着微笑的艾琳姑妈是绝对不会轻易动怒的。

"如果我能和姑妈大吵一架，说不定会比较喜欢她呢！"珍经常这么想。

珍也知道自己和姑妈处不来的事实令父亲相当为难，可她无法勉强自己。

"她老是轻视我们！"珍一想到这件事就不禁怒由心生。事实上，问题就出在姑妈说话的内容和方法上。"好像我为爸爸做的事都是在扮家家酒。"

不可否认，当父女俩上街购物而暂住姑妈家时，姑妈确实为他们准备了许多丰盛的菜肴。起初珍觉得非常难过，后来也开始跟着姑妈学做料理了。珍的内心深处，始终有不能输给艾琳姑妈的想法。

"好棒啊，珍！不过对你一个小孩子而言，责任实在太重了。你父亲也常常这么说。"

"我喜欢负起某些责任。"珍的声音带着一丝怒意。

"你太神经质了，珍！"姑妈说话的口吻，好像神经质是滔天大罪。

珍老是忘记炸面饼的做法，却很会做果酱。

"我很喜欢做果酱。"当父亲问她做果酱麻不麻烦时，珍这么回答。

柜子里整齐地摆放着琉璃色和琥珀色的果酱，珍有一种很会做家务的满足感。每天早上起床后，珍会按照惯例和米恩或史诺比姆家的孩子去摘草莓，兴致勃勃地回家做果酱，使得整个兰达山上洋溢着淡淡的草莓香味。当转角处那家商店老板的女儿珍妮·伊斯妲结婚时，珍很得意地和其他朋友一起拿着果冻和腌渍物送给她作为贺礼。当场几乎所有人都认识珍，珍也认识所有人。和小村里面的人相处，是非常自然而快乐的。在路上不期而遇时，彼此都会停下来寒暄问好。

珍可以毫不困难地和任何人谈论任何事情。她喜欢和小孩

子一起游玩，也喜欢和年长的人谈天说地。她和大脚步在从青菜、猪肉的价格到牛为什么要吃草等一系列的问题上往往可以辩上大半天。每个星期天早上，她一定会和吉米·约翰伯伯到田里走一趟，看看作物生长的情形。她还跟托姆斯顿爷爷学习如何驾驶马车。

"这孩子真聪明，凡事只教一遍就会了。"托姆斯顿爷爷告诉吉米·约翰一家人。

大脚步却不太服气，这天故意要珍驾着一辆载满干草的马车到吉米·约翰家的贮藏室去。"这件事只有我才办得到，珍。"

珍最喜欢的朋友，是老人吉摩西·歇尔特。吉摩西住在港口附近一棵松树下的一间矮房子里，脸上经常带着珍所看过的最愉快的笑容。他的脸上布满了皱纹，凹陷的双眸时时带着一丝笑意，令人觉得无比亲切。珍最喜欢坐在吉摩西的身边，听他讲述当年发生在这里的海难、沙洲及海岬的传说，在北海岸一带飘荡的冤魂的故事等。有时她也会和其他较年长的渔夫或船员坐在一起，听他们如数家珍地诉说自己的英勇事迹。当珍全神贯注地听吉摩西说故事时，她所养的那只小狗跑过来跟她撒娇，珍也会毫不留情地把它赶走。

"一切都很顺利吗？"吉摩西很认真地问着，珍也很认真地回答："一切都很顺利。"

老人慷慨地把他从西印度及东印度群岛带回来，里面装有珊瑚和贝壳的玫瑰罐送给珍，还帮珍在海边寻找平滑的小石子以便在庭院里铺成一条小径。他也教珍如何使用锯子、钉钉子

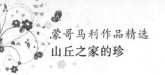
以及如何游泳。学会游泳的那一天，珍很高兴地跑回家向父亲宣布了这个好消息。

"这孩子好像对什么事都不会害怕。"史诺比姆太太的声音充满了赞叹。

在吉摩西的谆谆教诲下，珍终于学会了如何观察天色。站在兰达山上，可以眺望整个天空；珍则经常坐在松树下，全神贯注地看着天空、大海及沙洲之间那片金色的凹洞。根据吉摩西的说法，卷积云代表晴天，马尾云代表起风，朝霞是下雨的前兆。珍很喜欢雨打在树叶上发出的声音，更喜欢雨水打在身上的感觉。

今天晚上的雷鸣、闪电却令珍吓得把头埋在枕头里，身体像虾米缩成了一团。父亲推开那两只小猫把她抱进了怀里。

"你会怕吗，珍？"

"不！"珍撒了一个小谎。

"是吗？你看起来似乎很害怕的样子。"父亲大笑不已。

"承认自己害怕并没有什么不好。更何况，这么大的雷声，正是为了摧毁我们的意志呀！不过，它已经过去了。对了，你知道'天之柱震动、惊为神之责难'这句话出自哪本书吗，珍？"

"知道。"一阵似乎要把山丘劈成两半的巨响过后，珍立刻回答，"是出自《圣经》。不过，我并不喜欢《圣经》。"

"你不喜欢《圣经》？珍、珍，那是不行的。你怎么会不喜欢呢？嗯，或许是介绍《圣经》的方法不对吧？但是，你必须改变自己的观念。坦白说，《圣经》实在是一本很好的书哟，

珍。书里除了动听的故事，还有世界上最伟大的诗篇。它还洋溢着浓郁的人性，令人难以置信的智慧、真理、美及常识。对了，方才我一边在写《弥赛亚》叙事诗的第二篇，一边在想，明天珍是在家吃早饭呢，还是到外面去吃？山丘与大家一起喜乐——这也是《圣经》上的话。珍，你一定会喜欢《圣经》的。"

"或许会吧，除非奇迹出现。"珍这么想着。但珍很喜欢父亲，她决定试着去喜欢《圣经》。

不知何时母亲在珍心目中的地位，变得和天上的星星一般遥远，父亲则真实地存在于珍的生活中——就是父亲！

珍很快地沉入了梦乡。这天晚上，她做了一场噩梦。

第二十二章

后来珍才知道，她根本不需要奇迹就自然而然地喜欢上了《圣经》。星期天下午珍经常和父亲信步走向海边，静静地聆听父亲为她诵读的《圣经》，有时则坐在沙滩愉快地享用晚餐。珍对大海及附属于大海的一切事物充满了狂热的兴趣，也热爱父亲读《圣经》的声音。事实上，珍也说不出父亲的声音有什么优点，但就是喜欢——在父亲的解说下，珍对《圣经》逐渐产生了好感。珍从来没想到，《圣经》的内容居然那么丰富。

"'夜空之星合声高唱时'——创造者的喜悦就在其中呀！珍，你听过无时无刻不在的天籁之声吗？'你的高坡就到这里'——你看那涌过来的海浪，珍，就在那里，'但是不可以超过哟！'这就表示他们必须遵守严厉的法则，绝对不许出现任何差池。'不论贫穷或富有'——这是雅各布之子阿格尔的祈祷。你知道吗，珍？阿格尔是一个很懂事理的人。'愚笨者才会表现出他的愤怒'——话里的意思是在提醒人们不要当一个愚笨者。

珍，世上碰到困难的人只是愚笨而已，并不是坏人。'我会到你所在的地方、睡你所睡的地方。你的人民就是我的人民，你的神就是我的神。我也将死在你死去的地方、葬在你的身旁。如果不是死别，我将与你分别。主啊，请您责罚我吧！'——就我所知，没有任何一个国家的语言，能够表达出如此细腻的情感来。"

虽然并不了解父亲所说的话，珍却觉得非常安心。那年夏天她所读的《圣经》和诗，充实了她贫瘠的心灵。

父亲告诉珍，要想体会语言、文字之美，就要像品尝美食一样再三咀嚼。

为珍解说《圣经》时，父亲的脸上总是带着微笑。珍常常不明白父亲为何发笑，不过她一点儿也不介意。或许妈妈也很喜欢看爸爸笑呢！珍这么想着。

一天晚上，父亲在朗诵诗词时不自觉地露出了倦容，珍小心翼翼地问："爸爸，我背一首诗给你听好吗？"

于是珍开始背起《马修的婴儿》来。不可否认，父亲实在是一个最好的听众。

"珍，你背得太好了。不过，有些小地方还可稍作修正。说实在的，以前我也很会背方言诗呢！"

"怎么外婆不喜欢的人都很会背方言诗呢？"珍又发现了一些秘密。

父亲转过身去，望着沙丘之间的洼地——此刻正为暮色所笼罩的家。

"我看见吉米·约翰和史诺比姆家的灯光了，我们家却一片漆黑。我们回去吧，珍！对了，家里是不是还有一点儿苹果酱呢？"

回家以后，父亲立刻提着瓦斯灯走进书房，坐在桌前用心地写起弥赛亚叙事诗来了——当然也可能是其他作品。珍拿着烛台回到房内，默默地注视着忽明忽暗的灯火。

在父亲的带领下，珍对《圣经》、历史、地理逐渐产生了好感。在圣·阿卡萨小学，这是珍最为头痛的两个学科。如今珍总算明白，历史并不是冰冷、毫无生命的年代和姓名的组合。庞贝、巴比伦、特洛伊、伽利略等实际存在的人物和地方——还有其他历史人物所在之处在父亲生动的叙述下，一一刻在了珍的脑海里。

过去珍对世界地图以外的地理一窍不通，现在则认为"地理其实没有想象中的那么枯燥、乏味"。

"我们到印度去吧！"父亲提议道，于是父女俩相偕出门踏上了想象的印度之旅。珍一路上都忙着帮父亲把衬衫上的纽扣缝好。

"珍，什么时候我们父女俩实地到那些国家去看看吧！半夜里的太阳国度——珍，你会不会深受感动呢？——遥远的中国、大马士革、盛开着樱花的日本、流经不复存在的古老帝国间的幼发拉底河、克什米尔白莲谷、莱茵河畔的城堡、阿尔卑斯山上的别墅——'笼罩在云雾中的阿尔卑斯山脉'……我真想亲眼看看它，珍。对了，我们来画画看传说中沉入海底的亚特兰蒂斯的样子吧！"

"虽然明年才开始学法语，但是现在我已经爱上它了。"珍说。

"那当然喽，你很有语言天分嘛！你知道吗？语言就是带领你走进豪华宫殿的钥匙。虽然拉丁语已经不再通用，我还是很喜欢。珍，你会不会为不再普遍使用的语言感到悲哀呢？毕竟，它曾是一种广为流传、充满生命力的语言啊！想到几十年前到处都有人用拉丁语诉说自己的喜怒哀乐，这不是非常奇妙的事吗？珍，你有没有想过，如果一定需要长靴的话，要几双才够呢？"

父亲向来都是以这种态度来面对人生的。和外婆不同，珍经常和父亲认真而又带点儿做白日梦般地交谈着。珍很清楚外婆对此会作何感想。

兰达山上的星期天是非常有趣的。除了与父亲一起读《圣经》，珍还经常和吉米·约翰一家人到特因海滨教会做礼拜。珍惊讶地发现自己很喜欢上教堂。她穿着外婆买的那件绿色无袖连身裙，一边唱着赞美歌，一边和大家一起穿过大多纳尔德森林里那条绿意盎然的小径，走过草原，经过一群羊儿正低头吃草的牧场，沿着街道通过米恩家门前，米恩也加入了他们的行列。一行人走过一条杂草丛生的小路，终于来到了"南教会"——这是一栋凉风徐徐、四面种满松树的白色建筑物。也许它不像圣·加纳帕斯教堂那么宏伟、壮观，珍却非常喜欢。由透明的玻璃向外望去，可以发现许多高大的野生樱树，珍但愿自己能够看见樱花盛开的美景。

人们就如大脚步所说的那样，个个带着"星期天的脸"齐聚在教会里，多明·巴金斯长老那严肃的表情，仿佛来自另一

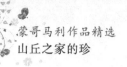
个世界，珍简直不敢相信他就是平常活泼开朗的多明·巴金斯先生。每到这一天，小多纳尔德太太总是不停地塞薄荷糖给珍吃——珍平常是不太喜欢吃薄荷糖的，不过她觉得小多纳尔德太太给的薄荷糖特别好吃。

珍生平第一次获准加入赞美歌的合唱行列，因而总是唱得比谁都大声。在丽街60号，从来没有人知道珍会唱歌。事实上，珍的水平并不只是"跟得上节拍而已"。星期天下午在吉米·约翰家的那片果园举行的音乐会上，珍就曾一展她那美妙的歌喉——其实这场音乐会才是星期天最令人兴奋的节目。吉米·约翰家的人都有一副好歌喉，总是轮流唱着自己最喜欢的赞美歌。

到了最后，众人必定按照惯例齐声高唱国歌，随后珍便在吉米·约翰一家人和三条狗的护送下，返回兰达山上的家。通常父亲会和吉摩西坐在院子里的石阶上，一面欣赏月色，一面天南地北地聊着。珍在父亲身旁坐下，任由父亲轻轻地握着她的手；"碧达一世"则踮着脚尖在父女俩的身旁蹭来蹭去；夜是如此寂静，静得可以听见吉米·约翰家的牧场上牛儿吃草的声音。尽管夜凉如水，靠在父亲怀里却令珍非常温暖，珍很喜欢这种寂静、阴凉的夜晚——就在这时，她突然想起报纸上说多伦多的天气非常炎热。幸好妈妈现在正和一群朋友在马斯坦岛度假！可怜的朱迪在那间又小又热的阁楼里，一定热得受不了。唉，要是朱迪也在这里该多好啊！

"珍，明年春天你愿意再来吗？"父亲问。

"当然愿意喽！"

"但是这样好吗？有人——会不会有人因此而难过呢？"

珍的心脏怦怦地跳个不停——这是父亲第一次提到母亲呀！

"应该不会，反正我九月就要回家了。"

"嗯，说得也是。对了，你真的打算九月回家吗？"

珍很希望父亲多问一些有关母亲的事，父亲却很快把话题扯开了。

第二十三章

最近看见过朱迪吗？虽然我在这里认识了很多人，朱迪仍然是我最好的朋友。

当然，辛格尔·史诺比姆和波里·约翰也很不错。辛格尔最近进步很多，至少他已经会把耳朵后面洗干净了，指甲也剪得很整齐了。尽管我认为把纸揉成一团砸人很有趣，我却不会这么做——小约翰就很喜欢这么做。

每个星期天晚上，我都会和米兰妲一起到教堂去插花。我们家的庭院原本就种满了花，柴达苏姐妹有时也会送我们一些。通常我们都是坐着小乞丐的哥哥所驾的马车去拿花。柴达苏姐妹的家在"小河谷"。怎么样？这个名字很好听吧？其中贾丝汀娜小姐是姐姐，华奥雷特小姐是妹妹。这对姐妹的身材非常高挑，面貌秀丽迷人。

她们家有一座美丽的庭园，米兰妲告诉我，任何人都必须先喜欢那座庭院，才能博得柴达苏姐妹的好感。米兰妲还说，

柴达苏小姐的家里种了一排樱花树，每年春天院子里开满樱花的景象真是漂亮极了。由于这两位小姐是教会的忠实信徒，因此很受大家尊敬。要是史诺比姆太太不小心把贾丝汀娜小姐称为"太太"，后果就严重了——贾丝汀娜小姐是绝对不会轻易原谅她的。不过，我认为贾丝汀娜小姐其实是很喜欢史诺比姆太太这么称呼她的。

华奥雷特小姐教了我许多装饰的技巧，告诉我一个真正的淑女非得学会裁缝不可。虽然她看起来有点儿衰老，眼神却很活泼、年轻。

这对姐妹有时也会吵架，据说她们曾经为了去年才刚去世的母亲所种的橡树争执不下，整个夏天都没有和对方说话呢！姐妹俩都不喜欢那棵橡树，华奥雷特小姐提议既然母亲已经死了，何不把橡树移到走廊；不料贾丝汀娜小姐却以橡树是神圣的象征为由，坚持保持原状。从此以后，姐妹二人经常为了这事吵得不可开交。后来我提出了一个办法——每隔一周就改变橡树的摆放位置，例如这一周放在走廊，下一周就按照贾丝汀娜小姐的意思放在房间里——这才平息了两人间的纷争。

上星期天的晚上，米兰妲在教会唱了一首《与主同在》。（教会每个月都会举行一次布道大会）米兰妲说，她觉得自己唱歌时看起来比较瘦。或许就是这个缘故，她才那么喜欢唱歌吧。米兰妲长得很胖，她很担心没有男孩子会喜欢她。不过大脚步安慰她，只要还能让男人抱得动，自然有人喜欢她。

每个星期天晚上我们都会聚在吉米·约翰伯伯的果园唱

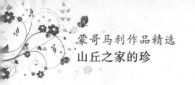

歌——唱的当然都是圣歌。我很喜欢这片果园。——除了浓密的草原，园内的果树更是让人心旷神怡。吉米·约翰一家人相处得极为融洽，有时我还真羡慕他们有个大家庭呢！

班吉教我如何赤脚走在刚收割的稻田里而不被扎到脚——我在这里经常赤着脚走路，吉米·约翰家和史诺比姆家的孩子当然也不例外。赤脚走在冰冷、潮湿的草丛里，泥沙从指缝间流失的感觉实在太棒了。你会不会介意我这么做呢，妈妈？

每次玩过以后，米恩的妈妈照例要帮我们清洗一番。虽然我自己也会清洗，但她总是不让我亲自动手。米恩的妈妈以帮前来避暑的游客们洗衣服维持生计，每次都得洗一大堆衣服。有一天米恩家的猪生病了，我们连忙请托姆斯顿爷爷来帮忙治病，果然治好了，大家都忍不住拍手叫好。这件事其实是非常严重的——万一猪病死了，那么米恩母女俩今年冬天要吃什么呢？米恩的妈妈很会煮蛤蜊火锅，我已经下定决心要学会这道菜。对了，现在我还会挖蛤蜊呢！

昨天刚做好的饼干，今天却招来了一大堆蚂蚁，好可惜哦！这些饼干原本是要留到晚上请客人吃的。明天的午餐我打算做杂烩汤，这是小约翰和辛格尔早就预计好了。我们家的水池里养了很多鳟鱼，我终于体会到在自己的池塘里抓鱼煮来当晚餐的那种感觉，实在是太棒了。

大脚步装了假牙，每次吃东西时假牙都会掉下来。如果你在傍晚时请大脚步吃点心，他一定会说："谢谢，下次我还要来。"如果他的妈妈发出禁令，他就不会来了。大脚步说，自尊

心必须受到尊重。

吉摩西·歇尔特终于肯让我用他的望远镜了。从另外一端看东西实在非常有趣，仿佛身在另一个世界，各种事物都变得又远又小。

昨天我和波里在沙丘上找到了一丛甘草，我特地摘了一束要送给妈妈。华奥雷特小姐教我用手帕包起来，否则很快就会坏掉。

今天我们忙着为吉米伯伯家的小牛取名字。凡是长得可爱的小牛，我们就用自己喜欢的人的名字来为它命名，反之，就用自己不喜欢的人的名字来为它命名喽！

下个礼拜六，满头皮屑的丘格尔、波里和我，将要在可那村公会堂前举办的冰淇淋舞会上卖糖果哟！

最近几个晚上，我们总是一群人跑到沙滩去捡漂木点火，大家就围在火堆旁唱歌、跳舞。

贝宁·史诺比姆和班吉·约翰现在正忙着替马铃薯杀虫。班吉认为我不怕老鼠实在很勇敢，贝宁却不以为然："哼，连虫都怕，那算得上勇敢吗？"

玄关的大门很重，很难打开，我向大脚步借来刨子重新刨了一遍，之后门似乎好开了。

目前我正在跟小多纳尔德太太学做橘子酱。她将做好的橘子酱装在一个非常漂亮的小石壶里，我却只能装在一些毫不起眼的罐子里。

托姆斯顿爷爷托我写了封信给他那住在哈里发克斯的太太。

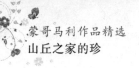
我信手写了"给亲爱的妻",不料爷爷说他从来不曾那么称呼自己的太太,要我改写成"给孩子的妈"。

妈妈,我好喜欢你,真的好喜欢你哦!

珍把信贴在脸上,忍不住哭了起来。如果妈妈能在这里——和我及爸爸一起在这里,或是游泳,或是坐在沙滩上享受日光浴,或是一边吃着刚从池里抓来的鳟鱼一边谈天说地,或是在月下追逐奔跑……那该多好啊!

第二十四章

小艾姆姨妈寄了一封信到兰达山来，说她想见珍·史提华德。

"你必须去，艾姆姨妈的招待会使人觉得像受到皇室的邀请般那么隆重。"

"艾姆姨妈到底是谁呢？"

"我也不太清楚。有人说她是波·巴卡夫人，也有人说她是吉姆·葛雷葛丽夫人，总之没有人知道谁是她的最后一任丈夫。不过，大家都叫她艾姆姨妈。艾姆姨妈的身材瘦小，身高只到我的手肘，好像会被风吹走。她的贤慧在这附近是出了名的。事实上，她就住在你经常听人说起的那条路上，自己染纱织布。我认为你今晚最好去一趟。如果时间允许，我当然很乐意陪你去，不过今晚我必须完成《弥赛亚》第三篇才行。"

最初，珍是近乎同情地相信父亲是在写《弥赛亚》的叙事诗；后来她逐渐发现，当父亲说还有一篇急着要赶完，意思就是"我必须赶一篇准备在《周末下午》发表的艰深讨论文章，

你最好不要打扰我"。父亲在写诗时，不论是恋爱诗、牧歌或华丽的十四行诗，从来不会介意珍在他的身边。那是因为，写诗的稿费少得可怜，而《周末下午》所给的稿费却相当可观。

晚餐后，珍即刻动身前往小艾姆姨妈家。早在这天下午，喜欢凑热闹的史诺比姆家的孩子就主动表示要陪珍一起去，珍却一口拒绝了。

他们都非常气愤——只有长满头皮屑的丘格尔没有生气。他说央求别人带自己去并不是绅士、淑女应有的作风。其他的孩子却跟在珍的身后，口中不时责备倨傲地走在路上的珍。

"她的耳朵那么大，真是难看极了！"

珍知道自己的耳朵并不像贝宁所说的那样，她一点儿也不在乎。他们接着所说的话却严重地刺伤了她。

"要是在路上碰到了鳄鱼，那该怎么办呢？我想那一定比牛还可怕呀！"奥兰姐赛莉大叫了一声，令珍毛骨悚然。史诺比姆他们是怎么知道她很怕牛的呢？她从来没有对任何人提过这件事呀！

这时史诺比姆家的孩子又喋喋不休地叫骂着："你有没有见过那么骄傲的人呢？"

"哼！像我们这样才是真正的了不起啊！"

"我们比你还聪明伶俐呢！"

"你以为艾姆姨妈会请你吃饭吗？"

"我们知道去那里会有什么结果。"贝宁叫道，"一点儿草莓果酱、两片饼干及一小片奶酪！哼，谁稀罕吃那些东西？真

是的！"

"那里好暗，随时都会有魔鬼出现哟！"珍并不怕暗，仍然默默地向前走着。

"你是外地来的。"贝宁又说。

先前不论他们说些什么，珍始终表现出一副无动于衷的样子，因为她非常了解史诺比姆家孩子的个性。听见这句话后，珍终于无法忍受了。你们把我当成外地人？

珍突然停住脚步，转身狠狠地瞪视着贝宁等人："以后你们谁都别想再去我家大吃大喝了！"

史诺比姆家的孩子也吓得停住了脚步——他们从来没有见过，也从来没有想过珍·史提华德这么生气。

"喂！我们不是故意惹你生气的，真的不是有意的——"奥兰妲赛莉慌忙辩解，准备转身和其他人走回家。不料，一向难缠的小约翰却走到珍的面前大叫："瘦排骨、麻子！"

把史诺比姆一群人赶走后，珍总算可以在没有人打扰的情况下，愉快地享受独处的乐趣。走在探访小艾姆姨妈的途中，珍一直在想，这条路会通往什么地方呢？隐藏于枞树和松树之间的这条小路蜿蜒曲折，隐隐透着一股神秘气息，空中也飘着一股淡淡的花草香。

来到一处小洼地，珍看见路旁立着一块褪了色的牌子——白色的木板上写着一排黑字："喂！口渴的人可以到这里来取水！"据说这是一位已经去世的老人很久以前竖立的。

珍遵照路标的指示走在树丛间的羊肠小道，四周不时可见

长满了青苔的石头和清澈的深泉。珍弯下身子掬取泉水尽情地喝着。高耸入云的老树上，一只鸟好奇地看着珍，珍也顽皮地对它扮了一个鬼脸。珍很想在这里休息片刻，但是透过树梢望见的天空已经染成了金黄色，只好迈开大步急急赶路。

穿过小洼地，艾姆姨妈的家一下子呈现在她的眼前。珍注意到通往艾姆姨妈家长长的小径两旁种满了白色和金色的母子草。珍沿着小路走到艾姆姨妈家时，立刻就看见姨妈正坐在厨房门口纺纱，身旁的椅子上堆满了色彩鲜艳的毛线球。珍轻轻地敲了一下门，艾姆姨妈立刻站起身来。虽然她的身高比父亲的手肘位置高一点儿，还是不及珍那么高。她蓬乱的白发上戴着一顶不知哪任丈夫的旧毛线帽。尽管她说话的方式不太和气，那小而黑的眼睛却流露出一股亲切的笑意。

"你是谁呀？"

"我是珍·史提华德。"

"我就知道！"艾姆姨妈显得非常得意。

"我看到你走在那条小路上，就猜到一定是你。只要看你走路的样子，就知道你是史提华德家的人。"

珍走路的样子确实相当奇特——敏捷而不流于粗鲁，轻巧而不失稳重，史诺比姆那群人都说珍走起路来很会装腔作势，殊不知珍并不是故意的。而在此刻，珍很高兴听见艾姆姨妈说她走路的样子很像史提华德家的人。她也发现，自己第一眼看见艾姆姨妈时，就喜欢上了对方。

"你先在这儿坐一下。"艾姆姨妈伸出被太阳晒黑、满是皱

纹的手。

"这是大多纳尔德太太托我做的，就快完成了。唉！说实在的，人年纪一大，就什么也不能做了。年轻时我可是很能干的哟，珍·史提华德！"

艾姆姨妈家的地毯没有一处是平坦的，各自朝不同的方向倾斜。家中的摆设虽然零乱，却洋溢着家的温馨气息。珍所坐的那把椅子，也令她有种遇见老朋友般的亲切感。

"喂，我们聊聊天吧！今天我的心情不错，很想找人说说话。我心情不好时，通常是不太跟人说话的。为了排解不愉快的情绪，我会不停地编织、裁缝、刺绣等。在这方面，我可是沿海一带公认的高手哦！坦白说，我很早以前就想见见你——每个人都在谈论你的事情。听大多纳尔德太太说，你不但聪明伶俐，还很会做菜。可不可以告诉我，你是在哪儿学的呢？"

"我本来就知道的呀！"珍很愉快地回答，对于自己来到爱德华王子岛之前从来不曾做菜的事却绝口不提。她也不曾提到自己经常遭到外婆责骂的往事，她认为这将对母亲不利。

"上周我去参加玛丽亚·豪尔的葬礼，偶然听大多纳尔德太太提到你和你爸爸就住在兰达山上——现在我除了参加朋友的葬礼，已经很少到其他地方去了。你也知道，葬礼是非参加不可的。在那样的场合，你可以遇见许多人，听到一些新闻。大多纳尔德太太告诉我一些有关你的事情后，我就迫不及待地想要见你。嗯，她说得没错，你确实有一头美丽的头发、一对小巧可爱的耳朵！啊，你的脖子上还有一颗黑痣呢！这表示你很

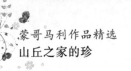
善于理财。不过，你长得一点儿也不像你妈，珍·史提华德。或许你不知道吧？我跟你妈妈是很好的朋友哦！"

珍好奇地挺身向前。

"什么？你认识我妈妈？"她屏住了呼吸。

"当然认识。你父母婚后就住在港岬附近——当年我也住在那里。我在那片荒地的对面拥有一家小农场。那时我经常拿着蛋和奶油到你们家去，你出生的那天晚上我就在那儿——那是一个非常美好的夜晚。噢！你妈妈最近好吗？她还是跟以前一样漂亮、一样愚蠢吗？"

听到艾姆姨妈说自己的妈妈愚蠢，珍不禁怒火中烧。她知道自己不该因为小艾姆姨妈的话就贸然动怒。艾姆姨妈笑吟吟地看着珍，珍霍然明白，艾姆姨妈有意谈起有关母亲的事。"或许我可以问她一些从未向别人问过的事情。"珍这么想着。

"谢谢你，我妈妈她很好。对了，艾姆姨妈，你——可不可以告诉我，为什么我父母不在一起生活呢？我很想知道真正的原因。"

"既然如此，珍·史提华德，"艾姆姨妈用棒针搔着头，"其实呀！除了当事人，又有谁知道事情的真相呢？一般人所知道的，也只不过是凭空臆测的而已。"

"可是……呃……一开始他们不是真心相爱的吗，艾姆姨妈？"

"是的。你说得没错，珍·史提华德。他们两人确实十分恩爱，甚至到了彼此离不开的地步。——哦，你要吃苹果吗？"

"既然如此，他们又为什么不能永远在一起呢？是为了我吗？是不是因为他们两个都不想要我？"

"是谁告诉你这些的？据我所知，你出生时你妈妈简直欣喜若狂——当时我就在场。你爸爸更是把你当成掌上明珠。他对你的疼爱，和一般的父亲可是大不相同的哦！"

"既然如此，为什么……为什么……维多莉亚……"

"总而言之，是因为你的外婆肯尼迪太太。肯尼迪太太从一开始就不赞成他们两人结婚。大战刚刚结束的那年夏天，你外婆带着你妈住在南海岸一家豪华的饭店里，结果遇见了刚从战场返回故乡的安德尔·卢瓦尔省·史提华德。这对年轻人一见钟情，很快坠入爱河。仔细想想，其实这也是很自然的事。坦白说，我从来没见过像你妈妈那么标致的美人。她好像一只金黄色的蝴蝶，全身散发着活力与生气。"

珍非常清楚那是怎样的画面。闭上双眼，她的脑海浮现了母亲一头金发垂在粉颈上的情景。"她的笑声宛如银铃一般——清脆、活泼而富有朝气。你知道吗，珍·史提华德？我从来没有听过那么悦耳的笑声。"

珍不知道该说什么才好。母亲确实很喜欢笑，总是非常开朗地笑着——她的笑声却给人一种凄恻的感觉。

"我妈妈确实很喜欢笑。"珍小心翼翼地回答。

"你妈妈也很任性。凡是她想要的东西，都非要得到手不可。比方说，她想要得到你爸爸时——在没有得到之前，她是绝对不会罢手的。由于自幼受宠，你妈妈养成了予取予求的习惯，当你外婆坚决反对这门婚事时，她选择了和你爸爸私奔。肯尼迪夫人盛怒之余，立即束装返回多伦多。可女儿终归是女

儿，她疼爱女儿的心并未就此稍减。相反，她还是经常送东西给你妈妈，不断地劝你妈回到她的身边。你爸爸的家人也不赞成这门婚事，他们认为你爸爸可以娶到比罗宾·肯尼迪更好的女人为妻。

"事实上，你爸爸原本要和岛上一位人见人爱的漂亮小姐结婚的——她的名字叫莉莉安·莫洛。这位留着一头金黄色长发、教养良好的莉莉安·莫洛，非常得你姑妈艾琳小姐的喜欢。其实我早就说过，真正叫人头痛的不是你外婆，而是你的艾琳姑妈。

"艾琳是一剂毒药，包有糖衣的毒药。打从孩提时起，她就经常以温和的态度做出种种恶毒的事情。尤其是，她很会讨好你爸爸。艾琳一向非常疼爱你爸爸，在你爸爸的心目中，她可以说是一个完美无缺的人。男人都是一样的，珍·史提华德，他们永远只看到自己想看的一面。夫妻之间难免会有一些小摩擦，而夹在中间兴风作浪的正是艾琳，你爸爸却怎么也不肯相信艾琳企图离间他和你妈的感情。

"'她本来就是个孩子嘛，安德尔·卢瓦尔省！'当你爸爸说他希望自己结婚的对象是一个女人、不是孩子时，艾琳总是这么说。'你太年轻了！'你妈妈担心自己配不上你爸爸时，艾琳老是以轻蔑的口吻这么告诉你妈妈。这个艾琳甚至连神也瞧不起，她对你妈妈所做的一切都不满意，每一次来你家，总是越俎代庖，亲自料理所有的家务。

"说真的，你妈妈确实不太擅长做家务。毕竟，她从来没有做过这些事情，也没有人可以请教。可身为女人，通常都不太

喜欢另一个女人插手自己的事，你妈妈又没有勇气顶撞艾琳。"

"妈妈当然不会顶撞艾琳姑妈，她从来不会顶撞任何人。"珍用力地咬了一口苹果。

"如果爸爸、妈妈分别和其他人结婚，也许会幸福一点儿。"珍这句话与其说是说给艾姆姨妈听，还不如说是在喃喃自语。

"不，不会幸福的。"艾姆姨妈尖声叫道，"虽然你父母之间发生了摩擦，但是他们可以说是为彼此而生的。所以，你千万不能有这种想法，珍·史提华德。说实在的，这世上有哪一对夫妻是不吵架的呢？你三岁那年，你妈妈在一次激烈的争吵过后，负气返回了多伦多的娘家，再也没有回来过。后来你爸爸也把房子卖了，独自环游世界。啊，你肚子饿不饿？我拿点儿东西给你吃吧！屋子里有火腿和腌萝卜，庭院里有红茯草。"

两人一起吃着火腿和腌萝卜，又相偕走到庭院去摘茯草。艾姆姨妈的院子又小又乱，不过因为向南倾斜，看起来倒也蛮舒服的。栅栏上爬满了忍冬——"这样就不会招来蜂鸟了"，篱笆外是一片浓绿的枞树林，院内开满了红白相间的蜀葵，小径两旁遍植卷丹，墙角种有石竹。

"你喜欢这里吗？这里实在太棒了——你喜欢这个世界吗，珍·史提华德？"

"是的，我很喜欢！"珍由衷地回答。

"我也是，因此我希望自己能活久一点儿，多知道一些新鲜的事物。前一阵子，我还特地鼓起勇气去坐汽车呢！大多纳尔德太太说坐飞机是她一生的梦想，不过我可不想坐飞机，万一

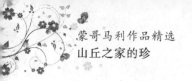
引擎在高空出现故障了，那该怎么办？坐在上面的人又要怎么下来呢？珍·史提华德，我觉得我们两个谈话很投机呢！"

珍准备告辞时，艾姆姨妈送给她一束三色堇和一枝天竺葵的插枝："要月出时种植才容易活，知道吗？再见了，珍·史提华德。"

珍心事重重地慢慢走回家——她喜欢独自在夜里行走的感觉。不知为什么，珍总觉得自己和夜晚是好朋友——一个可以分享所有秘密的好朋友。

不久，月亮终于出来了——那是一轮又大又亮的明月。柔和的月光撒在翠绿的牧场，也撒在东边山丘上的枞树林。珍哼着歌踩着轻快的步伐沿着小路朝家的方向走去。谁料当她来到某个转角时，突然发现前面有一群牛站在道路中央。

珍吓得浑身汗毛直竖。怎么办？她实在没有勇气从这群牛的身旁走过。僵持了好一会儿，珍只好越过篱笆，从大多纳尔德先生的牧场走其他的路回家。就在穿过牧场的途中，珍突然停下了脚步。

"我连两三头牛都不敢面对，又怎么能责怪妈妈不敢顶撞外婆呢？"

珍倏地转过身来，再度跨过栅栏回到原来的小路。牛群依然站在路中央，珍却咬紧牙关勇敢地穿过牛群向前走去。当珍走过最后一头牛的身旁时，本能地回过头，结果发现没有一头牛抬头看她。

"我才不怕你们呢！"珍轻蔑地说。走上兰达山后，她望着在月光下露出灿烂微笑的港口，又在庭院里发现了吉米·约翰家的那头小红牝牛，于是很镇静地把它赶了出去。

　　珍探头看看书房，发现父亲正伏案振笔疾书。平常她是不会打扰父亲的，此刻却很想和父亲说说话。

　　"爸爸，我忘了告诉你，今天下午家里发生了火灾。"

　　父亲放下笔，扭过头来目不转睛地看着珍："火灾？"

　　"是的，下午有一点儿火花飞到了屋顶上，不过我很快就提了一桶水把火浇灭了。你放心，托姆斯顿爷爷已经答应我会尽快把屋顶上那块烧坏的小洞修好的。至于史诺比姆太太，则为错过了目睹火灾现场的机会感到非常遗憾。"

　　父亲无奈地摇摇头："多亏了你，珍。"

　　珍顿时像卸下千斤重担般地松了一口气，方才的步行使得她饥肠辘辘，随便吃了点儿冷鳟鱼就上床睡觉了。

第二十五章

"我希望每个星期都能有点儿比较刺激的活动。"

在父亲的提议下，珍带着"快乐"坐上了汽车，并为两只小"碧达"准备了牛奶，父女俩开着车漫无目的地四处闲逛，轻松悠闲地度过了星期一。事实上，兰达山上的每一天对珍而言都具有特别的意义。例如，星期二是修理日，星期三是擦银器日，星期四是打扫日（楼下），星期五也是打扫日（二楼），星期六是擦地板日兼准备星期天要吃的食物的日子；而到了星期一，父女俩总会做一些近乎疯狂的事情。

比方说，他们会在岛上四处探险，肚子饿了就坐在路旁吃饭。

"好像一对四处流浪的吉普赛人。"艾琳姑妈的微笑里带着一丝轻蔑。珍知道姑妈认为父亲之所以如此放浪形骸，责任完全在自己身上，不过珍也有意让艾琳姑妈明白，珍就是珍，绝对不会因为他人而改变自己。

"你跟那孩子太接近了，安德尔·卢瓦尔省。"艾琳姑妈发

出抱怨。

父亲忍不住笑了："珍喜欢在自己的周围留下一块空地——就像我一样。"

为此，在星期一的旅游计划里，父女俩不约而同地将夏洛镇排除在外。不过在八月底的某一天，为了安抚艾琳姑妈的不满，父女俩特地来到姑妈家吃晚饭。在座的除了珍和父亲，还有一位莫洛小姐。珍知道对方是谁，因而本能地讨厌她。莫洛小姐友善地对着珍笑时，珍觉得她的表情就像牙膏广告的笑容一样虚假。如果不存有偏见，身材高挑、皮肤略微黝黑、鼻梁高挺的莫洛小姐倒也称得上漂亮；但一想到父亲可能会喜欢她，珍就由衷地痛恨对方。

"你父亲和我是多年好友，我希望你也能成为我的好朋友。"

"她是你爸爸以前的爱人。"父亲陪着莫洛小姐走到门口时，艾琳姑妈小声地告诉珍。

"如果不是你妈的突然出现——结果又将如何呢？或许现在……美国的离婚证书在爱德华王子岛不知是否有效？"

这天父女俩又在夏洛镇看了一场电影，很晚才回家。他们就是再晚回家也没关系，"碧达"它们根本不会担心。

"我们走马萨街回去吧！这条路人比较少。听说恶魔杰普利常斯就住在这条路上，或许就是因为这个，才没有人敢走这条路吧？把眼睛闭起来，珍！"

"其实街道两旁除了高大的枞树、松树，哪有什么妖魔鬼怪？"正当珍这么想时，老爷车突然停了下来，任凭父亲用尽

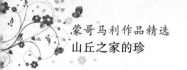

各种方法也发不动。

"这里距卡雷迪大约十六公里，最近的住家也在一公里半以外，更何况现在都已经十二点了。珍，我们怎么办呢？"

"我们可以在车上睡啊！"珍不慌不忙地回答。

"我有一个更好的主意。珍，你看见前面那座旧仓库没？那是珍·马洛里的仓库，里面堆满了干草。我一直都很想在干草堆里睡睡看呢！"

"那一定会很有趣。"珍立刻表示同意。

仓库位于已经成为松林的牧场上，在一片温柔的黑暗中，隐隐约约可以看到许多树木，或许那片树丛后面真的藏有妖魔鬼怪呢！相当于二层楼建筑的仓库里，堆满了已经松散的干草。父女二人躺在敞开的窗前，从窗内向外望去，只见满天星斗相互争辉。"快乐"紧挨在珍的身边，一会儿就酣然入睡了。

珍却了无睡意。今天晚上的珍，一方面觉得自己很幸福，一方面却又有点儿感伤。仓库位于小岛内侧，因而不时听见海水规则而持续不断地拍打海岸所发出的声响。仓库后面的白杨树也发出了低沉的飒飒声，珍不由得想起了"风吹过时，白杨树就会施展魔法"这句话，珍来到小岛这么久了，这才第一次发现夜晚是那么神秘而富有美感。

几乎就在同时，珍想起了莫洛小姐和艾琳姑妈所说的在美国离婚的事。珍不知道美国的离婚是怎么回事，因而懊恼不已。菲莉丝不也曾提过这件事吗？听说在美国想离婚随时都可以离。一想到这点，珍就非常生气。

艾姆姨妈曾经说过，想和父亲结婚的小姐多得是。唯一令珍稍感安慰的是，至少爸爸现在还不能和其他女人结婚。一想到莫洛小姐，她的脸上又蒙上了一层阴影。刚才在姑妈家时，父亲和莫洛小姐握手告别时似乎握得太久了。

　　珍忍不住重重地叹了一口气。忽然，父亲翻了一个身，那双修长、强而有力的手碰到了珍的手臂。"咦？是什么事让我的珍这么烦恼呢？如果你不能告诉别人，那就说给'快乐'听嘛！不过，我可能会偷听哦！"

　　珍一语不发地睁着眼睛。啊，她真想对父亲坦白一切，把她所知道的全部说出来，但她不能这么做，父亲和她之间还隔着一道墙。

　　"你妈妈是不是教你讨厌我呢，珍？"

　　珍的心脏猛地跳了一下。来此之前，珍曾经答应母亲，绝对不在父亲面前提到有关她的事，但现在是父亲先提到母亲的。更何况，对父亲提到有关母亲的事又有什么不对呢？珍当即决定要抓住这个千载难逢的机会。

　　"不，不是的，爸爸。事实上，直到一年半前我才知道你还活着。"

　　"你一直都不知道我还活着？啊，一定是你外婆干的好事！那么，是谁告诉你我还活着的？"

　　"是学校的同学。我一直以为爸爸不爱妈妈，否则妈妈——又怎么会离开你呢？所以，当时我非常憎恨'父亲'，只是从来没有把这件事告诉任何人。当外婆告诉我你要接我到这里来时，我还故意惹妈妈生气呢！其实我是无心的，爸爸。"

"事情并不像你所想的那样，珍。或许我是一个很自私的人，经常有人说我很自私，但我相信自己并不自私。我一直以为你妈妈是在恨我的情绪中把你抚养长大的，所以我觉得应该给我一个机会让你喜欢我。这也就是我为什么要接你过来的原因。当年你妈妈和我都太年轻、太愚蠢了，因此我们的婚姻才会失败。"

"可是……可是……妈妈那么温柔——"

"你不必告诉我你妈妈有多温柔，珍。我第一次遇见你妈时，全身沾满了带有恶臭味的泥巴，她还以为我是外星人呢！过去我一直不懂特洛伊战争是怎么爆发的，直到遇见你妈妈，我才知道如果特洛伊的海伦就像我那美丽的金发罗宾，那么任何人都会为了她而不惜一切发动战争的。罗宾那双湛蓝的眼睛，美得令人喘不过气来。珍，你绝对想象不到，她那双秋水明眸对我产生了什么作用。我们初遇时，罗宾穿着一套绿色洋装。如果穿在其他少女身上，那么绿色将会变得平淡无奇，但是罗宾一穿上，却令我情不自禁地想要吻她。"

"那么，妈妈也很爱你吗？"

"那是当然的喽！你妈妈很快爱上了我，不顾一切地跟我私奔。你外婆不喜欢，事实上，任何可能从她身边抢走你妈妈的男人她都不会喜欢的，更何况我又是个一文不名的穷小子。在一个月夜里，我带着罗宾逃到港岬附近住了下来，过着快乐幸福的生活——我每天都对'爱人'这个词有了更深一层的认识。在我们相处的第一年里，确实过得十分幸福。那段日子一直是我最美好的回忆，或许就是因为太好了，才招致上天的嫉妒。"

父亲的语气愈来愈激动了。

"不久我出生了——你们都不喜欢我，所以再也无法快乐地生活在一起了。"珍喃喃自语道。

"她们不该这么说的，珍。没错，一开始我的确不想要你，我不想让第三者介入我和你妈妈之间，进而分散了她对我的注意；但是，至今我仍然记得你那双又圆又大的眼睛，从屋子里众多的男人中挑中了我的情景。就在那一瞬间，我才知道自己是多么地爱你。也许你妈妈比我更爱你，不过我不明白，为什么其他人都认为我不喜欢你。

"从你出生后，你妈妈就将全副精神投注在你身上，可以说完全忽略了我的存在。只要你一咳嗽，她就担心你得了肺炎；当我告诉她那只是咳嗽而已没什么要紧时，她立刻怪我根本不关心你；甚至当我抱着你时，她也抱怨我的动作不够温柔。

"当然，导致我们婚姻失败的除了你，还有其他因素。比方说，我的经济状况不佳，我们一家人只能在有限的预算内过着拮据的生活。你妈妈为此曾多次偷偷地向你外婆求助，可我并不希望靠妻子的娘家养活，强迫罗宾把那些钱退了回去。我们还经常为了一些芝麻小事发生争执——你也知道，我是有点儿神经质的。有时我会气得对罗宾大叫：'闭嘴！'这是一般夫妻争吵时常见的情景，我认为这其实并没有什么大不了的——罗宾却因而对我心怀不满。或许我对女人还不够了解吧，珍。"

"是呀！我对爸爸不也同样不太了解吗？"珍表示同意。

"咦，你说什么？"珍那么爽快地表示同意，反而令父亲非常惊讶，还夹杂着一丝不悦，"你知道自己在说什么吗？算了，不要再说了。总而言之，罗宾并不了解我，并且对我的工作吃醋，认为我太热爱工作而不在乎她。为了泄恨，她甚至把我的书撕碎了。"

珍突然想起母亲说过父亲很会吃醋。

"爸爸，艾琳姑妈跟这件事有没有关系呢？"

"你姑妈？不可能的！你姑妈和你妈妈之间的感情很好，倒是你妈老是嫉妒你姑妈和我亲近。你妈妈那股醋劲一发，实在叫人受不了。这大概是一种遗传吧——你外婆的善妒简直近于病态。一次争吵后，罗宾负气返回了多伦多，随后寄来了一封信表示她再也不会回来了。"

"真的呀，爸爸？"

"是的。她被你外婆的金钱攻势所打动，放弃了我和她之间的感情。在一个你所爱的人的眼里看见了一丝恨意，那是多么令人心痛的事啊！于是我再也不曾写信给她。"

"爸爸，你有没有想过如果、如果你写信求妈妈回来——"

"我又何尝不这么想呢？一年后，我心软了，写信求你妈妈回来。因为自尊心作祟，我故意在信里写些冷嘲热讽的话——我曾经把你比喻为猴子。不过老实说，珍，当时你长得真像只猴子——迟迟不曾接到你妈妈的回信时，我才知道一切都无可挽回了。"

珍的脸上浮现了一丝疑问：妈妈接到这封信了吗？

"这样也好，珍。我和你妈妈既然无法适应对方，又何必勉强生活在一起呢？我原本就比你妈大了十岁，一场战争又使我整整老了二十岁，何况我又无法给她一个富足、安定的生活，

难怪她要放弃我——你妈妈的决定是对的。好了，我已经把事情的经过都告诉你了，不过你必须答应我，绝对不把今天我所说的告诉你妈妈。"

珍很不情愿地答应了父亲的要求，但有句话她是一定要说的："我认为——现在还不会太迟呀，爸爸！"

"不要再存有这种傻念头了，珍。已经太迟了！这些年来我既未再度写信求她回来，何况她也过得很好，又何必要改变现状呢？从今以后，我只求我们父女俩能够互相关爱。"

刹那间，珍觉得自己是世界上最幸福的人。爸爸非常爱我！她终于证实了这一点。

"爸爸，明年夏天我还要来——我可不可以每年夏天都回来呢？"珍很焦急地问道。

"你真的还想回来吗，珍？"

"是的。"珍用坚定的语气回答。

"当然可以喽，如果罗宾坚持留你过冬，夏天我就把你接到这里来，我想你妈应该不会反对。珍，你真是一个好孩子。"

"爸爸——"珍只想问清楚这一点，她一定要知道事情的真相，"爸爸，你现在——还爱妈妈吗？"

刹那间，父亲一句话也不说地看着珍，良久才说了一句："'被风吹散的玫瑰早就已经死了。'"

珍立刻就明白了父亲的意思。

临睡前，珍又左思右想了很久：爸爸会叫我来，就表示他并不讨厌妈妈。他们之所以分开，实在是因为爸爸根本不了解

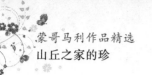

妈妈的心情。爸爸的毛病——喜欢嘲笑他人的毛病，我很欣赏，妈妈却不了解。爸爸明明是因为婴儿而情绪不好，妈妈却以为他不再喜欢自己。此外，爸爸对艾琳姑妈的真面目一无所知。妈妈或许就是因为这样，才经常在夜里偷偷哭泣吧？

从自己和艾姆姨妈以及父亲的谈话中，珍知道了许多以往自己不知道的事。

"不过……我也想听听妈妈的说法。"想到这里，珍终于迷迷糊糊地睡着了。

一觉醒来，耀眼的太阳已经高挂在天空。

珍的心里充满了快乐。她终于知道父亲至今仍然深爱着母亲。

父亲还在睡梦中，珍带着"快乐"轻手轻脚地爬下了楼梯。来到仓库外面，珍深深地吸了一口气。多么美丽、晴朗的早晨啊！仓库附近的那片古老的牧场，呈现出珍从未见过的宁静，清晨的松树看起来比夜晚还要动人，当珍忙着收集朝露以便洗脸时，父亲也出来了。

"看着崭新的一天的到来，实在是令人愉快，不是吗，珍？在我的心目中，早晨通常是某种事物的征兆。比方说，或许今天会有某个帝国崩溃，或许未来发现癌症治疗方法的婴儿今天诞生了——"

"或许我们应该赶快动手修理汽车。"珍在一旁提醒道。

父女两人足足走了一公里半，才发现一户人家。父亲向屋主借电话打到了卡雷迪去，所以车子终于能在中午之前修好。

"现在总算没事了。"父亲说。

一回到家，"碧达"立刻迎了上来，米妮森特也带着崇拜的眼神悄悄地站在门边。这是八月里一个晴朗的日子，吉米·约翰家的麦田不知不觉间转为了金黄色，九月则在山丘后面等待着——对珍而言，九月象征着外婆和圣·阿卡萨小学。一旦回到丽街60号，就不可能再过着如此悠哉游哉的生活了。想到"明天"正一点一滴地减少，珍忍不住叹了一口气。

我该怎么办呢？我很喜欢妈妈，我一直都很想念她——但是……

"我希望和爸爸在一起呀！"

第二十六章

　　和无声无息逝去的八月一样，九月悄悄地来了。吉米·约翰伯伯开始整理池塘下方的那片大牧场，珍则经常望着那条刚刚挖好的水沟发呆。她也很喜欢吉米·约翰太太养的那群白鹅。小麦田里的麦子逐渐成熟了，大脚步整天都忙着帮吉米·约翰家收割小麦。两只"碧达"终日奔驰在麦田里捕捉野鼠，吃得肥肥胖胖的。

　　"你也要多吃一点儿，才不会瘦巴巴的。"父亲告诉珍。

　　夏天结束了，很难得持续放晴了一个星期，随后就刮起了一阵暴风。

　　整个夏季天气都相当稳定——稳定是表示有晴天也有雨天。珍早就听说过北海岸暴风雨的威力，很想见识一番。现在，她的愿望总算实现了。

　　这天，港湾上空的蓝云突然变成了令人不舒服的灰色，给人一种"山雨欲来风满楼"的感觉。东北方的天空，一片片乌

云在强风的吹刮下迅速移动着。

"好玩的天气终于来了！"珍刚从吉米·约翰家回来，大脚步就迫不及待地告诉她这个消息。珍顶着狂风快步行走，要不是有兰达山挡着，恐怕她早就被吹到港口那边去了。

"赶快关紧门窗，我们的家要面临考验了。"父亲说。

不久暴风雨果然来了，接连刮了两天两夜。那两天里，珍每天晚上都躺在床上聆听那野兽咆哮般的风声，一刻也不敢合眼。逐渐习惯后，珍反而喜欢上了暴风雨。她总是在暴风雨的夜里坐在火炉旁，侧耳倾听雨水落在窗户上的滴答声、狂风的怒吼声及怒涛拍岸声。

"很不错嘛，珍！"两只"碧达"分别站在父亲的肩膀上。

"人终究还是要守在自己的火炉边的。在别人家的火炉旁取暖，实在没什么意思。"父亲向珍宣布，他决定永远住在兰达山上。珍感到无限喜悦和安心。原本父亲还说，等珍返回多伦多以后，他就要关闭兰达山上的家回到镇上过冬了。珍曾为此烦恼不已。

窗外盛开的天竺葵该怎么办呢？吉米·约翰伯伯还答应送我一些天竺葵哩！要是父亲只带"快乐"回镇上，那两只"碧达"怎么办呢？一想到父亲走了，家里不再点着灯，珍的心里就涌上了一股寂寥之感。

"啊！爸爸，我太高兴了！先前我还担心我们不在时，这个家会变得很冷清呢！对了，以后你怎么吃饭呢？"

"这根本不是问题，我可以自己做饭啊！"

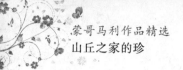

"我不是教过你把碎肉和马铃薯放在一起煮吗？这样你就不必担心会饿死了。"珍突然变得像个啰唆的老太婆。

"这你就不用担心了。坦白说，我根本不会做饭——你还记得我第一次煮的稀饭吗？今后我会在吉米·约翰家搭伙的。为了你，珍，我要继续住在兰达山上，帮你按时给天竺菊浇水、照顾两只小"碧达"。不过你应该想象得到，你不在时这个家会变成什么德性。"

"我不在时你会有点儿寂寞吧，爸爸？"

"有点儿？我的珍，你真是太爱开玩笑了。我会非常寂寞的。幸好我可以写写稿子或翻几张《弥赛亚》的叙事诗来打发时间。放心吧！一切都会很好的，我不喜欢看你愁眉苦脸的样子。"

珍忍不住露齿一笑。"我会每天提醒你一次的。对了，贮藏室有很多我亲手做的果酱。"

次日晚上，晚饭后珍把碗盘清洗干净走进房内，一眼就望见父亲坐在桌前，"碧达二世"躺在他的脚边打盹儿。看着父亲苍老、疲倦的模样，珍产生了一阵莫名的痛楚。桌上的那只瓷猫，睁着钻石般的绿色眼眸对父亲挤眉弄眼。

"这只猫在哪里买的呢，爸爸？"

"是你妈妈送给我的——结婚之前，我在一家商店的橱窗里看到了它，于是……算了，都是些陈年往事了，还提它干什么呢？噢，这里有一封我写给你妈妈的信——就是你妈和你外婆到哈里发克斯度假一周时我写给她的，今晚我整理抽屉时发现了它。我觉得自己的行为非常可笑——连你也在笑我吗，珍？

"'罗宾，今天我想为你写一首诗，却怎么也写不出来，就像新郎找不到一件美丽的衣裳送给自己的新娘一样，我找不到适当的词句来形容你。对你，一般常用的赞美词句太过陈腐，我正搜索枯肠，想要找出一个水晶般透明、彩虹般灿烂炫目的新词'——我真是一个多愁善感的傻瓜，不是吗，珍？

"'罗宾，今晚看着天上的一弯弦月，我突然记起你曾说过，你最喜欢看着弦月缓缓沉没……我发现自己已经不可自拔地爱恋上了你——一个有人情味儿、有女人味儿，像女王般的纯洁少女，同时也是一个真真实实的女人……你为我所做的一切，令我无比快乐……我的罗宾啊！你是月夜里最娇艳的那朵白玫瑰。'"

"以后会不会也有人把我比作玫瑰花呢？"珍这么想着，随即又否定了这个想法，她知道自己长得一点儿也不美丽动人。

"你妈妈根本就不在乎这些信，所以才没带走。她离开后，我在她的抽屉里找到了这封信。"

"也许当时妈妈并没有想到自己再也不回来了，爸爸。"

"是吗？你真的这么想吗？"

"妈妈确实没有想到。"珍很有把握地说，不过她自己也找不到任何足以支持这一说法的理由，"请让我把这封信带回去交给妈妈吧！"

"不行！"父亲用力地拍打着桌面，"我要把它烧掉！"

"不，不要！"珍绝不能眼睁睁地看着父亲把那封信烧掉，"爸爸，请你把那封信给我，我保证不把它带回多伦多，我把它放在我房间的抽屉里。请你不要烧了，好吗？"

"好吧！"父亲把信递给了珍。

珍慢慢地走出房间，又回过头来看着父亲。她是多么深爱父亲呀！为什么，为什么母亲会舍得丢下父亲呢？她实在想不通。

那天晚上，暴风雨终于停了，整个天际染成了鲜红色。不久，一阵更狂暴的西北风继之而起——这预兆着晴天将要来临。

前一天，黑压压的一大片乌云还在随着狂风呼啸着飘过沙滩；雨一停，太阳又立刻从云缝探出头来对大地绽放璀璨的笑容。刚收割的麦田一片汪洋，吉米·约翰家的果园里苹果掉了满地——夏天终于过去，秋天悄悄地来临了。

第二十七章

对珍来说，最后几天真是悲喜交加。首先，珍将明年夏天再来之前必须做的事，一股脑儿全部做完了。坦白说，珍对自己的改变也感到非常惊讶。原本她是不想来的，谁料如今竟然不想回去了。

珍把家中的一切都清洗得干干净净，把银器擦得亮晶晶的，连平底锅也刷得光可鉴人。吉米·约翰家和史诺比姆家的孩子们原本十月要带珍去摘树桃的，不料父亲却频生感触："再过两个礼拜，你就可以看见漫山遍野的枫树了。"珍不禁一阵黯然，再过两个星期她就远在一千六百公里外的多伦多了。

这天，当珍忙着大扫除时，艾琳姑妈突然来访。"你还没做饭啊，珍？"

如今珍对艾琳姑妈那独特的嘲讽语气，已经无动于衷了。"明年夏天我还会回来的。"珍很得意地说。

艾琳姑妈夸张地叹了一口气。"那真是太好了！不过，下次你来之前，可能会发生许多事情的！以你父亲的个性，长久住在这里一定会受不了的。当然，或许根本不会有事发生。总之，我会常常来照顾你父亲的，珍。"

最后一天终于来临了。珍早就把行李准备好了，还不忘带上一瓶自制的草莓果酱送给母亲。她还带了波里送给她的红玉冬苹果——波里表示红玉冬苹果可以治愈朱迪的肺病。经由珍的口中，波里知道了朱迪的事，还请珍回去代他问候朱迪。

这天中午父女俩以鸡肉当午餐——双胞胎之一的耶拉和乔治特地赶来跟她道别——如今珍可以自由自在地吃鸡胸肉了，离别之情却使她食欲尽失。

午后，珍独自来到海边向大海告别，此起彼伏的浪涛声却加深了她的悲伤。刹那间珍领悟到，牧场、海风及金黄色的海岸，已经不知不觉地成为了她生活的一部分。在这座小岛上，她终于找回了自我。

"我是属于这片土地的。"珍告诉自己。"快点儿回去吧！你永远都是属于爱德华王子岛的。"吉摩西·歇尔特用刀子把苹果切成了四片，递了一片给珍，"虽然你要回去了，但是这座小岛已经融入了你的血液中，你已经是这个岛上的人了。"

珍原本打算和父亲度过一个宁静的夜晚，不料大家都赶来向她道别——除了珍的好朋友，甚至连米妮森特·玛丽亚也来了。米妮森特整晚都一语不发地坐在角落里，用她那双大眼睛目不转睛地凝视着珍。看着大脚步、吉摩西·歇尔特、米恩母

女、小乞丐、大多纳尔德和小多纳尔德一家人以及珍也不太熟悉的可那村的村民们，珍深受感动。

史诺比姆一家人买了一尊石膏像送给珍——珍不难想象外婆看见时脸上的表情，可她还是决定要好好保存这尊石膏像。小艾姆姨妈没有前来，却托人带了一包蜀葵的种子给珍。起初大家都高兴地唱着歌，最后却哭成一团，波里更是涕泗纵横。

珍没有哭，她将永远记得这些人的深情厚意。"我从来没有这么快乐过，大家都对我这么好。"

"你应该知道我的想法的，珍。"大脚步摸着肚子对珍说。

所有人都回去后，珍和父亲对坐了好一会儿。

"这里的每个人都很喜欢你呢，珍！"

"波里和米恩答应每个星期都会写信给我。"

"这么一来，你就可以知道兰达山和可那村的消息了。"父亲轻声说道，"我不会写信给你的，珍——只要你还住在那个家。"

"外婆也绝对不会允许我写信给爸爸的。"珍的声音充满了悲伤。

"傻孩子，只要你心里想着爸爸，爸爸的心里想着你，写不写信还不都一样吗？我会每天写日记的，珍。等明年夏天你回来时，我再拿日记给你看。对了，我们来约定一个想念对方的时间好吗？嗯，这里的晚上七点是多伦多的六点……这样好了，每个星期六的晚上七点，我都会想念你，你也可以在六点的时候想着我。"

只有父亲才会想出这个点子。

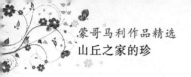

"爸爸，明年春天你能替我撒下这些花种吗？春天是最适合金银花、大波斯菊、金盏花生长的季节，可惜我不能赶来——啊，对了！吉米·约翰太太还没教我怎么种呢——我还要种一些菜才行。"

"我知道了，珍女王陛下。"

"明年夏天我还要养两三只鸡哦，爸爸！"

"鸡已经买回来了。"父亲握住珍的手，"你快乐吗，珍？"

"我从来没有这么快乐过。"珍笑着回答，突然想起了丽街60号的那个家，"明年春天，可别忘了寄封信叫我过来哦，爸爸。"

"当然不会忘喽！"父亲淡淡地说。当珍听到"当然不会"这句话时，真是又爱又怕。第二天珍起了个大早，以便父亲开车送她赶汽船到车站，去和回多伦多的威士雷夫人会合。珍原本认为自己可以单独旅行的，父亲却坚决不肯。

破晓的天空映着一片嫣红，下方是茂密的森林。珍逐一向每一间房间道别，才依依不舍地走下了楼梯。当父女俩走到门口时，父亲突然想起什么似的跑回客厅里，把时钟里的电池拿了出来。

"等你回来时，这个时钟才会继续走，珍。至于冬天，我有这块手表就够了。"

珍依依不舍地告别了"碧达一世"和"二世"——"快乐"将跟着她一起到镇上去。

珍父女俩来到车站时，艾琳姑妈已经等在那儿了，莉莉安·莫洛小姐也在。珍发现父亲看见全身散发着一股迷人的香

水味、鬈发蓬松的莉莉安·莫洛小姐似乎很高兴。听见莫洛小姐不时亲昵地叫着父亲的小名"多尔"，珍突然希望莫洛小姐没有来为自己送行。

艾琳姑妈再度亲吻了珍的脸颊："不论何时何地，都不要忘了这里的朋友哟，珍！"她那说话的口气，就好像珍除了她再也没有其他朋友。

"不要那么难过嘛！"莉莉安·莫洛微笑着说，"你现在是要回家呢！"

家？珍不记得是在哪一本书上读过"家是心之所在"这句话，她知道自己的心仍然留在岛上的父亲身上。珍强装镇定地向父亲告别。

船缓缓开动以后，珍依然站在甲板上目不转睛地望着小岛的红色海岸。"唉！我又是'维多莉亚'了。"珍轻轻地叹了一口气。

当珍走出多伦多车站的正门时，立刻就听到了一阵熟悉的笑声——全世界只有一个人会这样笑，那就是母亲。母亲披着一件红色镶白边的天鹅绒外套，里面套着一件镶有碎钻的白色薄纱礼服——原来母亲待会儿还要赶去参加晚宴呢！珍知道母亲一定很想在珍回家的第一天晚上留在家里陪她，但是外婆当然不会允许。尽管如此，当身上有着淡淡香味的母亲抱住自己时，珍还是忍不住喜极而泣。

"珍——我亲爱的珍，你终于回来了！啊，你知道你不在时我有多寂寞吗？"

　　珍紧紧地抱住母亲——母亲还是那么漂亮，眼睛还是那么湛蓝。珍立刻就注意到，母亲比六月时略微消瘦了些。

　　"你回来我真是太高兴了，珍。"

　　"我也很高兴又能和妈妈在一起了。"

　　"你长大了，长得跟我的肩膀一般高了，你的皮肤晒得好漂亮。但是，我再也不会让你去那里了；再也不让你去了！"

　　珍的满腔喜悦霎时烟消云散，默默地跟着母亲离开了灯火辉煌的车站。法兰克正站在汽车门旁等着，珍母女俩上车后，车子立即驶过繁华热闹的街道，回到了丽街60号。当铁门嘎啦嘎啦地响起时，珍不禁想起了宣告灭亡的钟声——我又再度回到牢狱了，这个宽敞、冰冷、寂静的家令珍感到沮丧。母亲把珍送进屋后，就匆匆赶去参加晚宴了。紧接着，外婆和盖尔特路德姨妈都出来表示欢迎。珍分别在盖尔特路德姨妈那苍白而毫无血色和外婆那布满皱纹的脸上亲了一下。

　　"你长大了，维多莉亚。"外婆冷冷地说。珍很不喜欢外婆紧盯着自己，但又不敢反抗。

　　"闭着嘴笑，维多莉亚！我不认为把牙齿露出来有什么好看的。"

　　晚餐在六点准时开始。六点，那么爱德华王子岛不就是七点了吗？这时候爸爸应该正……珍大口大口地吃着东西。

　　"我在跟你讲话时，你应该注意听，维多莉亚！"

　　"对不起，外婆。"

　　"我在问你，今年夏天你都穿些什么衣服呢？我看过你的行

李了，当初你带去的衣服根本没有动过。"

"我只穿过那件绿色的薄纱外套，是为了上教堂或参加冰淇淋舞会。我在爸爸家必须整理家务，平时都穿方格花布衬衫。"

外婆拿起餐巾很优雅地擦拭着嘴唇，仿佛要抹去不愉快。

"我不是在问你乡下的活动。"珍发现外婆正看着她的手，"你最好赶快忘了那些事情——"

"可是，明年夏天我还要去，外婆！"

"不准插嘴，维多莉亚！这趟旅行你一定很累了，早点儿回房休息吧！玛丽亚已经帮你放好洗澡水了，你总算又可以躺在浴缸里洗澡了，高兴吗？"

高兴？今年夏天整个海湾都是我的浴缸呢！

"我想在洗澡之前去看看朱迪。"

珍话没说完就飞也似的跑去找朱迪了——她并未很快忘记刚刚才尝到的自由的滋味儿。外婆抿着双唇，目送着珍的背影消失在门外。随着身体的成长，珍的精神也逐渐迈向成熟，她不再是以往那个胆小、凡事逆来顺受的维多莉亚了。

当珍出现在眼前时，朱迪先是一阵诧异，随后就扑了上来，两个人抱着对方又叫又跳。朱迪长得比以前更瘦、更高了，眼里却依然盈满悲伤。

"啊，珍！你终于回来了，我好高兴啊！嗯，你比以前长高了许多。"

"你还在这里？真是太棒了！岛上的那段日子，我一直都在担心威斯特小姐真的会把你送到孤儿院去。"

"她一直都有这个打算，我也不知道以后她会不会真的这么做。对了，你在那个小岛上过得好不好啊，珍？"

"我很喜欢那座小岛。"珍稍稍感到一丝安慰——至少这里还有一个人可以听她谈谈小岛和父亲的事。

不久珍踩着铺有柔软地毯的楼梯，一步一步走向自己的卧房，内心也涌现出一股强烈的思乡之情。在兰达山，她经常蹦蹦跳跳地走在那没有地毯只有一层油漆的楼梯上，那时候多么快乐呀！和父亲家里那间小巧、温馨的卧室相比，珍一点儿也不喜欢现在这间豪华宽敞而冰冷的房间。

珍倚在窗前望着窗外——却看不见满天星斗的山丘、月光洒遍的森林和牧场，来自布尔街的噪音更是令珍头痛欲裂。即使是丽街60号四周旳那些参天古木，也不是珍最喜欢的桦树和松树。

一阵微风吹来，珍不由得对它表示同情——它不能自由自在地吹，总是会遭到阻碍。这阵风会一直吹向小岛，吹向兰达山，吹向那漆黑如天鹅绒一般、只有港口灯光点缀其间的黑夜吗？珍把头探出窗外，顺着风势送了一个吻给父亲。

"唉！还要再等九个月呢！"珍无奈地喃喃自语。

第二十八章

"那孩子已经完全忘记兰达山的事情了吧？"外婆问道。

母亲自己也不太确定。这些天来，她也和其他人一样，发现珍改变了许多。珍的改变在德比特姨丈一家看来是"明显的进步"，西尔比亚姨妈甚至称赞珍"可以不碰到家具在屋里走动"。菲莉丝也不再那么喜欢轻视她了；不过，她认为珍还是有很多需要改善的地方。

"你真的都打赤脚走路吗？"菲莉丝好奇地询问珍。

"当然喽！夏天岛上的孩子都是赤脚走路的。"

"维多莉亚已经完全变成爱德华王子岛上的人了。"外婆脸上露出一丝冷笑，仿佛是在告诉大家，"维多莉亚已经变成野蛮人了。"回到丽街60号以后，外婆一直想尽各种方法激怒珍，例如经常以珍在岛上的事来挖苦她，珍却不为所动。这令外婆觉得珍在许多方面都摆脱了自己的控制。

如今在外婆面前，珍始终表现得很自信，她那淡褐色的眼

眸闪现着坚定的意志——外婆再也不能强迫珍、再也不能伤害珍了。

就精神方面而言，珍现在还住在岛上。回到外婆家的头两个礼拜，一阵阵强烈的思乡愁绪吞噬着珍的心灵，令珍痛苦万分。当她练琴时，耳里听到的不是音乐，而是汹涌澎湃的浪涛声；吃饱时，她总是带着期待的表情，希望父亲会带着"快乐"突然在门外出现。当她独自待在这栋宽敞、阴森森的宅邸时，总会忍不住幻想两只"碧达"就依偎在自己脚边——远在一千六百公里外的那两只小猫，竟能令她感到无限安慰。每当午夜梦回，珍就会强烈地思念故乡小岛上的各种声音。每当她和盖尔特路德姨妈、外婆坐在那间阴森森的客厅读《圣经》时，珍就会想起和父亲在灯塔读《圣经》的情景。

"读《圣经》时态度要恭谨一点儿，维多莉亚。"外婆在一旁提醒道。

外婆懊恼地看着珍。现在对珍来说，读《圣经》非但不是一件苦差事，她还乐在其中呢！珍当然明白外婆不太喜欢自己的改变，问题是她已经不再是以前那个维多莉亚了。

珍在算术作业簿的后面列了一张时间表，以便随时查看自己还有多久才能返回小岛。九月即将过去，珍看着那张时间表满意地笑了。

原本珍并不喜欢再回到圣·阿卡萨小学上学，这天她却自言自语道："嗯，我很喜欢到学校去！"

以前在圣·阿卡萨小学里，珍总是郁郁寡欢，无法与其他

同学打成一片；奇怪的是，现在她却没有这种感觉。当她带着全新的心情重回校园，立刻就结交了许多知心好友。除了班上的同学都很喜欢她，老师们也都纳闷：为什么以前都没有发现维多莉亚·史提华德是一位非常优秀的学生呢？

珍再也不把读书视为苦差事了。为了超越父亲，珍非常用功地念书——当初父女俩一起读的许多诗，也对珍产生了很大的影响。有了兴趣，珍认为学习实在是一件很简单的事。当珍从学校带回的成绩单愈来愈好时，母亲自然十分欣慰，外婆却因少了挑剔珍的借口而面露不悦之色。

有一天，外婆顺手拿起珍准备寄给波里的信看了一眼，随即摆出轻蔑的态度："夹竹桃的拼法不是flox呀，维多莉亚！不过，对你那群朋友来说，他们根本不会注意到你的字拼错了。"

珍霎时气得满脸通红。原本她还有很多话要告诉波里，还有很多事要问他，如今情绪都被外婆给破坏了。

"波里·约翰是可那小学拼音最好的学生。"

"嗯，说得也是！未开发地区的人们，总是会有很多优点的。"

外婆的嘲笑并不会减少珍收到来自小岛的书信时的喜悦。除了兰达山、可那村的朋友经常来信，史诺比姆家的孩子们也寄了一封沾满墨水印的信给珍。每当看见信上那幅有趣的插图，珍总会忍不住笑出来。

岛上的来信内容相当琐碎，例如多明长老患了流行性腮腺炎——长满头皮屑的丘格尔以简单的线条勾勒出了长老患病的模样，令人不禁莞尔一笑。其他如大多纳尔德在爬上小多纳尔

德山丘时，车尾皮不慎脱落，以致车上的芜菁全部滚到了山下；一群猪闯进了可那村的墓园；米恩的母亲要用丝绢做一条棉被套——珍于是开始悄悄地为米恩的妈妈收集做棉被套要用的布，小乞丐的狗再度把安琪·贝尔小姐的礼服咬碎；岛上已经开始下霜；大脚步身上长了一个肿瘤；今年秋天有一场葬礼——达卡尔德·马凯老夫人去世了，葬礼隆重而哀伤，很多人都前去向马凯家人致意。此外，吉米·约翰家的婴儿终于会笑了；大多纳尔德山上的那棵大树被风吹倒了——珍看了之后非常难过，她一向很喜欢那棵树。"你不在时我们都觉得无聊，珍……要是你能回来参加万圣节的宵祭，那该多好啊！"

珍不自觉地幻想起当天的情景——在万圣节的那天晚上，他们一群人摸黑穿过小河、山丘、森林，走遍小岛的每一个角落，向每一户门前挂有南瓜灯的人要糖吃。

"你在笑什么呀，珍？"母亲问。

"家里的人写信来了呢！"珍想也不想地脱口而出。

"珍·维多莉亚！这里不就是你的家吗？"母亲痛苦地叫道。

珍非常后悔方才说了那句话，但她必须对自己诚实。我的家，那栋可以望见大海的小房子……四周有白色的海鸥……进进出出的船只……松林……宁静……祥和……那才是我的家呀！在珍的内心深处，那是她所知道唯一真正属于自己的家。

尽管如此，珍还是不想让母亲伤心。唉！要是能够和母亲无所不谈——包括父亲的事在内，要是她能毫无顾忌地问清当年的一切，那该多好呢！如果把这封信拿给母亲看，她会有多

快乐呢？珍每次都把岛上的来信念给朱迪听，因此朱迪对兰达山上的每个人都了如指掌，她对这些未曾谋面的"朋友"的关心程度也不亚于珍。

转眼间，丽街60号的榆树叶慢慢地变成了黑色，而在一千六百公里外的岛上，枫叶应该都已经变红了吧？珍打开日历，发现十月已经过去了。

十一月是一个阴郁、只刮风不下雨的月份。在这个月的某个星期，珍在对抗外婆方面又有了进展。

"中午由我来做炸肉饼吧，玛丽亚！"这天，珍向玛丽亚提出要求。

玛丽亚知道自己的炸肉饼做得不好，一口答应了珍的请求。结果非常成功。珍面带微笑地看着大家津津有味地吃着炸肉饼。外婆吃完一块后，又要了一份："玛丽亚，你终于抓住炸肉饼的要诀了。"

停战纪念日当天，珍在胸前别了一朵小花，因为父亲曾是一名勇敢的军人。因为不想让别人知道自己没有和父亲通信，珍并未在写给岛上那些朋友的信内提到这件事。不过，波里他们偶尔也在信上提到父亲——只是短短的一两行而已。即使只是短短几行，也够珍兴奋个老半天了。每当午夜梦回，她总会捧着那封信一再地细读提到父亲的那段文字。每逢星期六下午，她都会把自己关在房里悄悄地写信给父亲，然后把信封好藏在玛丽亚的皮箱内。明年夏天她要把这些信都带给父亲，当她看父亲的日记时，父亲也可以看她写的信。

写信给父亲时，珍一定盛装打扮——尽管父亲远在千里之外的岛上，珍却觉得他就在身边。

这天下午，珍照例伏在桌前写信，窗外飘起了入冬以来的第一场雪。望着蝴蝶般在空中飞舞的雪花，珍不禁暗想，岛上是不是也下雪了呢？

珍翻开报纸，焦急地寻找有关海岸地区的天气预报。是的，气温低、偶尔会有小雪……珍闭上眼睛，仿佛看见一片苍茫的银色世界里矗立着一棵棵为雪花所覆盖的松树……那座小巧可爱的庭院就像童话里的雪地王国……只有她和古吉才知道的知更鸟的鸟巢里堆满了细白的雪花……天上的星星仿佛冻着了在黄昏的天空中闪烁着蓝色的光芒。哎呀！爸爸会不会记得把"碧达"带进屋子里去呢？

珍用笔划去了十一月。

第二十九章

对珍来说，圣诞节并不是非常重要，因为她每年都必须重复做同样的事情。在丽街60号的家里，既没有圣诞树和袜子，也没有清晨的祝福——外婆希望有一个宁静的早晨。在圣诞节这天，外婆通常都会前往圣·君纳帕斯教堂做礼拜。更奇怪的是，这天外婆一定是自己一个人上教堂的。之后，外婆会带着全家到威廉舅舅或德比特姨丈家去吃午餐。晚上则在丽街60号举行家族性的盛大宴会，并在饭后互赠礼物来庆祝。

珍总是收到一大堆她不想要或根本不需要的礼物，却必须装出很高兴的样子。唯一令她感到安慰的是，圣诞节这天母亲似乎特别快乐——在年岁渐长、知识日丰的珍看来，妈妈总是一刻也静不下来，这令她十分担心。

今年的圣诞节却带给珍一种从未体验过的奇妙感受。除此之外，珍在圣·阿卡萨小学举行的学艺会上，也出足了风头。为了远在一千六百公里外的父亲，珍不惜一切地再度参加背诵

方言诗的比赛，而且获得了优异的成绩。现在，她已经完全不在意外婆轻蔑的眼神了。

学艺会的最后一个节目，是由四名少女扮成四季的精灵跪在圣诞树旁形成一幅活人画。珍在红褐色的头发上插满枫叶饰演"秋之精灵"的角色。

"你的孙女已经长成一位亭亭玉立的美丽少女了。或许她长得不像她那漂亮的母亲，不过她的外型实在非常突出、抢眼。"一名妇人这么告诉外婆。

"除了容貌姣好，还要心地善良才称得上是真正的美人。"外婆谦虚地回答。她的弦外之意就是根据她的标准，珍根本算不上漂亮。幸好珍没有听见这番话，不过就算听到了，她也不会在意。珍知道父亲对她的看法。

从来没有零用钱的珍，没有钱买圣诞礼物寄给岛上的朋友，只好以贺卡代替礼物。然而，岛上的朋友们都寄了一些小礼物给她。尽管这些礼物的价钱比不上她在多伦多收到的礼物，却带给珍无限的喜悦。

米恩的妈妈也送给珍一小包木苋薄荷。

"在这里有谁会喜欢木苋薄荷呢？"外婆毫不掩饰自己的轻蔑，"我们都喜欢羊苏草。"

"吉米·约翰太太、米恩的妈妈和大多纳尔德太太都是用木苋薄荷当填充物的。"珍反驳道。

"嗯，那里确实比我们这里落后许多。"

当珍打开小约翰送给她的口香糖时，外婆轻蔑地说："哎

呀！现在连淑女也吃起口香糖来啦？时代真是不同了。"

外婆又拿起小乞丐寄来的卡片，看着上面用蓝色、金色画成的天使像及下方的一行小字："他和你一样。"

"我听人说过，恋爱是盲目的。"

外婆却不敢忽视吉摩西·歇尔特用快递邮件寄给珍的一束漂木。圣诞节前夕，珍把这些漂木放进壁炉里，和母亲一起望着漂木燃烧时发出的蓝、绿、紫等各色火焰。珍望着炉火，不自觉地陷入了沉思。这是一个非常寒冷的夜晚——一个下着霜、繁星闪耀的夜晚。岛上是不是也这么冷呢？我的天竺葵会不会冻死呢？兰达山的窗户是否已经覆盖了一层厚厚的白雪呢？爸爸是怎么过圣诞节的呢？当然，爸爸一定会到艾琳姑妈家吃饭。

圣诞节之前，姑妈特地寄来了一件亲手织的毛线衣，附带了一张纸条，上面写着："我们将和你父亲的两三个老朋友一起过节。"

莉莉安·莫洛是否也是其中之一呢？

"最好没有！"珍心里想着。每当想到莉莉安·莫洛亲热地叫着"多尔"时，珍就会感到不安。

圣诞节当天，兰达山上的家应该空无一人吧？珍很不喜欢这样。珍知道爸爸必定会带着"快乐"一起去，而让两只小"碧达"看家。

到了圣诞节这天，珍的心里却涌现出一股难以言喻的喜悦——当她在德比特姨丈家吃过午饭时，意外地在图书室里发现了一份《周末下午》。珍很高兴地拿起来翻着扉页。

这里面会不会有爸爸写的文章呢？啊，找到了！虽然珍看不懂文章的意义，但还是一字不漏地读了一遍。

第三十章

丽街60号的家里终于养了一只猫。这天晚上，全家人一起走进饭厅，依序坐在饭桌前准备用餐。虽然饭厅的壁炉里燃着熊熊烈火，还是给人一种凉飕飕的感觉。就在这时，法兰克提着一个笼子走了进来："太太，我回来了。"

外婆从法兰克手里接过笼子揭开了盖在上面的布帘。一只白色的波斯猫瞪着一双淡绿色的眼眸骄傲地环视着四周。

"法兰克，把猫送到厨房去，今后就由你和玛丽亚负责照顾。"外婆吩咐道。

"老夫人到底在想些什么？她不是不喜欢猫吗？以前她说什么也不让维多莉亚小姐养猫，怎么现在又突然改变主意了呢？而且还花了七十五美元——一只猫就要七十五美元！"

"对她来说，钱根本不是问题。我服侍老夫人已经二十年了，很了解她的为人，她绝对不会无缘无故对人表示亲切的。可能是维多莉亚小姐提到她在小岛上养了两只猫，老夫人不想

输给安德尔·卢瓦尔省·史提华德吧；也可能是为了让维多莉亚小姐淡忘岛上的事，老夫人才破例允许维多莉亚小姐养猫。这是老夫人今年送给维多莉亚小姐的礼物，她的意思是：'你已经有了一只猫，现在可以不必再向你父亲要了。'总之，老夫人已经发现，她再也不能像以前那样对维多莉亚小姐颐指气使了。"玛丽亚分析道。

"这是我送给你的圣诞礼物，维多莉亚。本来昨天晚上就应该送来的，临时有事耽搁了。"外婆说。

众人都以为珍一定会欣喜若狂，全都目不转睛地看着珍。

"谢谢你，外婆。"珍淡淡地向外婆道了谢。

珍不喜欢波斯猫。米妮舅妈家就有一只波斯猫，珍一直无法喜欢它，波斯猫外表看起来很漂亮，却是虚有其表。

"我来帮它取个名字吧！嗯，就'史诺波尔'好了。"外婆径自说道。

连自己的猫都不能亲自为它命名！

外婆期待着珍会喜欢这只猫，珍只好努力试着去喜欢它。麻烦的是，史诺波尔似乎不习惯被人疼爱，不论珍如何温柔地对它，它还是固执地不让珍接近。和有着琥珀色瞳孔、从一开始就很喜欢亲近珍且愿意倾听珍说话的两只"碧达"相比，史诺波尔显得倨傲、难以接近。更重要的是，它完全不懂珍所说的话。

"咦，或许是我弄错了，我还以为你很喜欢猫呢。"外婆对珍的表现纳闷不已。

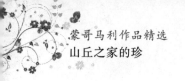

"可是史诺波尔不喜欢我。"

"是吗？你连对猫的兴趣也跟结交朋友一样啊，不过，我可不允许你那么做。"

"我的乖女儿，你能不能试着去喜欢史诺波尔呢？"母女俩独处时，母亲总是用半央求的语气告诉珍，"就当是为了讨外婆欢心，好吗？外婆一直以为你很喜欢猫的。"

珍不善于做表面功夫或阿谀奉承，不过她还是很尽责地照顾史诺波尔，每天帮它梳理毛发、喂食，偶尔带它外出时更是呵护备至，深怕它患了肺炎——相比起来，珍还是比较喜欢兰达山上那两只会自己跑出去玩，站在门口的石阶上撒娇，要求进入有温暖坐垫和奶油的客厅里的小"碧达"。令珍气馁的是，不管她多么细心地照顾，史诺波尔始终露出一副理所当然的表情，趾高气昂地在丽街60号的家里四处兜转，在访客面前夸耀自己。

"史诺波尔实在太可爱了！"外婆话中带刺地说，珍则在一旁窃笑不已。这实在太好笑了——她一点儿也不觉得史诺波尔有任何可爱之处。

"我喜欢抱着猫，肯被人抱的猫我才会喜欢。"珍说。

"你不是朱迪，你不该忘了该怎么对我说话。"外婆严厉地斥责珍。

三个星期后，史诺波尔突然失踪了——幸好是在珍上学时不见的，否则外婆一定会怀疑是珍故意把它弄丢的。那天家里的人都出去了，不巧玛丽亚又把玄关的门打开了，史诺波尔就

这么跑得不见了踪影。外婆派法兰克到处去贴寻猫启事，仍然毫无所获。

"可能是被偷走了。家里养了太昂贵的宠物，就是会有这种后果。"法兰克说。

"我一点儿都不觉得可惜。那只猫甚至不会像婴儿那样撒娇以讨好别人。你们看，连维多莉亚小姐都不会为它的失踪感到悲伤——因为她的心里始终念念不忘那两只'碧达'。现在老夫人总该知道，这么做是无法使她有所改变的了吧？"

珍丝毫没有表现出悲伤、难过的样子，引起了外婆极大的不满。一连好几天外婆都为了这件事在珍面前唠叨个不停，似乎故意要增加珍的不安。或许我真的是一个忘恩负义的人，或许我并没有尽全力去喜欢史诺波尔吧——珍开始自责似的反省着。

一天晚上，当珍和母亲在布尔街的公交车站牌前下车，走在积满雪的街上时，一只白色波斯猫突然冲了过来，不断地蹭着珍的脚跟。珍定睛一看，霎时忘我地大叫："妈咪，妈咪！是史诺波尔，史诺波尔回来了！"

珍和母亲之所以在一月的夜里冒着风雪搭公交车回家，是因为必须到圣·阿卡萨小学去参加活动——高年级学生合力演出的话剧，不巧法兰克患了流行性感冒躺在床上，珍和母亲只好与奥斯金夫人结伴前往。不料话剧才演了一半，奥斯金夫人就接到家人罹患急病的消息而不得不中途离去。

"你放心吧！我会和珍自己搭公交车回家的。"母亲对奥斯

金夫人说。

珍一向很喜欢搭公交车，而今能和母亲一起搭公交车更是令她欣喜若狂。懂事以来，珍和母亲很少一起外出，珍格外珍惜这个难得的机会。不可否认，母亲确实是一位好伙伴——不论看到什么新鲜有趣的事，她都会指给珍看，母女俩然后相视而笑。直到两人在布尔街下车时，珍的心情才又恢复了"平静"，所谓的平静是指低落——这里离家太近了。

"珍，这只猫真是史诺波尔吗？"母亲脸上带着怀疑的表情，"它是长得很像史诺波尔，可是这里距离我们家足足有一公里半呢！"

"我记得法兰克曾经说过，史诺波尔是被人偷走的。妈咪，我相信它一定就是史诺波尔。如果不是，那它看到我绝对不会这么高兴的。"

"史诺波尔应该不会那么落魄吧！"母亲笑道。

"落难后遇见熟人，它当然会很高兴。只是，现在该怎么办呢？妈咪，我想把它带回家。"

"可是，我们还得搭一段公交车——"

"我们不能把它丢在这里呀！我可以抱着它，毕竟它现在已经很温驯了。"

不错，刚上公交车时，史诺波尔确实表现得非常温驯。公交车上的乘客不多，当坐在另一端的三个男孩看见珍手上抱着一只猫时，却忍不住吃吃地笑了起来，一个胖嘟嘟的小男孩则吓得坐得远远的。一名脸上长满麻子的男人看见波斯猫的瞬间，

突然面露不悦之色，似乎觉得受到了侮辱。

就在这时，史诺波尔突然趁珍不注意，发了疯似的挣开珍的手臂在车厢乱闯乱撞。车上的女客们吓得失声尖叫，那名胖嘟嘟的小男孩早已放声大哭，长有麻子的男人则赶紧拉下帽沿口里不断地咒骂着。眼见情势混乱，售票员当机立断要司机停车，然后用力拉开车门吼道："把那只猫扔出去！"正忙着抓猫的珍却充耳未闻。

"赶快把车门关上！快点儿！它是我们家走失的猫，好不容易才找到它，我要把它带回家。"

"那就请你牢牢地抱住它，好吗！"售票员小姐很不高兴地说。

经过一番追逐，史诺波尔终于肯安安静静地让珍抱着了。在车上男客的讪笑当中，珍羞愧万分地匆匆走回自己的座位。事实上，珍因为脚上的鞋扣松脱，以致走起路来歪歪斜斜的，鼻子还撞到了座位的把手；但是她的表现就像她的名字维多莉亚（胜利）一样，令人不得不佩服她的勇气。

"哎呀，珍……珍！"妈妈很开心地笑着——那是发自内心的笑。珍从来不曾见过妈妈笑得这么开心。要是外婆看见母亲的这种笑容，她会怎么想呢？

"猫是非常危险的动物。"长着麻子的男人小心谨慎地对珍说。

珍抬头看看车上的男客们——他们的脸上都带着无聊、滑稽的表情，珍对他们皱了皱眉头。

此时此刻，珍觉得自己非常喜欢史诺波尔。直到她和母亲走进丽街60号的家，笨重的铁门在背后咔嚓一声关上时，她仍

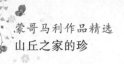

然紧紧抱着史诺波尔。

"外婆，我找到史诺波尔了！"珍很得意地大叫，"我把它带回来了。"说着把猫放在地上。

"它不是史诺波尔，史诺波尔是一只母猫。"外婆说话的口气，好像生为公猫是很可耻的事情。

他们只好再度张贴布告，通知那只猫的主人前来认领。从此以后，丽街60号的家里再也没有养过波斯猫。

珍已经把十二月划掉，一月也一天一天地过去了。现在她最高兴的，仍然是收到兰达山方面的来信。她知道岛上的朋友现在都在学习溜冰——在水池里、在可那村对面树荫下的那座圆形小喷水池里。古吉在头上戴着一项用白铁板罐改装而成的皇冠，在圣诞节的游艺会上扮演女王。

牧师太太已经学会吹风琴了；吉米·约翰家的小婴儿把约翰太太的仙人掌都吃掉了；小多纳尔德太太养的一只公七面鸟成了圣诞大餐——想到那只有着珊瑚色的肉垂、白色的羽毛的七面鸟，珍的心里涌上了一阵悲伤；托姆斯顿爷爷将米恩的妈妈养的那头猪杀了，米恩的妈妈还送了一块肉给父亲；如今米恩的妈妈又养了一头全身粉红的小猪，据说长得和多明长老很像；可那村的史布拉格先生的狗咬伤了罗尼先生的狗，罗尼先生打算提出诉讼；更令珍感到震惊的是，安卡斯·史凯达比太太的先生于十月去世了——大家都认为"当寡妇的滋味一定很难受"。

此外，夏乌德·莫顿参加了圣歌队，监督们在屋顶上钉了

好几根钉子——珍认为这一定是大脚步开的玩笑；大家在大多纳尔德山上举行了一次盛大的祭典；父亲又养了一只胖嘟嘟、以善于打猎而著名的白色猎犬；庭院里的天竺葵开得非常漂亮——"只可惜我在千里以外，不能亲眼看见。"

珍为此感到黯然。珍还知道威廉·马卡里斯达和托马斯·葛劳达吵了一架的原因——托马斯不喜欢威廉的胡子；岛上下起了一阵雾冰，仿佛就在珍的眼前……用冰做成的宝石……枫树林呈现出世人从未见过的悠然之美；大脚步与人发生了纠纷——到底是什么样的"纠纷"呢？今年夏天一定要向他问个明白。此外，史诺比姆家猪舍的屋顶被风吹掉了……

"去年夏天我就发现屋顶的木板有点儿松脱，要是当时立刻提醒史诺比姆先生把它钉牢，也就不会发生这种事情了。"珍感到非常后悔。除此之外，她还知道托普·威兹坐在自己家里那条狗的身上时不小心掉下来背部受了伤——到底是托普受了伤，还是狗受了伤呢？奥兰姐赛莉必须动割除扁桃腺的手术，但因为她一向很喜欢说大话，所以这件事可信度不高。

另外，托姆斯顿爷爷煮了一顿牡蛎大餐请亲朋好友享用；有人说可那村的卡逊太太生了一个小孩，有人说没有。

相对于这么一封生动有趣的信，丽街60号的家里又会提供些什么呢？珍把一月划掉了。

二月狂风吹袭着丽街的夜晚，珍一连几个晚上都非常热心地查看种子一览表，想要选出父亲可以在春天种植的种子。珍

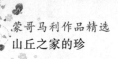
还看了有关蔬菜种植的说明，在脑海中幻想兰达山上种满一畦蔬菜的情景。珍还决定回到山上以后，一定要把玛丽亚教她的新菜色展示给父亲看——现在父亲可能正坐在壁炉旁看书，两条狗也一定躺在他的脚边。

这是一个暴风雪的夜晚，珍把二月划掉了。

第三十一章

　　当珍把三月划掉时，她喃喃自语道："只剩下两个半月了。"这些日子以来，不论是在丽街60号的家里或是在圣·阿卡萨小学，她都一直过着平静、毫无变化的生活。转眼间，复活节已经到了。在四旬节（复活节之前的四天内）期间，一向不在红茶里加糖的盖尔特路德姨妈，多半会破例把糖加进红茶。外婆又开始忙着为母亲买一大堆鲜艳、美丽的春装了，母亲却显得非常淡然，仿佛一点儿也不在乎。

　　和以前一样，每到夜晚珍就会听见小岛的呼唤声。

　　四月底的一个倾盆大雨的早上，邮差送来了一封信。几个星期以来一直都在期待、又有点儿担心的珍，怀着忐忑不安的心情把信递给母亲时，脸上带着"在漫长的流放之后我又收到了来自远方的故乡的信"的喜悦表情。母亲脸色苍白地接过信，外婆却突然涨红了脸。

　　"又是安德尔·卢瓦尔省·史提华德寄来的信吗？"外婆咬

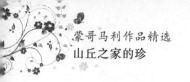

牙切齿地说出父亲的名字。

"嗯！"母亲低声回答，"他、他说他希望珍·维多莉亚今年夏天再到岛上去——如果孩子想去，那么我们就不应该阻止她。他在信上特别强调，我们必须由孩子自己作决定。"

"那么，维多莉亚，你要去吗？"

"你不会去吧，好孩子？"

"不会去？不，我要去！去年我回来之前，就已经跟他约好了。"珍急得大叫。

"不——你不应该因为你和他之间的约定而受到影响。你父亲在信上不是写得很清楚吗？这件事必须由你自己决定。"

"我想去，我决定要去！"珍的语气十分坚定。

"我的好孩子，我求求你，不要去！"母亲在一旁恳求着，"去年夏天你已经离开过我一次，如果这次再去，我岂不是要失去你了吗？"

珍低头看着地面。

外婆从母亲手中夺过信纸，很快地看了一遍，目不转睛地凝视着珍。

"维多莉亚，"外婆的语气十分平静，"你不认为你对这件事考虑得不够周详吗？我当然没有什么话可说——你至少也应该顾虑到你妈妈的心情啊！"外婆忍不住提高了嗓门："我在跟你说话时，请你看着我！"珍抬起头来，笔直、毫不畏惧地看着外婆。

突然，外婆的语气变得非常委婉。

"这件事就到此为止吧,维多莉亚!今年夏天我将带你和你妈到英国旅行,可能整个七月和八月都会待在那里。好了,现在由你自己决定,你是要到英国避暑呢,还是要到爱德华王子岛那间乡下小屋去当佣人?请你好好考虑一下,我相信你不会作出错误的决定。"

珍毫不犹豫地回答:"外婆,非常谢谢你想到带我去英国旅行。我认为如果只有你和妈妈去的话,反而会玩得比较高兴。我还是决定到岛上去。"

罗伯特·肯尼迪夫人这才发现自己已经彻底失败了,却不甘就此认输。"你和你父亲一样,倔强、顽固、不通人情。"外婆气得脸都扭曲了,看起来好像一只张牙舞爪的母猫,"你越来越像你父亲了,甚至连下巴也一模一样。"

珍从父亲那儿得到了勇气,决定为自己据理力争。事实上,她很高兴听见有人说自己长得和父亲很像。唯一令她遗憾的是,母亲在一旁伤心地哭了起来。

"光是伤心流泪有什么用呢,罗宾?"外婆用轻蔑的眼神看着珍,"这孩子继承了史提华德家的血统,如果她认为她那群低三下四的朋友比你还重要,那也没什么好大惊小怪的。反正啊,这件事我已经尽力了!"

母亲霍地站了起来,用手帕拭去泪水:"好吧!这件事就由你自己决定吧!我和外婆一样,是绝对不会再多说什么的了。"

母亲说完就留下心痛不已的珍,大跨步走出了房间。母亲从来没有用这种口气对珍说过话,这令珍觉得她和母亲之间的距离愈来愈远了。不过，珍并不后悔自己的选择——事实上，她根本没有选择的余地。只是，为什么她一定要在父亲和母亲之间作选择呢？珍跑回自己的房内，扑在床上无声地流泪。

一个星期后，珍的心情终于恢复了平静。这天晚上，当母亲走进珍的房内向珍道晚安时，不由分说地用力抱住了珍，珍也紧紧地抱住母亲。

"妈咪，无论如何我一定要去，我一定要去——不过，这并不表示我不喜欢妈咪。"

"噢，珍！你能这么说真是太好了。不知道为什么，有时候我总觉得你离我好远，就像天上的星星。珍，千万不要让任何人——我是说任何人——分开我们，好吗？你是我唯一的希望。"

"没有人会分开我们的——没有人会这么做的，妈咪。"

另一方面，珍又觉得妈妈的顾虑并没有错。很久以前，珍就察觉到外婆一直处心积虑地想要离间她和母亲之间的感情——不过母亲所谓的"任何人"，指的正是父亲，所以珍只好告诉她没有人会想要分开她们。

四月的最后一天，珍收到了波里的来信——

"珍，收到今年夏天你将回来的消息，大家都非常高兴。等你回来时，我一定要带你去看我们种在沼泽地的小杨树。"

波里在信上还提到了许多有趣的事。例如，米恩家没有牛可以帮忙做事，所以米恩的母亲打算买一头牛。波里养的鸡生了九个蛋，现在正在孵小鸡呢！珍仿佛看见九只小鸡在地上跑来跑去的情景。"对了，爸爸不是答应今年夏天要让我养鸡的吗？"此外，婴儿取名为威廉·查尔斯，现在已经会摇摇晃晃地走路了，不过他长得很瘦小。大多纳尔德先生的狗不小心吃了毒药，发生了六次痉挛后，现在已经没事了。

还有六个星期——等了好几个月后，现在只剩下几个星期了。想到不久就可以在兰达山上的家自由自在地奔跑，欣赏笼罩在海面上的薄雾，珍突然觉得人生是那么美好。拿起笔，珍把四月划掉了。

第三十二章

　　珍在五月的最后一个星期看到了那间房子。那天下午，母亲带着珍去拜访刚搬了新家的好友卡温里夫人。卡温里夫人的新房子位于汉巴河岸的新开发区，四周环绕着广阔的湖水。由于外出的范围有限，珍从来没有想到多伦多居然也会有这么漂亮的地方。那栋房子看起来像是建在乡下地点——屋后有山丘，周遭有长满羊齿草和野草的峡谷，有小河，有树木——翠绿的杨柳，以及巨云般的樫树，羽毛般的松树，不远处飘着一阵蓝色烟雾的是安大略湖。

　　卡温里夫人很骄傲地带着珍母女俩参观自己的新家。新房子相当宽敞、豪华，但是珍对房子并没有兴趣。当母亲和卡温里夫人在房内热烈地讨论橱柜和卧房的布置时，珍悄悄地走出大门来到了沐浴在夕阳余晖中的雷克赛德·卡丹斯街，独自站在街头看着过往的行人和车辆。

　　珍认为雷克赛德·卡丹斯真是一个好地方——它的街道也

是弯弯曲曲的，两旁的住宅给人一种非常亲切的感觉。这里的每栋房子都有庭院，院子里开着许多红色的小花，比如郁金香和水仙。

珍看着这些房子不自觉地向前走去。走到道路尽头转进一条通往小湖的曲折小路时，珍发现了那栋房子。刚才经过的那些房子，珍都非常喜欢，可眼前看到的这栋房子，则令珍舍不得移开视线。看到它的那一瞬间，珍立刻就知道它和兰达山上的家一样，是"自己真正想要的房子"。

和雷克赛德·卡丹斯一带的房子相比，这栋房子似乎小了一点儿，不过还是比兰达山上的家大。灰色的石墙上方，有一扇打开的窗户，看起来真是漂亮极了，屋顶是深褐色的；房子位于山谷边缘，可以眺望山谷里茂密的森林；房子的背后还种了五棵大松树。

"好可爱的房子呀！"珍做梦似的喃喃自语着。

房子似乎刚盖好，草坪上还竖着一块写有"出售"字样的牌子。珍在房子四周绕了一圈，逐一地从菱形的玻璃窗望向屋内——里面有一间看起来很舒适的起居室，还有一间打开门就可以当作日光室的餐厅和一间可以快乐地享用早餐的小房间，房间里有一排淡黄色的壁柜。如果再配上介于黄色和绿色之间的窗帘，即使是在阴天，屋内也会非常明亮——"啊！这就是我的家！"珍似乎看见了自己在这栋房子里走动、在厨房烘烤饼干的情景。珍突然非常讨厌那块有"出售"字样的牌子，她无法忍受别人买下这栋房子——这是我的家啊！

　　房子内侧的土地呈阶梯状，渐次向山谷延伸。另外一侧有一座假山，山上长着茂密的连翘，桦树优雅的阴影映照在石阶上。房子的正后方是一座种着小树的天然庭园，在那里珍看见了一只知更鸟。就在这时，一只胖嘟嘟的猫穿过假山走进庭院里来。珍本能地伸手去抓，猫却向后退了一步，瞪大双眼注视着珍，仿佛在告诉她："对不起，今天我很忙呢！"随即一溜烟地跑了。

　　珍在玄关前的石阶上坐了下来，心中充满了喜悦。从面前一排树木的缝隙间，可以望见远处略带紫色的灰色山脉。小河对岸，有一座小巧可爱的绿色森林，成群的鸥鸟在河面上翩翩起舞。

　　天色逐渐暗了下来，家家户户都点亮了灯火——珍一向喜欢欣赏万家灯火。"唉！如果能住在这里，那该多好啊！"

　　突然，一轮细长的金色新月出现在树梢顶端，四周归于寂静——静得令人忍不住想起夜空下的特因海边。

　　回家的途中，母亲好奇地询问："傍晚你跑到哪里去了？"

　　"我去探访一栋正在求售的房子。"珍宛如做梦般地说，"妈咪，我们离开外婆家，搬到这里来住好不好？"

　　母亲沉默半晌。

　　"你不喜欢外婆家，对不对，我的好孩子？"

　　"是的。"珍脱口而出，更令她惊讶的是，她居然还顺口问了一句，"妈咪你呢？"

　　母亲的回答也颇出人意表："我当然不喜欢喽！"

那天晚上，珍把五月划掉了。还剩下十天就要到爱德华王子岛去了。

"万一我在这十天内不小心生病了，那该怎么办呢？"不过珍相信老天爷应该不会对她那么残忍的——应该不会才对。

第三十三章

　　外婆冷冷地告诉母亲，可以替珍买一些必要的衣服，或是必要的东西。于是，这天下午珍带着愉快的心情和母亲一起上街购物。珍为自己买了一些适合兰达山和小岛的夏日用品，母亲则坚持要帮她买几套漂亮的衣服。珍心里想：我穿上这些衣服要到哪里去呢？穿着这些衣服上教会似乎太招摇了！可为了让母亲高兴，她只好默默地收下了。母亲还帮她买了一套式样非常可爱的绿色泳装。

　　"哇！太棒了！想想看，一个星期以后我就在特因海边了。那时海水应该不会太冷。"珍几乎有点儿迫不及待了。

　　"八月我们可能也会到爱德华王子岛去玩。"菲莉丝告诉珍，"爸爸说他很久没出去玩了，今年打算带我们到那里度假。听说我们将会住在港岬饭店，那里离特因海边比较近，到时候我就可以见到你了。"

　　听到菲莉丝这番话，珍不知道自己是该笑还是该哭。生性

高傲的菲莉丝到了岛上，一定又会摆出高高在上的态度，珍不希望兰达山和史诺比姆那群朋友受到轻视。

今年陪珍一起搭早班火车到岛上去的，是蓝多尔夫妇。那是一个多云的阴天，珍的脸上却始终带着朝阳般灿烂的微笑。蓝多尔太太对珍的看法，正好与史坦雷夫人相反，她觉得珍真是一个惹人疼的孩子。

当一行三人在沙克比尔转搭开往特因海岬的支线小火车时，珍不禁为那些不是前往小岛的人感到可怜。特因海岬……交通船……小岛的红色海岸……啊，到了！珍几乎忘记了那条海岸是那么鲜红——海岸的另一边，有一片烟雾般的绿色山丘。又下雨了，但是谁会在乎呢？事实上，珍反而希望多下点儿雨。

珍是搭早班车离开多伦多的，抵达夏洛镇时已经是下午时分了。一下火车，珍就看到了父亲的身影。父亲脸上带着愉快的笑容。

"啊！终于又看见你了！你……"珍不等父亲说完就飞也似的扑了上去。啊！她真希望再也不必跟父亲分开了——珍希望能够永远依偎在父亲的怀里，不必返回残酷的现实世界。

艾琳姑妈会不会一起来呢？珍一路上都在担心这个问题。或者还会带着莉莉安·莫洛小姐呢！结果证明她多虑了，艾琳姑妈和莉莉安·莫洛小姐此刻正在波士顿拜访朋友。珍悄悄地祈祷着：请让艾琳姑妈在波士顿多玩一阵子，千万不要太早回来。

"我那辆老爷车又罢工了。原先我是打算向卡雷迪借车的，

可是大脚步主动把他的马车借给我了，你在意吗？"

在意？珍高兴都来不及呢，哪会在乎自己坐的是什么车呢？走在兰达山的路上，珍要求父亲尽量放慢速度，好让她尽情地欣赏四周的景色。和汽车相比，珍反而比较喜欢搭乘马车，这样她就可以边走边和马说话了。

"你还是跟以前一样瘦，不过和去年夏天比起来，似乎又长高了许多。"

"我长高了三公分。"珍很得意地回答。

雨停了，太阳又从云层里探出头来。珍笑着望向港口那片白花花的波浪。

"珍，我们得先到山脚下去买点东西。"

"不要忘了买双层锅哟，爸爸！对了，还要买一个切马铃薯的机器。"

买齐了需要的物品准备回家时，珍又突然想起了什么："走慢一点，爸爸。我要好好看看沿路的风景。"

珍兴致勃勃地看着四周：漫山遍野的松树，阳光下闪烁波光的大海，蓝蓝的水面——去年夏天的海水也这么蓝吗？现在已近晚春，大部分的花都谢了，珍觉得非常可惜。

父女俩在路上遇见了鲁德太太。鲁德太太很热情地在珍的脸颊上亲了一下，告诉珍鲁德先生患了耳鸣留在家里休息。怕珍半路上饿肚子，鲁德太太不容拒绝地塞给珍一个火腿三明治和一片奶酪。

珍远远地就听见了海浪的声音，仿佛海中的精灵正在跟她

打招呼；珍又闻到了一股浓郁的海水气息——不久，兰达山的那栋房子映入了珍的眼帘。

这一带都是珍的领土；这里的一切，珍都了如指掌。绿意盎然的小径，频频点头致意的老旧农场，遍植松树的小多纳尔德山，缓缓驶进港湾的渔船，面带微笑欢迎珍归来的小水池和兰达山——珍不禁由衷地赞叹："回家真好！"

有人——后来她才知道是史诺比姆家的孩子们，在路上竖了一块上面写有"欢迎"两个大字的牌子。在庭院里等待父女二人归来的"快乐"一看到珍，高兴得狂吠不已。新养的白狗"骗子"坐在地上目不转睛地看着珍。珍立刻就爱上了可爱的"骗子"。

她又逐一巡视了每个房间。令珍欣慰的是，屋子里的摆设和她离开时一模一样，没有任何改变——那个青铜小兵依然骑在马上，那只绿色瓷猫依旧趴在父亲的书桌上，不过银器恐怕得要花点儿时间才能擦得和以前一样光亮，天竺葵需要修剪，厨房的地板也需要打蜡了。离开兰达山九个月后，珍发现自己再也不想离开这里了。

许多令珍又惊又喜的事情逐一出现——珍在庭院的角落里发现了一个小小的鸡笼和六只小鸡，又看见玄关的玻璃门上多出了一片屋檐。父亲新装了电话。

珍走进房内，在入口的楼梯处看见"碧达一世"衔着一只大老鼠，得意地看着父女二人。珍抱抱"碧达一世"，又四下搜寻"碧达二世"的身影。"碧达二世"到哪里去了呢？

父亲默默地握住珍的手："'碧达二世'在上个星期死了，珍。我也不知道是怎么回事——它突然生病了，我还特地带它到兽医那儿去看了病呢！只可惜还是回天乏术。"

珍心里一阵刺痛，她不想哭，泪水却夺眶而出。

"啊——没想到——我最喜欢的猫居然死了。"珍抽噎着说。

"珍，这也是无可奈何的事，毕竟我们无力决定生死啊！'碧达二世'的生命虽短，至少它过得幸福啊！我把它葬在庭院里，你想不想去看看它呢，珍？"

两人走出庭院，迎面吹来了一阵风。花草随风摇曳，仿佛向珍挥手致意。珍注意到父亲在角落辟了一处菜圃，里面种着一排排翠绿的蔬菜，还有一个花坛。

"我照你的意思托米兰姐到种子店去买的。这里面什么都有哦！连金钟草也有。你不是一直很想种金钟草吗，珍？坦白说，我觉得金钟草这个名字不太好听——"

"可是，它开的花好漂亮哟，爸爸！再不然，我们也可以帮它取一个更好听的名字——例如'美女的坐垫'或'早晨的新娘'——对了，去年八月我不是洒了一些三色紫罗兰的种子吗？现在长得怎么样呢？"

"你自己就是一朵三色紫罗兰哪！珍——那金色、红褐色相杂的花瓣，跟你简直一模一样。"珍突然想起以前也有人把她比喻为花。紫丁香树下，有一座突起的小沙堆，不用说珍也知道那一定就是小约翰为"碧达二世"造的坟墓。

望着远处的波浪，珍恨不得立刻就跳进清凉的海水尽情地

游个痛快；但这一切恐怕得等到明天早上再说了，现在她必须赶紧张罗晚饭。

"我又能站在厨房里做菜了，真是太棒了！"珍一面围上围裙一面想着。

"有人回来帮我煮饭，可真令我松了一口气呀！"父亲也显得非常高兴，"去年我几乎吃了整个冬天的腌鳕鱼，因为这道菜最简单。幸好附近的人都很照顾我，知道我不会做饭，经常送些吃的过来。"

存放食物的贮藏室果然装得满满的——里面有吉米·约翰家送的黄金鸡、大多纳尔德太太送的奶油、小多纳尔德太太送的牛排、史诺比姆太太送的奶酪、米恩母亲送的红萝卜、贝尔太太送的派等。"这个派是贝尔太太特地为你做的。还有，果酱也剩下好多。"

稍后珍和父亲一边吃饭，一边聊着冬天发生的事情。

"我不在时，爸爸会寂寞吗？"珍好奇地询问着，父女俩用满足的眼光看着彼此。这时，珍从打开的窗户望见了一轮新月；父亲站起身来把电池放进船钟里面，钟又开始滴滴答答地走了起来。

傍晚，想念珍的那群朋友们早就迫不及待地跑来看她了。脸颊被晒成玫瑰色的吉米·约翰一家人和史诺比姆、米恩、小乞丐等看见珍的瞬间，全都露出了最诚挚的笑容。再度成为重要人物、不必担心惹人生气、可以自由自在地欢笑的感觉实在太棒了。珍直到此刻才明白，在丽街60号的家里，没有一个人

是幸福的——或许玛丽亚和法兰克例外，其他人如外婆、盖尔特路德姨妈和妈妈都不幸福。

大脚步推了一小车的羊屎要给珍当肥料。"我把它放在大门旁边——把这些羊屎撒在庭院，保证可以让花草长得更好。"

"碧达二世"死了以后，小乞丐又养了一只小猫。这只小猫后来长成了一只非常漂亮的大猫——它的身体是黑色的，四只脚却是白色的。珍知道父亲绞尽脑汁为它想名字，最后终于决定取名为"银货"——因为小猫的双耳间有许多白色的小斑点。

夜里躺在床上，入耳所听的是悦耳的海涛声；早上一觉醒来，迎接她的是与父亲共处的快乐时光。吃过早饭，珍迫不及待地冲向海边，纵身跃入波涛汹涌的大海。这是一个多么愉快的早晨呀——珍把银器擦得闪闪发亮，又把窗户上的玻璃擦得光可鉴人。

"吉摩西爷爷说这个星期六要带我去钓鳕鱼呢，爸爸！"

第三十四章

　　七月时，德比特姨丈和西尔比亚姨妈果然带着菲莉丝来到了岛上，下榻于港岬饭店。据说他们只在这里停留一周。这天下午，姨丈和姨妈带着菲莉丝来到兰达山上看珍，又因为到镇上探望朋友，就把菲莉丝留在了山上。

　　"我们大概九点才会回来。"

　　菲莉丝看着珍，惊讶得说不出话来。珍刚刚才从克里特回来，此行的目的是帮乔写了一封情书给他在波士顿的女友。在岛上，珍几乎什么事情都做。像今天早上，她就忙着把干草送到吉米·约翰伯伯家的仓库里去。菲莉丝抵达时，她正穿着一件破旧、褪色、裤管上沾了一大片绿色油漆的卡其色工作裤。

　　父亲不在，没有人可以压制菲莉丝的气势——菲莉丝仍然和平常一样喜欢瞧不起人："你的庭院挺漂亮的嘛！"

　　珍轻轻地哼了一声。真的吗？她不相信菲莉丝的诚意，不过

这附近除了柴达苏姐妹的庭院，大家都公认珍的庭院最漂亮。

这天珍的心情简直坏到极点。从波士顿访友归来的艾琳姑妈和莫洛小姐前一天才刚来过，菲莉丝今天又来了。珍之所以那么生气，是因为艾琳姑妈还是和往常一样，喜欢有意无意地表现出优越感来。

"你爸爸可是为了你才装电话的呀！我劝他不要浪费钱，可他就是不听。"

"我并没有想要电话啊！"珍很生气地绷着脸。

"可是，珍，大部分时间都只有你一个人待在家里，电话还是有必要的。万一发生什么事情——"

"在这里不会发生什么事的，姑妈。"

"也可能发生火灾呀——"

"去年的确发生过一次小火灾，可是我自己一个人把火扑灭了。"

"说不定你在游泳时突然抽筋，那怎么办呢？以前我从来没有想到这一点——"

"虽然我曾经抽筋，我也没有打电话给你啊！"

"万一有流浪汉闯进家里——"

"今年夏天只有一个流浪汉来过这里。要是真有坏人闯入，'快乐'会咬他的。"

"珍，你真是太会辩了，跟你外婆肯尼迪太太简直一模一样。"

珍最讨厌的一件事，就是有人说她跟外婆很像。更令她生气的是，晚饭后艾琳姑妈居然要父亲带莫洛小姐到海边散步。

艾琳姑妈很得意地目送两人逐渐走远。

"你父亲和莫洛小姐有很多共同点，只可惜……"可惜什么呢？珍并不想知道。

就在珍沮丧的情绪尚未平复时，菲莉丝又来了。菲莉丝瞧不起她的庭院确实令珍耿耿于怀，但是身为主人，她有义务招待客人。

吃过晚饭，菲莉丝很惊讶地问："维多莉亚，这些菜都是你自己做的吗？"

"当然喽！"

不久，吉米·约翰家和史诺比姆家的几个孩子都来了。一顿晚餐令菲莉丝不得不对珍刮目相看，她终于不敢再用轻蔑的态度对人了，甚至变得非常和蔼可亲呢！

看见海里涌起一阵阵大浪时，菲莉丝吓得只敢坐在沙滩上，说什么也不肯下水。至于珍和其他孩子，则毫不迟疑地跳进水里玩得不亦乐乎。

"我都不知道你的游泳技术那么好，维多莉亚！"

"海上的风浪再大，我也敢下水游泳。"珍很得意地说。

尽管如此，到德比特姨丈和西尔比亚姨妈约好要来接菲莉丝的时间时，珍还是暗暗地松了一口气。不料这时，电话突然响了起来。原来是德比特姨丈打来的。姨丈说车子半路上抛锚了，可能很晚才能修好，所以请珍的父亲把菲莉丝送回饭店里去。为了让姨丈、姨妈安心，珍一口答应送菲莉丝回去。

"我爸爸要到半夜才会回来，我们得走路下山了。来，我送

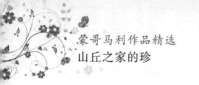

你回去吧！"珍对菲莉丝说。

"可是，这里离港岬饭店足足有六公里半呢！"菲莉丝大叫。

"如果走草原那条捷径的话，就只有三公里。你放心，那条路我很熟的。"

"可是，路上会不会很暗呢？"

"咦，你该不会怕暗吧？"

菲莉丝当然怕暗，她又不肯承认，只好就此转移了话题。"你就穿这样去吗？"她看着珍身上的工作服。

"不，这是在家才穿的工作服。"珍很有耐心地向菲莉丝解释，"今天早上我一直忙着把干草送进仓库里去。因为吉米·约翰伯伯不在，班吉脚痛不方便，我才自告奋勇前去帮忙。好了，我现在就进去换衣服。"

几分钟后珍穿着一条裙子和一件很漂亮的毛线衣走下楼来，红褐色的头发上插着一个非常漂亮的发饰。任何人看了珍那头美丽的秀发，都会忍不住多看一眼，菲莉丝也不例外。维多莉亚似乎变得和以前不太一样了——眼前这个少女，就是过去经常被我瞧不起的维多莉亚吗？总之，眼前这个身材高挑、手脚细长、充满自信的女孩，已经不再是从前那个扭捏、眼底写满不安的维多莉亚了。不知不觉，菲莉丝开始有点儿尊敬珍了。

两人走在夜凉如水的小路上，鼻间不时闻到随风飘来的羊齿香味，耳中隐约听见远处传来的各种声音——喀巴伯伯推着车下山的声音，大多纳尔德山和小多纳尔德山上猫头鹰的对叫

声。天色逐渐变暗，菲莉丝愈走愈靠近珍的身边。

"喂，维多莉亚！这么晚你不怕吗？"

"有什么好怕的？我还曾在更晚的时候出过门呢！"

菲莉丝对珍的勇气佩服得五体投地。珍在知道菲莉丝怕黑并且佩服自己时，也不自觉地对她产生了好感。翻栅栏时，菲莉丝不慎跌在地上，洋装勾破了，膝盖也受了点儿擦伤。珍这才惊讶地发现：菲莉丝居然不会翻越栅栏。她突然觉得菲莉丝有点儿可怜。

"那是什么呀？"菲莉丝紧抓住珍的手。

"那个？那只是一群牛啊！"

"什么，维多莉亚？我不敢走过去，我一向最怕牛了，我真的不敢走过去。万一那群牛向我们冲过来——"

"你认为牛会对我们怎么样呢？"珍突然想到以前自己也很怕牛，深怕会对自己不利。

菲莉丝怕得哭了起来。那一瞬间，珍对菲莉丝的厌恶感全都消失了。

珍伸出手臂搂着菲莉丝。

"不要怕嘛！或许这些牛根本不会看你呢！更何况小多纳尔德先生养的这些牛都是我的好朋友，它们绝对不会伤害你的。来，鼓起勇气，穿过这片森林就到了。"

"你……你……敢穿过这群牛？"菲莉丝停止了哭泣。

珍咬紧牙关，假装若无其事般地带着菲莉丝穿过牛的身旁。前面的小路更加幽暗，幸好距离很短，走到尽头就可以看见饭

店的灯火了。

"现在已经没事了，菲莉丝。对了，我还得赶回家为爸爸做饭呢！我希望爸爸回到家时，我能在家里等他。"

"维多莉亚，你敢一个人回去吗？"

"当然喽！不然你说我怎么回去呢？"

"你等一下嘛！等爸爸回来了我叫他开车送你回去——"

珍忍不住笑了。"我只需花三十分钟就可以回到兰达山了，而且我很喜欢走路。"

"维多莉亚，我从来没见过像你这么勇敢的人。"菲莉丝由衷地说。她说这句话时，完全不带半点儿轻蔑的语气，后来也没再这样说过话。珍带着愉快的心情，独自走在回家的路上，偶尔抬起头来看看天上的星星。原本珍只知道北斗七星，在父亲的教导之下，珍不但认识了所有的星星，还知道了很多有关天文学的知识。

"这样不行的，珍。你必须知道所有的星星，否则就太逊色了。住在灯火辉煌的大都市里的人们，根本很少有机会看见星星，住在乡下的人则对星星习以为常，因此他们都无法领略星星的美。亚马逊曾说，要是几千年才能看到一次星星，人们将会惊讶地发现，原来星星是如此地美丽。"在一个没有月亮的夜晚，父女二人带着望远镜看星星，珍也逐渐学到了许多有关星星的知识。

"今晚我们拜访哪颗星呢，珍？是天蝎座还是天狼星呢？"

珍还爱上了天文学。北极星、大角星、仙琴座、牵牛

星——这些都是她所熟知的星星，坐在一张镶满宝石的座椅上的是仙后座，晴日里在西南天空闪闪发亮的星是北斗七星……

　　"珍，你知道吗？每当有心事，我就会跑去看星星。星星能够使我的情绪平静下来，让我得到不少安慰。要是——几年前……可惜在我得到这个教训时，一切都太迟了。"父亲喃喃诉说着。

第三十五章

"听说艾尔米拉姨妈快死了。"小乞丐用神秘兮兮的语气说出了这个消息。

小乞丐正在为父亲修理仓库的屋顶，珍站在一旁担任助手。珍发现站在高处除了可以享受凉风吹拂，还可以清楚地看见附近的人们在做些什么，这种感觉实在太棒了。

"她的病情又恶化了吗？"珍一边敲着铁锤，一边关心地询问。

珍早就知道艾尔米拉姨妈病危的事。事实上，艾尔米拉已经卧病多年，珍认为如果她真的病逝，贝尔一家人反而可以松口气。

"其实贝尔伯伯并不希望艾尔米拉姨妈死去。"大脚步告诉珍，"他们需要政府拨给姨妈的伙食费。一旦姨妈去世，这笔钱也就没有了。此外，他们出去旅行时，姨妈也可以留在家里看家。说实在的，贝尔一家人并不喜欢艾尔米拉姨妈。"

与艾尔米拉感情很好的珍，当然也知道这些。不过，姨妈重病至今，珍还没有去看过呢！——姨妈太过虚弱，不适合见客。

"这次真的很严重呢！"小乞丐说，"我妈说姨妈的病情从来没这么严重过。据阿波特先生表示，姨妈已经完全失去了求生的意志。"

"我知道。"珍小心翼翼地回答。

"大家都希望姨妈赶快康复，可是她却不肯吃东西，也不肯吃药，我妈也拿她没办法。原本大家都期待她能参加蒲伦达的婚礼，现在看来似乎不可能了。"

"姨妈以前不也曾好几次濒临死亡吗？"珍试着安慰小乞丐。

"可是，这几个礼拜来姨妈嘴里一直念着'我快死了'。"小乞丐陷入了沉思，"要是姨妈死了，你想还会有盛大的婚礼吗？蒲伦达非常希望自己能风风光光地嫁入凯伊家，凯伊家也希望如此。"贝尔太太在无计可施的情况下，只好请珍前去劝艾尔米拉姨妈吃饭。那天正好父亲不在，珍一直待到了吃饭的时间。

"你看，她连一口饭也不吃。"贝尔太太忧心忡忡地说。原本长得非常漂亮的贝尔太太，此刻却因疲倦而显得苍老，"她现在这么虚弱，一定得吃点东西才能活下去呀！为免姨妈难过，我们甚至不敢告诉她那只白牛死了。蒲伦达，你没有说漏嘴吧？要是她问起昨晚医生怎么说，你就告诉她，医生说她的病很快就会好的，知道吗？"

晚饭后，珍没有立刻去找小乞丐，而是很焦急地在门口走来走去；当蒲伦达捧着原封不动的饭菜下来，告诉珍她和母亲

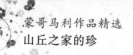

有事必须出去时，珍立刻跑上了二楼。

枯瘦、憔悴的艾尔米拉姨妈有气无力地躺在床上，蓬乱的发丝垂在额际。

"是珍·史提华德吗？"艾尔米拉的声音非常微弱，"我很高兴你没有忘了我。对了，你是来见我最后一面的吧？"

珍坐在椅子上用悲伤的眼神看着艾尔米拉姨妈。姨妈伸出骨瘦如柴的手抓住珍的手臂："我真的一点儿食欲也没有，珍。其实这样也好，我知道我不该浪费食物。"

"是啊！现在经济不景气，很多东西都涨价了呢！"

姨妈听见这话，突然睁大了她那琥珀色的眼眸。"我付了伙食费的呀！这些年来，我都是靠自己的生活费过日子的。坦白说，我对这个家已经算是很对得起了，珍。"

"是啊！我也这么认为。"珍点头赞成。

"我知道我的病对大家造成了很大的负担，不过我不会再麻烦大家很久了。珍，不会很久了。我知道自己快死了。"

"呃，其实大家都知道的，所以才赶在葬礼之前把仓库的屋顶修好啊！"

艾尔米拉姨妈的目光变得炯炯有神："一切都准备好了吗？"

"是的，听说贝尔先生已经在挖坟了。也许只是白牛的坟墓而已，因为今天早上那只白牛突然窒息死了。据说贝尔先生打算把南面的门漆成白色。"

"白色？你在胡说什么啊？那扇门原来是红色的呀！不过，这些对我已经没有什么关系了。你相信吗，珍？我几乎可以听

见死神的脚步声了！咦——他们还在修仓库的屋顶吗？我好像听见铁锤的声音了。其实啊那间仓库的屋顶根本不必修。只是，赛拉斯本来就很爱花钱。"

"这次修屋顶根本没花一毛钱工资，大部分的工作都是我和小乞丐做的。"

"难怪你身上穿着工作服！在我们那个时代，根本没有女孩子敢穿着工作服出门，现在谁在乎呢？千万记住，珍。绝对不能光着脚走路，万一被生锈的铁钉刺着了，那可就糟了呀！"

"不穿鞋子才方便爬上屋顶啊！米德那天不也穿着鞋子吗？还不是被钉子刺伤了。"

"我不要再跟你说话了！总之，我不会再麻烦你们了。反正大家都知道我已经活不久了，也知道我希望葬在什么地方——不过，挖坟的事最好还是等我死了再说吧。"

"我想他们一定是在挖牛的坟墓。"珍连忙辩解，"你知道吗？大家都决定为你举行一场非常气派、隆重的葬礼，我还打算请我爸爸帮你写篇传记。"

"嗯，很好、很好！这些话我听得太多了。总而言之，我没死之前，他们是不会把我埋掉的，对不对？珍，是他们叫你来劝我吃饭的吗？妮迪不但生性善良，也是世界上最会烹调的人，我最喜欢她做的料理了。珍，我年轻时也很会做菜呢！你相信吗？"

"午饭很好吃呢！而且很有趣。小乞丐长篇大论地发表演说，把大家逗得捧腹大笑。"

"他们都很喜欢笑，可是我都快死了。"艾尔米拉姨妈的语气里有一丝遗憾，"他们来看我时，总是踮着脚尖，脸上露着悲伤。今天早上我还听见了拖东西的声音，那是什么呢？"

"贝尔太太和蒲伦达在布置客厅，我想她们是在筹备婚礼吧！"

"婚礼？什么婚礼？谁的婚礼？"

"哎呀！就是蒲伦达的婚礼嘛！蒲伦达要和吉姆·基思结婚，我以为姨妈知道呢！"

"我当然知道。我知道他们两人即将举行婚礼，可没想到是在我快死时举行。珍，婚礼是不是马上就要举行了呢？"

"是啊！他们说婚礼延期对新人不好。姨妈，你就不要再担心了嘛！"

"把我的假牙给我！"艾尔米拉姨妈突然坐起身来对珍命令道，"就在衣橱上！我要吃饭了，即使我真的快死了，也要起来给他们看。居然敢瞒着我举行婚礼？对了，珍，医生说了些什么呢？不过没关系，我根本不相信医生说的话。唉！我那些宝贝家畜已经死了大半，红色的门也要被漆成白色了！不行，我得临死前叮咛他们一番！"

第三十六章

珍在兰达山上的生活相当俭朴，有段时间她甚至光着脚修理仓库的屋顶。除了所罗门·史诺比姆太太，大家都没有任何意见。当史诺比姆太太看见珍赤脚站在屋顶上时，震惊得说不出话来，良久才喃喃自语似的说："这孩子真是什么都不怕，什么事都要亲自尝试。"

有一天，珍的名字上了报纸。夏洛镇的报纸一向每隔两天发行一次，珍的照片就占了第一版的一整页，连多伦多日报也登了张珍和狮子蹲在一块儿的照片。珍不难想象这件事在丽街60号的家里会造成多大的骚动。外婆一定会带着讽刺的笑容说："看起来真像个小丑。"母亲则会一语不发地坐在一旁。的确，任谁也没有想到珍敢摸着狮子的鬃毛在爱德华王子岛上昂首阔步。

那两天，大家都在谈论有关狮子的事。有人说那只狮子是从来到夏洛镇做巡回表演的马戏团跑出来的——的确，去看过表演的人都说没有看到狮子。这项传闻立即引起了一阵骚动：说不定哪天马戏团的猴子也会跑出来呢！问题是，猴子的危险性哪比得上狮子呢——最新的消息指出，这几天数公里外牧场的小牛和小猪经常无缘无故地失踪。还有人说，一名皇室血统、老眼昏花的贵妇人误将狮子当成狗，不时摸着它的头说："好漂亮的狗啊！"

"真可惜，我从来没有看见过真正的狮子。为什么这件事发生时，我正好卧病在床呢？为什么我总是错失良机呢？"莉萨·莱因兹夫人自怨自艾道。

莱因兹夫人卧病在床已经两年了，连起居都需要有人照料，不过她还是知道发生在可那村、特因海边及港岬一带的事情。

"我不相信这里会有狮子。"珍斩钉截铁地说。这天珍乘前往可那村购物之便，绕道来看莱因兹夫人。莱因兹夫人非常疼爱珍，唯一令她感到不太平衡的，是她居然不知道珍的父亲和莉莉安·莫洛小姐之间的事。而且，珍一直很沉得住气。

"这孩子一旦决定不说，任谁也休想从她嘴里套出半点儿口风。"莱因兹夫人曾私下对她的朋友发牢骚。

"为什么会有这种谣言流传开来呢？"莱因兹夫人质问珍。

"或许是那些去看马戏团表演的人没有看见狮子——说不定狮子早已经死了——马戏团老板担心影响票房，故意散播狮子逃跑了的不实消息。"

"可是，马戏团不是还贴出了悬赏的告示吗？"

"只不过二十五美元而已。如果狮子真的不见了，他们一定

会重金悬赏的。"

"可是，明明有人看见狮子了呀！"

"他们只是说：'好像是狮子。'"

"这么说来，我是不能看见真的狮子了喽？"莱因兹夫人失望地叹了口气，"即使我想假装自己看到了也不行，大家都知道狮子不可能跑上二楼。如果我看见了狮子，相信我的名字一定会上报的。马莎·克林格今年已经上过两次报了，她的运气真好。老天真不公平，怎么好运都让她一个人占光了呢？"

"对了，马莎·克林格小姐的姐姐上星期在萨马赛德去世了。"

"我是怎么告诉你的？"莱因兹夫人有气无力地说，"喂！孩子，穿上丧服吧！坦白说，我从来都没穿过丧服，不过我一向都很喜欢黑色。我也经常对马媞说：'我真的蛮喜欢珍·史提华德那孩子的。'待会儿下楼时要注意楼梯的转角处哦，珍！虽然我已经一年多没下楼了，可我知道很多人在那里摔倒扭伤了脚。"

事件发生于第二天——那是八月一个阳光普照的夏日午后，珍和波里、古吉、奥兰姐赛莉、班吉、米恩、小乞丐、贝宁、小约翰等一起到港岬草原摘桃子，正穿过牧场准备抄捷径回家时，突然在野花盛开的小森林遇见了这两天成为热门话题的那头狮子。

狮子站在松树下的草丛中，目不转睛地看着珍一行人。刹那间，孩子们全都吓得呆若木鸡，不约而同地齐声惊叫——珍叫得最大声，纷纷丢下手中的桶子，飞也似的奔向马京·罗宾先生位于森林里的仓库——狮子也跟在他们背后慢慢地走着。

惊慌之余，孩子们甚至来不及把仓库的大门关上，就直接爬上了通往楼上的木梯。小约翰等到其他同伴都爬上横梁后，一脚踹倒了梯子。

狮子站在门口，对屋内东张西望一番，悠悠地摇头摆尾。心情逐渐恢复平静的珍这才注意到，尽管狮子全身沾满污泥，外表很瘦，但当它站在狭窄的仓库门口时，看起来还是很威风的。

"它走到中间来了！"小乞丐呻吟道。

"听说狮子是可以爬上高处的。"古吉的声音微微颤抖。

"应、应、应该不会吧——"波里的牙齿已经开始打战了。

"猫可以爬到树上，狮子不就是大猫吗？"班吉说。

"喂，不要再说了！"米恩压低声音，"大家安静点儿！万一被它发现我们的位置就糟了！"

狮子似乎并没有离开的意思。只见它四处张望了一下，随即伸了个懒腰躺了下来。

"它看起来不是很凶嘛！"小乞丐说。

"它的肚子好像还不饿哦！"小约翰发现新大陆似的说道。

"我们千万不能惹它生气。"米恩提醒大家。

"对，绝对不能让它发现我们。唉！其实方才如果我们不跑的话，说不定它不会伤害我们。"珍说。

"你还不是跟我们一样拔腿就跑？承认吧！你自己也很害怕。"贝宁·史诺比姆反唇相讥。

"我当然害怕，那是因为这件事来得太突然了。小约翰，你不要一直抖好不好？要不然我们都会掉下去的。"

“可是……妈妈，我要妈妈。”小约翰突然哭了起来。

“昨天晚上你不是笑我胆小，不敢一个人走过包心菜田吗？你看你现在的样子。”奥兰妲赛莉幸灾乐祸地说。

“你别得意！狮子可不是包心菜啊！”小约翰哭得更大声了。

“喂！你想惹火那只狮子吗？”米恩很生气地斥责小约翰。

这时狮子不经意地打了一个呵欠。

“哇！”珍暗自想着，“它跟电影画报上的那只狮子简直一模一样。”珍下意识地闭上了眼睛。

“珍，你在祈祷吗？”小乞丐低声问道。

珍没有回答。今天晚上她打算做父亲最喜欢的马铃薯泥，必须早点儿回家。“或许这只狮子只是一只累得走不动、不会伤害人的动物。马戏团的人不是说它温驯得像绵羊吗？”想到这里，珍突然睁开了眼睛。

“我先下去把狮子引开，设法把它关在乔治·卡纳先生家的空仓库里；还是我们一起下去，悄悄地跑到仓库外面，把狮子关在这里？”珍提出建议。

“珍——你——简直是在开玩笑嘛……”

狮子的尾巴轻轻敲了一下地板，众人全都吓得噤若寒蝉。

“我要下去了。不论如何，我相信那只狮子是很温驯的。为了安全起见，在我把它引开之前，你们都安静地待在这里，谁也不许高声叫嚷。”

大家全都惊惧地看着珍。

珍很敏捷地从横梁上跳了下来，悄悄走近狮子身旁。

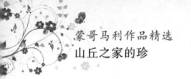

"出去！"珍高声喝道。

令人惊讶的是，狮子居然乖乖地跟在她的背后走了出去。

五分钟后，打铁匠乔治·马克林瞪大了双眼站在店门口，看着珍·史提华德抓住狮子的鬃毛经过自己眼前——"真是太不可思议了！"乔治喃喃自语道。的确，任谁看了珍和狮子相处融洽的情景，也都会忍不住怀疑自己的眼睛。

乔治在檀木上坐了下来，不停地用手帕擦拭额际的汗水。

"也许是我不够见多识广，我从来没有见过这种事情。"乔治说。

裴里斯·亚当斯也不相信方才所看到的情景——这是绝对不可能的，我一定是在做梦——珍·史提华德居然拉着狮子走在路上！

马媞·莱因兹目睹此状后，立刻火烧屁股似的奔回了母亲的房间。

"怎么啦？你好像发现了新大陆。"莱因兹夫人好奇地询问女儿。

"妈，妈，你绝对不会相信的。珍·史提华德带着一只狮子走在街上！"

莱因兹夫人一听，立即下床来到了窗前。因为狮子刚好走到转角处，她只看到了狮子那不断摇晃的尾巴。

"我不相信她真敢这么做——"莱因兹夫人丢下惊讶得说不出话来的马媞，径自走出房间以敏捷的身手走下楼梯。住在隔壁、心脏不太好的巴卡·克洛斯比太太看见莱因兹夫人蹦蹦跳

跳地冲进内庭时，当场晕了过去。

"幸好还来得及！"莱因兹夫人站在内庭，目不转睛地看着珍带着狮子慢慢地走向卡纳先生牧场的干草仓库，把它锁在了仓库里。

珍在回家的途中走进一家商店，向吓得脸色发白的裘里斯·亚当斯借电话打到夏洛，通知马戏团的人来领狮子。

稍后在兰达山上的厨房里，父亲用奇怪的眼神看着珍："珍，我站在你面前有一种自惭形秽的感觉。"

"怎么啦，爸爸？"

"怎么啦？说话不要那么大声。你自己大概还不明白，我知道你做了一件很了不得的事——当时我正跟卖汤圆的黛比·卡迪那太太讨价还价，无意间发现你独自带着一只狮子昂首阔步地走在路上，我简直不敢相信自己的眼睛。我还以为自己老眼昏花了呢，珍！"

"我觉得那只是一只老迈温驯的狮子。"珍显得非常着急，"我不知道会引起这么大的骚动。"

"珍啊，我崇拜的珍啊！请想想你可怜的父亲的心情吧！不管那只狮子多么温驯，你也不该带着它走在路上啊！"

"我保证以后不会再有这种事情了，爸爸。"珍很郑重地许下承诺。

"那就好。"父亲似乎终于松了一口气，"这种事是不能养成习惯的。要是哪天你突然要在家里养只鳄鱼，可别忘了先通知我呀！"

珍不明白这件事所带给人们的震撼，也不认为自己非常勇敢。

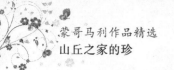

"最初我也很害怕啊！当我看见狮子打呵欠时，不知为什么就不怕了。"珍对吉米·约翰一家人说。

珍的照片被登在了报纸上。

"现在你出名了，再也不会跟我们一起玩了。"奥兰姐赛莉很悲伤地说。事实上，除了珍、狮子和仓库，看见狮子的人也都成了重要人物——莱因兹夫人的照片也被登在报上，这使她欣喜若狂。

"嗯，现在我可以安心地死了。"莱因兹夫人告诉珍，"如果报纸上只有巴卡·克洛斯比太太而没有我的照片，我一定会受不了的。报社的人也真奇怪，巴卡·克洛斯比太太又没有看见你和狮子，为什么要登她的照片呢？唉！有些人就是喜欢出风头惹人注意。"

带着狮子走在路上这件事，使得珍在特因海边成为家喻户晓的英雄人物。"真是一个勇敢的小姑娘！"

大脚步更是得意地逢人就吹他和珍之间的交情。

"我第一次看见她，就知道她不是一个寻常的女孩子。"托姆斯顿爷爷也感到很光彩。

"我早就说过她是一个天不怕、地不怕的孩子。"史诺比姆太太也说。

这件事在人们的记忆里印下了不可磨灭的记号。事实上，小乞丐和班吉老了以后，还经常谈起这件事呢！"你还记不记得当年我们和珍·史提华德一起把狮子赶进仓库里的事啊？我们的表现实在太勇敢了！"

第三十七章

　　八月底，珍收到了一封朱迪写来的、满是泪痕的信。接到信的那天晚上，珍难过得无法入眠——朱迪的信上说，她终于要被送进孤儿院了。

　　威斯特小姐决定今年十月把公寓卖掉，搬到乡下去住，我也不能再留在这儿了。一想到不久就要被送进孤儿院，我的泪水就忍不住流了下来。珍，我不想进孤儿院，否则就再也见不到你了。我不怨威斯特小姐，我恨上帝，为什么它要如此残酷地对待我？

　　珍也为朱迪感到不平。更重要的是，如果她再也不能到内庭去找朱迪聊天，待在外婆家还有什么乐趣可言呢？当然，跟可怜的朱迪比起来，这实在不能算是问题。珍又认为朱迪与其待在丽街58号辛勤地工作而得不到报酬，还不如干脆住在孤儿

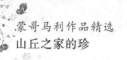
院，至少可以过得舒服点儿。

这天早上大脚步提着一条鱼要送给珍时，珍还在为这件事闷闷不乐呢！

"这个给你当明天的午餐，珍。"

"明天中午我要吃咸牛肉和包心菜。"珍吃了炸药似的，"当然，我也可以改变主意，总之，谢谢你。"

"你有心事吗，狮子使者？"珍把朱迪的事告诉了大脚步。

"真不知道可怜的朱迪过着什么样的生活。"大脚步点点头，"整天被人呼来唤去，工作多得做不完，确实很可怜。"

"除了我，从来没有人真心对待过她。如果朱迪真的被送进孤儿院，我就再也看不到她了。"

"这个嘛！"大脚步搔着头，"我们一起想办法，珍。一定会有办法的。"

珍拼命想了老半天，仍一筹莫展。幸好大脚步终于在第二天想出了办法："柴达苏姐妹不是一直想要有个孩子做伴吗？我们何不建议她们把朱迪收为养女呢？问题是，贾丝汀娜小姐想要收养女孩子，华奥雷特小姐却想要收养男孩子。至于年纪，最好在七至十岁之间。对了，朱迪今年几岁啦？"

"十二岁。"

大脚步的脸色一黯："那怎么办呢？朱迪的年纪超过了她们所要求的标准。不过，我们还是可以去问问看，说不定有一丝希望呢！"

"好，等吃过晚饭我就跟你们一起去找她们。"珍决定试试看。

　　眼见朱迪的事还有挽回的余地，珍兴奋之余竟把盐当成糖撒在了苹果酱里，结果晚餐时谁也不肯碰那瓶苹果酱。饭后珍把碗盘收拾好，匆匆洗净之后，飞快地跑了出去。

　　走在通往柴达苏姐妹家的小路上，一阵风带着花香迎面吹来，珍下意识地吸了一口气。柴达苏姐妹在厨房里的壁炉前，贾丝汀娜正在编织衣物，华奥雷特小姐忙着切开一条面包。"啊，珍，你来啦？欢迎，欢迎！"

　　贾丝汀娜很亲切地招呼珍。她的眼睛却一直看着珍的背后，仿佛是在担心狮子会跟在后面走进来。"今天晚上有点儿冷，我们特地点了壁炉来取暖。华奥雷特，拿点儿糖来请珍吃嘛！啊，珍，你好像又长高了。"

　　"长得挺漂亮的。我很喜欢她那双眼睛，姐姐你呢？"

　　柴达苏姐妹仿佛没有看见珍，自顾自地谈论起她来了——这是她们俩的习惯，珍丝毫不介意。

　　"你知道的嘛！我喜欢蓝色的眼睛。不过，这孩子的头发倒是挺漂亮的。"

　　"我不这么认为，我一向只喜欢黑发。"

　　"她的头发真的很漂亮呢！你说，你几时看见过金色而略带一点儿红色的头发？只可惜她的颧骨太高了，指甲的形状也不够好看。"

　　"这孩子的皮肤太黑了。"华奥雷特叹了一口气，"不过这是现在最流行的肤色。我们还是小姐时，都很注重皮肤保养，根本不敢晒太阳。你还记得吗？每次只要我们一出门，妈妈就会

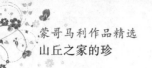
强迫我们戴上帽子——粉红色的遮阳帽。"

"是粉红色的吗？不对，我记得是蓝色的。"贾丝汀娜纠正道。

"胡说，明明是粉红色的。"华奥雷特仍然坚持己见。

"是蓝色的。"贾丝汀娜也不肯让步。

珍看见两人愈吵愈凶，赶紧提到米兰妲·约翰将在两周后结婚的事以分散两人的注意力。果然，柴达苏姐妹立刻就忘了遮阳帽的事。

"两周后就要举行婚礼？这样不会太快吗？他们才交往六个月就要结婚，这也未免太性急了。我一直以为他们不会那么早结婚的。"华奥雷特说。

"尼德应该等米兰妲再瘦一点儿才举行婚礼。"贾丝汀娜也提出自己的意见。

"他们之所以急着结婚，是因为要由我当伴娘。"珍很得意地说。

"米兰妲不是十七岁吗？"贾丝汀娜似乎并未听见珍的话。

"不，已经十九岁了，姐姐。"华奥雷特说。

"是十七岁。"

"十九岁。"

两人似乎又吵起来了。

尽管珍在一旁告诉她们米兰妲今年十八岁，两人还是继续吵了十分钟。

"其实又何必结婚呢？很多男女的感情问题就出在结婚上。"

贾丝汀娜似乎想起了什么。珍觉得这句话非常刺耳，但她

相信贾丝汀娜并不是故意要伤害自己。

"关于这点，我认为爱德华王子岛具有优良传统。"华奥雷特的话里充满了骄傲。

"自从加盟联邦以来，岛上只有两桩离婚案件——六十五年呢！"

"确实只有两件。"贾丝汀娜不得不点头承认，"问题是，有些人虽然并未离婚，但和离婚其实没什么两样——这种案例至少有六件；如果再加上悄悄到美国去办理离婚手续的，那就更多了。"

为免自己的情绪受到影响，珍决定尽早说出此行的目的。"柴达苏姐妹，我听说你们想要领养孩子？"珍采取单刀直入的方式。

姐妹俩互相看了一眼。

"这两年来，我们一直都在谈论这件事情。"贾丝汀娜不动声色地说。

"我们已经决定领养一个女孩子。"华奥雷特突然叹了一口气，"虽然我觉得男孩子比较好，可是贾丝汀娜说我们不知道男孩子该穿些什么衣服，替女孩子打扮比较有趣，所以我只好听从她的意见。"

"我要一个年纪在七岁左右，有一双蓝眼睛、一头金色鬈发，嘴唇像玫瑰般鲜红的女孩子。"贾丝汀娜附带说明道。

"我比较喜欢领养一个十岁左右、奶油色皮肤、黑发黑眼珠的女孩子。"华奥雷特也不甘示弱地提出自己的条件，"在性别方面我已经听从姐姐的意见了，在年龄和肤色方面姐姐应该依

我的意思。"

"年纪大小倒还无所谓，不过我不喜欢奶油色的皮肤。"

"我认识一个符合你们要求的女孩子。"珍硬着头皮说，"她的名字叫约芬·巴纳，大家都叫她'朱迪'，是我在多伦多的好朋友。等我告诉你们一些有关她的事情后，相信你们一定会喜欢她的。"说到这里，珍默默地看着柴达苏姐妹二人——珍一向知道什么时候该说、什么时候不该说。

柴达苏姐妹也默不作声。贾丝汀娜继续编织衣物，华奥雷特则继续切她的面包，两人偶尔抬头互望一眼，总是立刻又低下头去。厨房里一片寂静，只有壁炉里的柴火不时发出哔哔剥剥的声音。

"那个孩子漂亮吗？"贾丝汀娜终于打破沉默，"我们不喜欢太丑的孩子。"

"朱迪长大后一定会很漂亮的。"珍小心翼翼地回答，"虽然她现在很瘦，没有一件像样的衣服，但是她的眼睛非常漂亮。"

"她会不会很活泼呢？我不喜欢整天蹦蹦跳跳的孩子。"华奥雷特说。

"朱迪很少蹦蹦跳跳的。"珍刚把话说完，立刻就察觉到自己失言了。

"我喜欢活泼一点儿的孩子。"贾丝汀娜马上接着说。

"那孩子该不会很喜欢穿长裤吧？最近的女孩子都时兴穿长裤。"华奥雷特有点儿担心。

"如果你不喜欢朱迪穿长裤，她当然就不会穿啦！"珍回答。

"女孩子穿长裤也没有什么不好啊！单是长裤我还能接受，不过我很讨厌别人穿睡衣。"

"我也是！"华奥雷特附和道。

"万一收养了那个孩子，我们又不喜欢，那该怎么办呢？"贾丝汀娜提出了另一个问题。

"你们一定会喜欢朱迪的，她是一个好孩子。"珍脱口而出。

贾丝汀娜又叹了一口气，说道："那孩子——应该——她身上该不会有寄生虫吧？"

"当然没有！"珍感到非常惊讶，"朱迪跟我一样住在丽街。"有生以来珍第一次为丽街提出辩护。

"她不会使用篦子吧？"华奥雷特又问。

贾丝汀娜皱起了她那浓黑的眉毛："我们家从来没用过这种东西，华奥雷特。"

两人又继续做自己的事情，并不时交换眼神。

片刻之后，贾丝汀娜告诉珍："对不起！"

"对不起！"

"她的皮肤太黑。"贾丝汀娜说明理由。

"年纪也太大了。"华奥雷特补充道。

"好了，这件事就到此为止。珍，要不要尝点儿我做的固体奶油呢？"贾丝汀娜说。

除了固体奶油，华奥雷特还送给珍一大把三色堇，不过这并不能减轻珍失望的心情。令人惊讶的是，大脚步对这个结果却非常满意。

"如果那对姐妹当场答应你收留朱迪，那才该难过呢！放心吧！她们一定会改变主意的。"

翌日一早，珍接到柴达苏姐妹的来信，信内表示经过慎重考虑，她们决定收养朱迪。珍立刻跑到了柴达苏姐妹的家中。

"我们不在乎那孩子的年龄太大。"华奥雷特说。

"皮肤黑一点儿也没关系。"贾丝汀娜接着说。

珍笑得合不拢嘴："你们一定会喜欢朱迪的。"

"我们会努力疼她的，不过她必须认真学习音乐。珍，那孩子喜欢音乐吗？"贾丝汀娜问。

"喜欢？她爱极了！"珍想起了朱迪和丽街58号那架钢琴的事。

"如果今年圣诞节能在她的袜子里装满礼物，那该多好啊！"华奥雷特说。

"我们还得养头牛，以便让她每晚睡觉前都能喝一杯温热的牛奶。"贾丝汀娜开始勾勒未来。

"姐姐，我们把西南边的那间小房间铺上蓝色的地毯，作为那孩子的房间吧！"

"既然住在这里，就不要过度注重现代生活的物质享受。"贾丝汀娜的语气相当严肃。

"当然，我们也不会忘了年轻人需要朋友和健康的娱乐。"

"太棒了，我可以教她打毛线衣。"

"改天我们就把小时候伯父亲手刻给我们的那只小鸭子找出来。"

"家里有一个可爱的孩子实在太棒了，只可惜她不是双胞

胎。"华奥雷特喃喃说道。

"仔细想想，照顾双胞胎之前先领养一个孩子学点儿经验，不也很好吗？"

"可不可以让朱迪养只猫呢？她跟我一样很喜欢猫。"珍试探地询问。

"如果是公猫那就没有关系。"贾丝汀娜很谨慎地回答。

经过商议，她们决定在珍返回多伦多后，请一位即将到爱德华王子岛的人顺便把朱迪带来——贾丝汀娜小姐甚至把朱迪的旅费和购买旅行时所穿衣服的钱都一并交给了珍。

"我立刻写信告诉威斯特小姐这个消息。我会要她在我返回多伦多之前加以保密，我要亲自把这个好消息告诉朱迪，我真想立刻看到她那惊喜的表情。"

"珍，谢谢你，谢谢你让我们一生的梦想得以实现。"贾丝汀娜由衷地向珍致谢。

"是啊！真是太谢谢你了，珍。"华奥雷特小姐也说。

第三十八章

　　"要是夏天再长一点儿就好了。"珍轻轻地叹了一口气。

　　珍知道那是不可能的。现在已经九月了，她不久就要挥别小岛，重新扮演维多莉亚的角色了。为了请珍担任伴娘，米兰姐·约翰特地赶在珍离开之前举行婚礼。因此，珍除了准备父亲的三餐，还必须到吉米·约翰家去帮忙筹备婚礼。

　　因为要担任伴娘，珍终于有机会穿上妈妈为她买的那件蓝白色刺绣小礼服了。等到婚礼一结束，珍就必须再度向兰达山挥手告别——也向风吹过时闪着银色光芒的海湾、水池，大多纳尔德森林的小径和自己的庭院——挥手告别。珍不知道冬天这座庭院会是怎样的光景，她只能在夏天看到。

　　除了舍不得"骗子""快乐""碧达一世"及"银货"，与父亲分别尤其令珍难过。"明年夏天我还会再回来的！"这股强烈的信念，使得珍不再像去年那样充满了绝望，"此外，回到多伦多我可以看到妈妈、圣·阿卡萨的许多朋友和朱迪，爸爸还将

陪我一起到蒙特利呢！"

珍离开的前一天，艾琳姑妈特地来到兰达山与她告别。临走之前，艾琳姑妈拉着珍的手，几度欲言又止："或许明年春天你会听到一些消息，珍……"

"消息？什么消息呢，姑妈？"珍很焦急地反问，艾琳姑妈却始终不肯透露半点儿口风。"哎呀！这件事没进行到最后阶段，谁知道还会发生什么呢。"

一股强烈的不安涌上心头，但很快就消失了。艾琳姑妈就是这样，凡事喜欢故作神秘，吊人胃口，珍认为最好的方法就是不要在意她所说的话。

"我一点儿也不了解那个孩子。"艾琳姑妈曾向她的朋友抱怨，"那孩子不太容易与人亲近，这点儿跟倔强的肯尼迪家族简直一模一样。她妈妈也是一样——外表温柔多情，内心坚硬无比。就是她害了我弟弟的一生，让他无法拥有幸福美满的生活。更过分的是，她们居然还教那孩子仇视自己的父亲——真是无所不用其极啊！"

"可是，珍现在不是很喜欢她爸爸吗？"朋友反问道。

"现在是这样，可是安德尔·卢瓦尔省非常寂寞却是无法改变的事实。最近我常在想，如果……"

"你是说如果他们到美国办理离婚手续，或许安德尔·卢瓦尔省就会和莉莉安·莫洛结婚了？"朋友一语道出艾琳的心事。

或许是因为对方猜得太正确，艾琳反而矢口否认："唉，我倒没有想那么多。当然啦！如果我弟弟跟罗宾·肯尼迪离了婚，

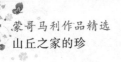
莉莉安·莫洛小姐确实是非常合适的再婚人选。毕竟，她和安德尔·卢瓦尔省有很多共同点。不过，基本上我是不赞成离婚的，这实在太可怕了！但有时也必须视情况而定。"

父亲一直陪着珍到蒙特利。在盖弥尔顿，他甚至故意把表拨慢。"我们比别人年轻一个小时，这不是太棒了吗？"一路上父亲都以轻快的语气和珍说话。

在蒙特利车站，珍紧紧地抱住父亲："爸爸，明年我还会再回来的。"

"当然喽！"父亲说，"珍，这些钱你带着，我知道你外婆一定很少给你零用钱。"

"我从来没有从外婆手中拿过零用钱。不过，爸爸，没有钱不也很好吗？"珍看着父亲塞进她手里的现钞说道，"五十美元？这可是一大笔钱啊，爸爸！"

"今年我的收入还不错。那些编辑老爷都很大方，而且有你在身边我更能安心写作。我觉得自己又变回以前那个雄心勃勃的年轻人了。"

想到这笔钱是父亲送给自己的圣诞礼物，珍欣然把它收进了皮包里。

"人生啊！请你善待我的孩子；爱情啊！请你不要舍弃我的孩子。"安德尔·卢瓦尔省·史提华德一面目送开往多伦多的火车逐渐远去，一面在心里默念。

到丽街60号后，珍首先注意到外婆已经重新布置过自己的房间。二楼也撤去了以往沉闷的颜色，改用亮丽的玫瑰色系。珍的房内，地上铺着银色地毯，墙上挂着带有光泽的窗帘……

舒适的木棉椅子，奶油色的家具，粉红色的丝质棉被；但是那张熊皮地毯——那是珍最喜欢的，却不见了。原本摆在房内的摇篮也不见踪影，那面大穿衣镜则为一面圆框的镜子所取代。

"你觉得怎么样？"外婆目不转睛地看着珍。

珍突然想起兰达山上自己那间地上没有地毯、床铺没有任何装饰、棉被缀满补丁的小房间。"好漂亮噢！外婆，谢谢你。"

"嗯，我早就知道你不会感激我的。"

无视外婆的讽刺语气，珍转身走向窗边，仰头看着天上的星星。爸爸一定也在看着星星！刹那间，珍知道自己再也不会怕外婆了。

"啊，珍！啊，珍！"朱迪连声大叫。

"你在柴达苏小姐家一定会过得很幸福的，朱迪。虽然她们思想比较保守，但是待人非常亲切，还有一座非常漂亮的庭院呢！"

"这一切就好像做梦一样。不过，珍，我不喜欢你待在这里。"

"没关系，我们整个夏天都可以在一起呢，朱迪！更棒的是，我们可以尽情地游泳——我会教你的。妈妈已经请她的好朋友纽顿小姐带你到沙克比尔，两姐妹中的姐姐会去接你。对了，妈妈还要帮你买衣服呢！"

"我是不是进了天堂呢？"朱迪高兴得几乎喘不过气来。

朱迪走后珍虽然寂寞，日子却过得很充实。她愈来愈喜欢圣·阿卡萨小学，也愈来愈喜欢菲莉丝了。西尔比亚姨妈说，她从来没有见过像珍那么擅长社交的孩子，威廉舅舅也常常夸珍聪明。外婆又如何呢？玛丽亚对法兰克说，她很高兴维多莉亚小姐终于敢挺身起来反抗老夫人了。

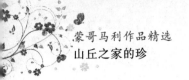
"反抗的说法或许不太恰当，不过老夫人再也不能像以前那么趾高气昂了。老夫人经常故意说些不好听的话激怒维多莉亚小姐，维多莉亚小姐却一点儿都不在意，反而把老夫人气得脸色发青。哇！真是太过瘾了！"

"罗宾小姐也可以这么做的，为什么她不肯呢？"法兰克感到纳闷。

玛丽亚用力摇摇头："已经太迟了。从小到大，罗宾小姐一直都对老夫人言听计从，不敢忤逆。她曾经反抗过一次，最后还不是又回来了？所以我说，她和维多莉亚小姐是不同品种的猫。"

十一月的一个傍晚，母亲再度带着珍一起到雷克赛德·卡丹斯拜访朋友——珍很高兴能再看到那栋房子。房子卖掉了吗？很意外，那栋房子还没卖出去——珍下意识地松了一口气，感到非常快乐。

看到那栋自己梦寐以求、此刻却没有一丝光亮和半点儿暖意的房子，珍没缘由地生起气来。珍坐在石阶上，一面看着卡丹斯灯火辉煌的人家，一面想着如果这栋房子也点上灯那就好了。一阵晚风吹过，松树的枯叶发出沙沙的声响。越过山谷，可以望见湖岸点点闪烁的灯光。珍知道不论买下这栋房子的人是谁，她都会非常恨他——恨透了！

"太不公平了！没有人会像我一样这么喜欢这栋房子，它却不能真正属于我。"

圣诞节的前一个礼拜，珍用父亲给她的钱买了水果蛋糕的材料，在厨房里忙着做蛋糕——她打算利用快递把蛋糕送给父亲。

　　珍在行动前，并未征得任何人的同意——因为玛丽亚蓄意保密，外婆毫不知情，就算外婆知道了，珍还是要把蛋糕送给父亲。

　　圣诞节当天，发生了一件令珍永难忘怀的事。这天吃完早餐，法兰克走进饭厅叫道："维多莉亚小姐，有一通你的长途电话。"珍满腹狐疑地走进客厅，心想："谁会打长途电话给我呢？"珍拿起话筒贴在耳际。

　　"给来自兰达山的可爱的珍，圣诞节快乐！谢谢你的蛋糕！"珍觉得父亲仿佛就在同一间屋子里对自己谈话。

　　"爸爸！"珍喘了一口气，"你在哪里呢？"

　　"兰达山啊！这就是我送你的圣诞节礼物，珍。虽然相距一千六百公里，我们还是可以聊几分钟的。"接下来的三分多钟，父女俩叽里呱啦地说个不停。重新回到餐厅的珍双颊因为兴奋而通红，眼睛闪耀着宝石般的光芒。

　　"是谁打来的，维多莉亚？"外婆问。

　　"爸爸打来的。"珍想也不想地回答。

　　母亲突然发出一声尖叫，外婆很生气地瞪着她："你认为他应该打电话给你吗？"

　　"当然喽！"珍的语气十分轻快。

第三十九章

三月的一个傍晚，珍满心愉悦地待在自己房内看书。这天早上，她收到朱迪的来信——朱迪的信上充满喜悦，此外还告诉珍许多有关特因海边的事。上周刚刚过完生日的珍，现在已经迈入十三岁了。为了庆祝生日，西尔比亚姨妈特地带着珍和菲莉丝一起上街购物，珍选了两样在兰达山上用得着的东西——一个非常漂亮的仿古铜钵和一个装在玻璃门上的门环。

房门突然打开了。母亲身穿一袭象牙色的丝绸礼服，背后系着一个深蓝色的天鹅绒蝴蝶结，美丽的肩膀上披着一件蓝色天鹅绒的小外套，脚上蹬着一双金色细跟的蓝色高跟鞋，头上梳着最新的发型，慢慢地走了进来。

"哇！妈咪，你好漂亮啊！"珍羡慕地看着母亲。就在这时，珍说出了她原本不打算说的话——好像这些话是从她的嘴里跑出来一样的："真想让爸爸看看妈咪的样子。"

看到母亲一脸惊愕的表情，珍才突然想起自己不该在母亲

面前提到父亲。

"我一点儿都不想见到他。"珍仍然在母亲的眼里看见了一丝痛苦。

珍一语不发地看着母亲,她不知道父亲是否也有同样的想法;不过,她可以确定父亲至今仍深爱着母亲。

母亲在木棉椅上坐了下来,目不转睛地看着珍:"珍,我以为你听说我要结婚的消息了。他是一个好人,所以,我不想再知道任何有关你父亲的事,知道吗?照理说,我应该在结婚前把当年的事向你说个清楚,但是这对我来说实在太难了。"

"那就不要说了,妈咪。"珍喃喃说道。

"不,我必须说,你有权利知道。再说,我也不希望你对我有所误解——"

"我从来没有这么想过呀,妈咪!"

"当年其实是我不好——我到了现在才知道,但是一切都太迟了。当年,我为自己的幸福,毅然离家出走和你父亲结婚。"

珍点点头。

"你知道些什么呢,珍?"

"妈咪和爸爸结婚之初过得非常幸福。"

"幸福?啊,珍·维多莉亚,我、我的确是很幸福的。这实际上却是———桩不幸的婚姻。"

"你太顺从外婆了!"

"我不该那样对待母亲的。自从父亲去世,母亲就一直全心全意地照顾我,后来还原谅了我……"

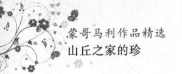

"可是，她想尽办法要破坏你跟爸爸的感情。"

"最初的那一年，我们确实过得很幸福，珍。我很崇拜安德尔·卢瓦尔省——尤其是他的笑容，你应该很熟悉他的笑容。"

"是吗？"

"我们经常坐在火堆前一起读诗。那时候，我每天都以快乐的心情迎接另一天的到来。啊，人生真是太棒了！最初的那段日子，我们只吵过一次架，我忘了到底是因为什么吵架，反正只是一点儿芝麻绿豆般的小事。后来我在他皱着眉的额头上轻轻亲了一下，一切的不愉快霎时烟消云散了。那时我天真地以为，我们一定可以恩恩爱爱地度过一生。"

"为什么你们不能永远在一起呢，妈咪？"

"我、我也不太清楚。当然，我不太会理家，不过我相信不是因为这个。我是不会做饭，可是家里请的佣人手艺并不差啊！何况艾姆姨妈也经常过来教我做饭。此外我也不会做家计簿，几个简单的数字加在一起，我就是有本事每次都算出不同的答案——安德尔·卢瓦尔省对这些事往往只是一笑置之……不久你出生了。"

"我的出生真的是一切麻烦的开始吗？"珍痛苦地呢喃着。

"当然不是，珍·维多莉亚——只是不知道为什么，我突然觉得安德尔·卢瓦尔省变得跟以前不太一样了。"

"真正改变的人会不会是你呢，妈咪？"

"他看我那么疼你，居然吃醋了——吃自己女儿的醋，珍·维多莉亚！"

"不，不是吃醋，爸爸只是心情不好——原本他在你心目中是占第一位的，如今却退居第二，难怪他不能适应。"

"安德尔·卢瓦尔省经常把'你的孩子''你女儿'之类的话挂在嘴边，好像你不是他的孩子。不过凭良心说，他还是挺疼你的——虽然他常常说你长得跟猴子一样。"

"肯尼迪家的人都开不起玩笑。"

"其实你长得不难看，甚至还非常可爱呢！每天晚上抱着你躺在被窝里，一面哼着歌一面哄你入睡，我总觉得自己是天底下最幸福的女人。"

"妈咪，其实你自己就是一个大婴儿呀！"

"安德尔·卢瓦尔省抱怨我不再跟以前一样陪他出去散步，甚至为此大发脾气。如果我坚持要带你一起出去，他又要生你的气。可是，我怎么能把你一个人扔在家里呢？我开始觉得他并不是真的爱我——也许只有刚结婚的那段时间是吧。比方说，他可以一连几天把自己关在书房，根本忘了我的存在。"

"这么说来，妈咪也在吃爸爸的醋喽！"

"或许我还不够资格与天才共同生活吧。我知道自己配不上安德尔·卢瓦尔省，艾琳也不断地提醒我这一点儿。不知何故，我总觉得安德尔·卢瓦尔省对艾琳的感情远胜于我。"

"不，不，没有这回事——绝对没有这回事！"

"艾琳对安德尔·卢瓦尔省的影响力远胜于我——他有事总是第一个找她商量，而不会先想到我。"

"那是因为姑妈总是在爸爸尚未告诉你之前，就先提出自己

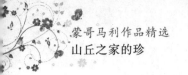

的意见。"

"安德尔·卢瓦尔省认为我的工作就是照顾孩子，凡事他都只找艾琳商量而忽略我。艾琳的影子存在于家中的每一个角落，这令我很不自在。而且，艾琳最喜欢的事，就是看我当场出丑。"

"正是如此！"

"但是，我不想向她屈服。"

"我知道。"

"不论碰到什么事，安德尔·卢瓦尔省总是站在艾琳那一边。我知道艾琳不喜欢我，她希望安德尔·卢瓦尔省跟另外一位小姐结婚。事实上，艾琳一开始就告诉我，我们的婚姻一定会失败的。"

"有艾琳姑妈在一旁兴风作浪，这桩婚姻想不败也难。"

"安德尔·卢瓦尔省开始和我频繁发生争执、冲突，最终感情破裂。我再也无法忍受下去了！"

"如果当初你肯多忍一下，也不会演变成今天这个局面了，妈咪。"

"安德尔·卢瓦尔省埋怨我不肯试着去喜欢艾琳，他又何尝喜欢过我的家人呢？每次我只要一提到你外婆，他就会恶言相向。为了怕他生气，我不敢常常和母亲见面，更不敢接受她的任何东西，尤其是钱！啊，最后那一年实在非常悲惨。如果不是万不得已，安德尔·卢瓦尔省根本就不想见到我。"

"那是因为见到你只会增加他的痛苦。"

"突然之间，我觉得自己嫁给了一个完全不认识的陌生人。"

"……"

"有一天，你外婆来了封信要我回去看她，安德尔·卢瓦尔省的回答是：'你想回去就回去吧！'——艾琳则说分开一段时间或许可以使我们言归于好。"

"我可以想象当时艾琳姑妈脸上得意的笑容。"

"于是我离开了那个家。心灰意冷之余，我决定听从你外婆的话留在多伦多。"

"你怎么可以如此冲动呢，妈咪？"

"我实在无法继续和讨厌我的人一起生活了，珍·维多莉亚，那样太痛苦了。我写了一封信告诉他，我不回去或许对双方都好。我、我也不知道……其实我并不是有意那么做的。如果安德尔·卢瓦尔省肯写封信求我回去——但是他并没有，至少我从来不曾收过他的信。"

母亲沉默半晌。

"上次他来信说要接你回去住，那是我离他多年后接到的第一封信。"

事到如今，珍再不能保持沉默了："不，爸爸有写信的，他一直要求妈咪回去——妈咪却从未回过信。"

母亲瞪大双眼看着珍。"我没有收到他的信呀，珍·维多莉亚！"

母女俩都陷入了沉默。不用说她们也知道那些信到哪儿去了。

"妈咪，还不会太晚呀！"

"不，已经太晚了，珍。我和你父亲之间有太多不愉快的往事，我也不能再背叛你外婆了。毕竟，你外婆是最疼我的人啊！如果我再一次背叛她，她永远都不会原谅我的。珍，我爱她，我不想让她伤心。"

"妈咪，你太傻了！"珍坦白地说出自己的感受，"外婆还有盖尔特路德姨妈、威廉舅舅和西尔比亚姨妈呢！"

"那是不一样的！你外婆根本不爱威廉舅舅的生父——而我是她和她心爱的人所生下的唯一的孩子，我更加不能忤逆她。更何况，你父亲对我已经不再具有任何意义了。珍·维多莉亚，人生就是这样——你愈是想要抓住某样东西，它就跑得愈快。现在，我已经失去你了。"

"没有这回事的，妈咪！"

"不，现在你的心早已偏向他了，不过我不怪你。日后你会愈来愈亲近他——最终完全离开我。"

这时，外婆走进房内，满脸疑惑地看着母女二人："你忘了赴晚宴的事了吗，罗宾？"

"噢，我真的忘了！"母亲的声音非常冷淡，"不过现在我已经想起来了。你放心，我——我不会再忘记的。"

母亲离开后，外婆又对珍发了一顿牢骚："你说了些什么？为什么你妈突然变得这么奇怪呢，维多莉亚？"

珍笔直地看着外婆："以前爸爸写来求妈咪回去的那些信呢，外婆？"

外婆那双冷淡的眼眸突然燃起了一股怒火："那些信？这跟

你有关吗！"

"当然有关！别忘了，我是他们的孩子。"

"罗宾既然已经悔悟，我当然把那些信做了最正确的处理——烧掉了！我早就知道这孩子一定会回来的，我的责任就是不要再让她走错路。维多莉亚，你有什么好抱怨的呢？我并没有亏待你呀！"

"我只有一句话要说，外婆，我的父母仍然深爱着彼此。"

外婆的声音像冰山一般寒冷："没有这回事！这些年来你妈一直过得非常幸福，我不许你去破坏。她是我的女儿，我不能再让第三者介入我们之间——不管是安德尔·卢瓦尔省·史提华德还是你，任何人都不行！"

第四十章

　　三月的最后一天的下午，珍收到一封信。昨天因为珍喉咙痛，母亲特地留在家里，今天珍更是被获准不必上学。经过一天的休息，喉咙已经好多了。

　　眼见四月将至，珍的心中充满了喜悦。"再过两个月，我就可以到兰达山去了。"这段时间，珍一直想着要在庭院里多种些花草树木——她首先要沿着石墙种一排骑士般的葵花。如果在八月播种，明年夏天就会开花了。

　　玛丽亚把下午的信件拿给珍时，外婆已经带着盖尔特路德姨妈和母亲去参加莫里逊夫人的桥牌聚会了。珍一共收到了三封信，一封是波里写的，一封是古吉写的，另外一封则是——看见那铜版文字般的笔迹，珍立刻就知道是艾琳姑妈写的。

　　她先拆开波里的信——信上写的都是一些趣闻和有关兰达山的琐事，还提到父亲最近可能会到美国的波士顿或纽约

去——波里也不太清楚，看到波里信上写的最后一段时，珍忍不住捧腹大笑起来——后来每次回想起这件事，珍还是忍不住会笑出来。

"上星期裘里斯·亚当斯先生发了一通脾气。"波里写道，"因为他在新酿的枫糖蜜的罐子里，发现了一只淹死的老鼠。"

珍笑着打开古吉的来信。

大家都说你父亲很快就要到美国去办离婚手续，以便回来和莉莉安·莫洛小姐结婚。这么一来，莫洛小姐岂不成为你的继母了吗？你有什么感觉呢？我们都知道你的亲生母亲还活着，但是莫洛小姐还是很想嫁给你父亲。对了，你的名字会不会改变呢？奥兰妲赛莉说不会，不过在美国，什么光怪陆离的事都有可能发生的。

信纸悄然滑落地面，珍的心情也跌落到谷底。先前她还在怀疑艾琳姑妈为什么要写信给自己，现在终于明白了。

果然，艾琳姑妈在信上告诉珍，安德尔·卢瓦尔省将会到美国去住一段时间，如果可能，或许还会顺便办好离婚手续。

或许这只是谣传，因为你父亲并未向我提过这件事情。不过无风不起浪，我希望你能事先做好心理准备。据我所知，你父亲的一些朋友很早以前就极力劝他离婚。关于这件事情，你父亲既不会找我商量，我也不便表示任何意见，但我最终的目

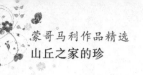
的是要他幸福。看着安德尔·卢瓦尔省这些年来老是心事重重
的样子，我比谁都难过——我知道你是一个早熟、懂事的孩子，
我相信安德尔·卢瓦尔省如果再婚的话，应该不会对你造成太
大的影响。

　　刹那间珍觉得一阵天旋地转，好像整个天地都倒转过来
了——珍第一次对人生彻底感到绝望！不过，这件事其实早就
有迹可循，只是她不肯承认罢了。珍的脑海中浮现莉莉安·莫
洛小姐用亲密的语气叫父亲"多尔"和父亲面带微笑看着莫洛
小姐的情景……如果父亲真的和莫洛小姐结婚了，自己还要不
要到兰达山去过暑假呢？父亲还会不会住在兰达山呢？我是不
是得叫莉莉安·莫洛小姐"妈"呢？不！这个世上除了妈咪，
任何女人都不能当我的母亲。

　　这一切，都是在珍愉快地想着再过几个星期就到了六月的
时候发生的。

　　"我再也高兴不起来了。"珍落寞地想着。突然间一切事物
都变得没有意义了。"我要搬到一个远离所有人的地方，一个人
静静地死去。"珍感觉，自己因为裴里斯·亚当斯先生浪费了一
罐枫糖蜜而捧腹大笑的事仿佛已经是好几年前的了。

　　那天下午，珍一直在自己房内来回踱步——只有不停地劳
动肉体，才能略微减轻她心中的痛苦。"如果我停下来，一定会
立刻被那份锥心的刺痛击溃。"晚餐时，珍终于恢复了理智，"我
必须知道事情的真相。"

　　珍拿出父亲上次给她的钱——扣除买圣诞礼物的钱，剩下的正好够她买一张到爱德华王子岛的单程车票。虽然没有多余的钱可以买餐点或坐头等车，珍却一点儿也不在乎——在知道事情的真相前，她根本没有心情吃饭。为免玛丽亚产生疑心，珍照常下楼吃了一点儿为她准备的晚餐。

　　玛丽亚注意到她吃得很少："喉咙还痛吗，维多莉亚小姐？"

　　"不、不痛了！"珍觉得自己的声音和平常不太一样，"妈咪和外婆几点回来呢？"

　　"可能要到很晚才会回来哦，维多莉亚小姐。你外婆有朋友从西部来，所以带着你盖尔特路德姨妈到你威廉舅舅家去吃晚饭，你妈妈也去参加宴会了。法兰克说他十二点要去接老夫人。至于你妈妈，通常不到半夜是不会回来的。"

　　珍知道十点有一班火车，现在距离十点还有好长一段时间呢。珍慢慢走上二楼，把一些日用品和一盒放在桌上的饼干塞进小旅行袋里。外面又下雨了，雨滴不断打在玻璃窗上。过去珍一直都把风雨当作自己的朋友，现在却变成了敌人——这世上的一切都伤害了珍那稚嫩的心灵。珍觉得自己生活的一切，都被人连根拔起了。

　　珍戴上帽子，穿上外套，拿着旅行袋走进母亲房内，把一张纸条塞在枕头底下，悄悄地下了楼，在不惊动正在厨房吃饭的玛丽亚和法兰克的情况下，打电话叫了一部出租车。出租车抵达时，珍立刻走下阶梯，穿过厚重的铁门钻进了车里。

　　"到尤尼恩火车站。"珍对出租车司机说。

　　车子驶过湿滑的街道，阴暗的道路宛如一条黑河。珍并没有注意到这些，此刻她的心里只有一个念头——当面向父亲问明真相。

第四十一章

　　珍于星期三晚上离开多伦多，在星期四晚上抵达爱德华王子岛。火车于滂沱大雨中向前飞驰，珍却没有返回故乡的喜悦，她的小岛已经不再美丽了。一路上珍都直挺挺地坐着，肚子饿了就吃点儿饼干充饥。

　　这次并没有到夏洛镇，而在西多兰多车站下车。从这里到兰达山只有八公里，她可以清楚地听见浪涛拍岸的声音。这声音曾令她无比喜悦——现在珍却没有心思去欣赏。

　　昨天晚上到今天下午，雨一直下个不停，幸好此刻总算停了。因为下雨，原就坑坑洼洼的道路更是泥泞不堪，珍却视若无睹地走了过去。

　　她经过的每一户人家都紧闭门扉，摆出一副拒人于千里之外的样子，甚至松树也对珍不理不睬。透过蓝白色的月光，珍看见了散布于山丘之间的点点灯火。

　　兰达山上的家也点灯了吗？或者父亲根本就不在家？

一只珍认识的狗站在路上向她摇尾示意，珍却径自穿过它的面前。一次，一辆汽车迎面驶来，明亮的车灯照在珍的脸上，珍却依然笔直地向前走去。开车的约翰·威克斯——鲁德夫人的表弟，他回家后用不敢置信的语气告诉妻子，他方才看见了珍·史提华德像无主游魂般走在路上。

小多纳尔德家的客厅仍然点着灯。灯光映照在红色的窗帘上，散发出淡淡的粉红色光芒。珍也看见了大多纳尔德家的灯光——

她终于走在通往兰达山的小路上了。

厨房仍然点着灯！

珍感到非常惊讶。下意识地，她沿着印有车轮痕迹的小径穿过内庭，悄悄地来到了窗前。

她做梦也没有想到，这次归乡居然如此狼狈、充满悲伤。

珍由窗外看着屋内的景象。父亲坐在桌前看书——身上依然穿着那件褪了色、破旧的粗呢衬衫，去年夏天珍特地为他买的那条有着红色小圆点的灰色领带松松地挂在颈间，嘴里叼着烟斗，两只脚跨在长椅上。“快乐”“骗子”和“碧达一世”躺在地上睡着了，“银货”则缩着身子躺在桌上的瓦斯灯旁。厨房的流理台上堆了许多用过的碗盘——看到父亲那孤寂的身影，珍蓦地感到一阵心痛。

安德尔·卢瓦尔省·史提华德从书上抬起头来，赫然发现女儿就站在自己面前，不禁惊讶得说不出话来——全身湿透、两脚沾满泥浆、脸色苍白、眼中流露着害怕而苦恼的珍——

阵恐惧涌上心头：莫非她妈妈……

"这是怎么回事，珍？"

情绪极度恶劣的珍毫不客气地提出质问："爸爸，你是不是要和妈妈离婚，好跟莫洛小姐结婚？"

父亲用惊讶的眼神看着珍。"没有啊！"他的声音里带着一丝怒气，"根本就没有这回事，是谁告诉你的？"

珍重重地吸了一口气："是艾琳姑妈写信告诉我的。她说你要去波士顿办离婚手续，还说……"

"姐姐？姐姐为什么老喜欢做这些无聊的事呢？珍，你相信她了，对不对？现在请你听清楚，珍，除了你妈妈，我不可能成为其他女人的丈夫。"

珍茫然地看着父亲，终于忍不住放声大哭。

父亲紧紧地抱着珍。"珍，你这个小傻瓜！你怎么会相信这种无聊的谣言呢？不错，我是很喜欢莫洛小姐，但我绝对不可能爱上她的。难道你还不明白吗？我的心里一直都只有你妈妈啊！至于我要去波士顿的事，那是因为我必须去——终于有一位出版商答应帮我出书了。我之所以要到波士顿，就是为了要和对方讨论出版新书的细节。啊！珍，你是从西多兰多车站走路过来的吗？还好我在家。瞧，我居然没注意到你全身都湿透了。来，我先泡杯热咖啡给你喝。你相信吗？现在我已经是泡咖啡的能手了！喂！碧达，珍回来了哟。"

第四十二章

次日，安德尔·卢瓦尔省·史提华德匆匆忙忙请来了医生，几个小时后护士也赶来了。接下来的时间，特因海边和可那村的人们都在谈论有关珍的病情——珍罹患了非常严重的肺炎。

最初的几天，珍一直都处于昏睡状态，口中还不时呓语。恍惚之际，她似乎看见许多熟悉的面孔出现在眼前，又很快地消失了。当中有父亲愁眉深锁的面孔……脸色凝重的医生……戴着白帽子的护士……还有忧心忡忡的妈妈……不，这一定是梦！妈妈怎么可能会在这里呢——妈妈应该远在一千六百公里外的多伦多。

珍不知道自己身在何处，只知道她是一个永远都在找寻某种已经遗失的语言的迷途羔羊。在找到那种语言之前，这个迷途羔羊是永远不会停止追寻的。现在，她已经不是珍·史提华德了。朦朦胧胧中，她听见一个女人在自己的耳边声嘶力竭地哭喊，中间还夹杂着一个沉重的男声："还有希望，最后的希

望。"接着是："一切就看今晚了。如果情况再没有好转，我也无能为力了。"

"这么一来，我不就可以找到我那遗失的语言了吗？"珍那清晰的言语，令房内的人都吓了一跳。

"我是不是死了呢？"她想要举起双手，却又无力地垂了下去。

就在这时，珍知道自己还活着。

珍也知道自己不是在兰达山她的房内，而是在父亲的房间里，从窗外望去，可以看见阳光下闪闪发亮的海湾和小山丘上方那片柔和的蓝空。此外，有人——后来她才知道那是朱迪——把一束初开的山茶花放在床畔那张书桌上的花瓶里。

"我要……再一次仔细地……看看家里。"珍的心里这么想着。

这时，房外隐隐约约传来了两个人低声说话的声音。珍知道那声音很熟悉，却想不起他们是谁。这个时刻，任何话对珍来说都没有意义了，不过珍永远都不会忘记那番话的——她要把这些话永远珍藏在自己的记忆里。

"过去我对你说了许多气话，但那都是无心的……"

"我一收到你的信……"

"对不起……"

"这些年来你有没有想过我呢？"

"你想过其他的事情吗？"

"收到你的电报后，本来妈妈还坚持不让我来的……她很生气……好像不管发生什么事情，她都不会让我来看珍……"

"我们两个都很愚蠢……现在会不会太迟了呢，罗宾？"

珍下意识地竖起耳朵，想要听清楚那个叫罗宾的女人的回答。不知何故，她就是觉得对方的答案对自己非常重要。遗憾的是，一阵海风吹来，把门"砰"的一声关上了。

"我听不到呀！"护士进来时，珍可怜兮兮地喃喃自语着。

"你要什么？"

"她——那个在房外说话的女人——我觉得她的声音很像我妈咪。"

"她就是你妈妈呀！我一来到这里，你父亲立刻就要我打电报通知你妈妈，结果你妈妈很快就赶来了。如果你听话一点儿，不要太过兴奋，也许今晚就可以看见你妈妈了哟！"

"这么说来，妈妈又一次反抗了外婆喽？"珍低声说着。

一直等到几天后，珍才获准和爸爸、妈咪见面说话。当珍看见他们两个人手牵着手走到床边，脸上洋溢着喜悦的笑容时，珍突然觉得自己好幸福。过去分开的日子里，珍从来不曾看见他们的脸上有过那样的表情。遍尝人生的艰苦后，他们终于恢复了昔日的恩爱；不，甚至比以前更加恩爱。

"珍！"父亲说，"我们这两个愚蠢的人，终于学到了一点儿智慧。"

"过去都是我不好。"母亲噙着泪笑着说。

"女人！"

父亲说"女人"这个词时，声音是多么的愉快啊！接着，母亲的笑声在她耳际响起——那是笑声，还是银铃声呢？

"我绝对不会让我的妻子独自承担所有的过错，即使为了我

也不行。总之，一切都应由我承担才对。珍，你看看我这美丽动人的妻子！你实在太幸运了，珍！因为我帮你选了这么漂亮的母亲。看到你妈的那一瞬间，我又立刻不由自主地爱上了她。现在，我们决定要一起来弥补这失去的九年。"

"在兰达山吗？"珍的声音有一股掩饰不住的急切。

"当然是住在这里喽！拥有你们这两个女人后，或许我永远都没有时间去完成描写弥赛亚一生的叙事诗了，不过那又怎样呢？现在我要做的，就是尽量补偿你们。对啦！我和你妈决定再来一次蜜月旅行。等你病好了，我们就立刻动身前往波士顿，利用谈出版事宜的空当到处走走。夏天，我们就在这里避暑。秋天嘛……坦白说，现在我的收入蛮不错的。而且啊！如果事情顺利的话，说不定我还会被聘为《周末下午》的编辑呢！为了给你们母女俩安定的生活，我决定接受这份工作。你认为呢，珍？这样吧！我们冬天住在多伦多——夏天住在兰达山，好吗？"

"这样我就不必再跟你说再见了，爸爸。但是……"

"不要再说'但是'了，珍。告诉我，你在担心什么呢？"

"我们——不要住在丽街60号好吗？"

"那当然喽！我们要买一栋自己的房子，这比我们要怎样生活、在哪里生活都来得重要，我们需要一片能够遮风蔽雨的屋顶。"

珍几乎立刻就想起了雷克赛德·卡丹斯那栋小巧可爱的石造房屋。

如果那栋房子还没卖掉的话，我就求爸爸把它买下来——

我们一定会为那栋房子赋予新生命的，我们要让冰冷的窗户闪耀着欢迎人的灯光，我们要远离那个经常带着不怀好意的眼神，而且无情、喜欢像女王般傲然地在丽街60号的华丽宅邸到处走动以表现她的权威的苍老无情的外婆，再也不让她有机会破坏我们一家人的感情了。而且，我们将不会再发生误解——因为我会帮助爸爸、妈妈更加了解对方。

"啊，爸爸！我知道有一栋很不错的房子。"胸中溢满幸福的珍大叫一声。

"好，一切都按你的意思。"父亲笑着说。